厚土

陈永祥 著

河南文艺出版社

·郑州·

目 录

厚　土

　　父母在，不关机。这是前几年在报纸上看到的一句话。看过之后，就记在了心里。从那时起，我的手机一天二十四小时开着，就是充电，也是开着。

　　天不怕，地不怕，就怕半夜响电话。这是我的一位同事痛彻心扉的感触。现在我也有切身体会。

　　哎哟，电话又响了！我一激灵，从睡梦中醒来。电话铃一声紧似一声。这个时辰，除了老妈老爸哥哥妹妹，没有别人会给我打电话。自然，没有极特别的事情，他们不会在这会儿打电话。莫非……虽然我的心的三分之一，甚至是一半，一天二十四小时都"开着机"，时刻警惕着，但乍一听到电话铃声，还是心惊胆战的。

　　电话果然是老妈打来的，只有老妈用老家的座机。老爸有手机，他要打电话，会用他的手机。莫非老爸……

　　夜半电话，在此之前至少响过两次。三月底四月初是第一次。那一次打电话前几天，天气似大病初愈的病人，气温回暖才刚几天，一股强冷空气袭来，温度立马跌回到"解放前"！年纪大的人，最怕温度忽高忽低，天气剧烈变化。果不其然，一天晚上,十一点半左右,我已进入梦乡,床头柜上的手机响了。摁亮床头灯,只见手机在床头柜上急得一边叫着一边打转转。我匆忙拿在手里,电话里传来大妹带着哭腔的声音:哥,我给你……说一声,爸……爸正往医院送呢。怎么啦?怎么啦?我吓得不行,手握电话,腾地一下就跳到地上。爸心脏病,救护车赶来,医生已做了急救,现在正去往医院……

　　其实,自打看了天气预报,说有冷空气要来,一丝不安就悄然在肚里生成。心说打个电话回去问问,可是,不知怎么着,就是没有打。母子连心,父子也连心。那天一大早,我的右眼就开始跳。媳妇听说我眼跳,条件反射般地重复了不知重复过多少遍的民谚:左眼跳财,右眼跳挨。我没有理睬。一听见妹妹的声音,立马明白了,原来我的眼跳是"中国移动"给我传递的信息。

　　我一边穿衣服,一边听妹妹讲述。其间,还听见母亲说话,她几次阻止妹妹说下去。我知道母亲心疼我,不想让我在这么晚的时候匆忙往家赶。但父母养儿图什么?不就是在这样的时刻能出现在身边吗?我敲开楼下一同事的门,把他从被窝里拽起,让他开上他的标致308,把我送往四十公里外的平都市第一医院。因为老家离平都近,只有八九公里,而离我所居住的县城,却有三十多公里。所以,老家的人有什么事,都是先去平都,而不是来县城。父亲得的是心肌梗死,多吓人的病呀!我为父亲的身体担忧,心悬在空中。父亲的身体,应该还算结实,平时很少生病,头疼脑热都很少。他不像老妈,又是高血压,又是头疼腰疼膝盖疼。可能正因为平时身体结实,才忽略了心血管病变的一些细节,造成了目前的危险局面。我赶到医院时,溶栓手术已进行完毕,很成功,父亲已有说有笑,正在喝露露。我大松一口气。医生说我父亲的血管溶栓手术虽然非常成功，但是血栓还存在，如果不从根里治，还是很危险，最好是做个搭桥手术。父亲不管这些。三天过后，他就说没事了，吵着要出院。他说他的身体他知道，根本不必做什么手术。我们去和医生谈，医生又给父亲详细检查以后，同意父亲出院，还开了一些药，嘱咐父亲每天按时吃。

那一次算是虚惊一场。不过，作为儿子，直到现在，我丝毫没有放松过警惕。几乎一天一个电话。隔三岔五，我还要回趟老家，一是看他们，二是催促老爸定期到医院复查。当然也包括让母亲检查身体。那一代人，苦日子过怕了，就是仔细，心疼钱。每年儿女们（我姊妹四个，一个哥哥，两个妹妹）给他们的钱，他们不舍得花，一分一厘都攒下来。这两年还好些，知道把钱存到银行了。前些年，不管有多少钱，都是用报纸、牛皮纸，或是用布、手绢包住，塞到只有他们自己才知道的地方。有些钱藏的地方，后来连他们自己都想不起来了。当找到时，钱已被老鼠咬得不成样子。虽然现在他们知道药钱不能省了，但对于去医院检查身体，他们不积极不主动。没病没灾去医院干什么？所以，我常回去，我回不去的时候，就嘱咐两个妹妹（她们都嫁到邻村，离父母家骑车只有十分二十分钟的路程）督促父亲定期去医院复查，生怕父亲的病复发，或者变得更严重。

从目前看，父亲恢复得不错，药也减到最小量。父亲基本上又回到了原来的状态：身体倍棒，吃嘛嘛香。医生说，像我父亲这么大年纪，得了心脏病还能恢复成这个样子，实属少见。我们也都为父亲高兴。但是，高兴归高兴，我们几个心里都明白，这种病就像一个不定时炸弹，说不定什么时候就会爆炸。所以，不能有任何的麻痹大意。

就在我们小心翼翼如履薄冰地过着每天的二十四小时时，父亲却做出了一个决定——这个决定把我们悬着的心吓到了爪哇国——他要去云阳！他要去看望一位故知，或者叫忘年交。

第二次夜半电话发生在前几天。老妈打电话来，告诉了我父亲这个疯狂的决定。电话铃响时，是凌晨一点二十。铃声像炸雷，惊得我和妻子差一点就往楼下跳！原来，老爸老妈晚上睡不着，黑着灯躺在床上东拉西扯闲聊。聊着聊着，老爸无意间说漏了嘴，泄露了他的决定。老妈听了，吓得十分钟不到连去了三次厕所。她要他改变决定。老爸不理睬，不答应。我了解父亲。自打记事起，我就知道父亲脾气犟。他要干什么，就非干不可，妈妈的话对他一般不起作用。为此，两个人从年轻到现在，一直叮叮当当，从没有间断过。老妈软说不行，硬吵也不行，没有办法，只好半夜三更给我打电话。老妈说要不是事情紧急，她不会这么晚给我打电话。我也确实认为妈妈说的事非同小可。我对妈说，坚决阻止父亲去云阳。父亲年纪这么大，又有病，只身去那么远，几百公里，开玩笑！我让妈妈把电话递给父亲。父亲接住电话，我旗帜鲜明地表明了我的态度：坚决不同意他到云阳去。出乎我的意料，老爸嗯嗯啊啊地应着，一点都没有犯犟，我甚至都觉得老妈是谎报军情。我受到老妈传染所产生的火气，由于老爸的"驯顺"而降了下来。老妈打电话的本意是搬救兵，要我立即回去强力逼迫父亲改变决定。现在看，没有这样的必要了。

随后我又对老爸进行了一番严肃的"教育"，我说话的语气完全是当年他教训我不让我到村南小河里洗澡游泳的语气。这就是所谓的三十年河东三十年河西。我这样对父亲进行"教

厚土

育"，并不是我要耍威风，不尊敬长辈，我是为他好，是实实在在为他着想。父亲今年七十八，不说他的心脏病，光这么大的年纪，火车、汽车颠簸劳顿就吃不消，更不用说身上还携带着那个"不定时炸弹""人类第一杀手"了。我还告诉他我们一天二十四小时是怎样的提心吊胆。说到最后，父亲向我再三保证不去云阳了。我把这话说给母亲，母亲不怎么相信，临挂电话时提醒我：别被你爹的甜言蜜语所蒙蔽啊！我哈哈一笑。

放下电话，我便向妻子炫耀我在我们家的地位。妻子喊了一声扭过脸去。真的，当时，乃至后来好长一段时间，我都为我的话所产生的效果而沾沾自喜。过后，我几次打电话回去，询问父亲的表现。母亲告诉我，你爹不再提去云阳的事了。我甚是高兴，以为我的话真的起了作用。母亲经常说，你爹最听你的话。我也有这种"自知之明"：父亲最听我的话。我虽是老二，但我自从上学，一直学习好。无论小学、中学，还是大学，我的成绩在班里总是数一数二。虽然现在，我不是什么让他们为之荣耀的官，也没有给他们挣来很多很多的钱，仅只是个高中教师，但父母自始至终都以我为自豪。

父母不识字，我们家往前数几辈儿，也都是只有"耕"没有"读"。父母对我们几个寄予厚望，想让我们都能读书识字、有文化，使我们家变成"耕读传家、书香门第"。但是哥哥不争气（父母语），就是不好好学习。哥哥高中毕业，刚好赶上高考恢复，机会难得。可哥哥不参加，反而要报名参军。那时候，参军哪有那么容易？哥哥很聪明，也善于动脑子。他背着父亲跑到大队找到大队支书傅开来，说父亲叫来的，想让他参军。那时候，叫谁参军不叫谁参军，大队支书有很大话语权。大队支书和我父亲，好得跟一个人似的。（对了，父亲就是要和傅开来一起去云阳的）傅支书立马跑到公社武装部，找到吴部长。纸包不住火，很快，父亲就知道了。父亲不想让我们哥俩当兵。好铁不打钉，好汉不当兵。这是父亲经常挂在嘴边的话。他还常给我们讲述，中华人民共和国成立前村里和他年岁差不多大的几个人当了兵之后的悲惨下场。哥哥要参军，开始父亲坚决不同意。可是哥哥一向不听他的，总和他对着干，父亲没有办法。不过，时代的变化父亲也感受到了——那几年村里当了兵的人复员以后，有的被分配到了县城，有的被分配到了平都，有的提了干……都把户口迁出了农村，吃上了商品粮。父亲不是死脑筋，当时当兵的种种好处父亲心里明镜似的，加上支书的劝诱，父亲最终同意哥哥去当兵。

哥哥当了兵。可他生不逢时，复员的时候，什么优抚政策都没有了。哥哥在部队里也没有获得一技之长一官半职，所以，回到家以后，和父亲一样，又修理起了地球——这是父亲最不愿看到的结果。哥哥复员以后，找了对象，很快结了婚。结婚以后，依着父亲和支书的关系，村里给哥哥批了一处宅基地，盖了新房。哥哥搬出了老宅，在媳妇的严管之下，过起了自己的小日子。从此，基本不再光顾老宅，不再搭理父母。父母与哥哥之间的这种不和谐，依我看，与父亲有很大关系。从小到大，父亲见了哥哥的面，不"日刮"（土语，训斥）不说话。哥哥背地里一肚子的气，一肚子的怨，他常对别人说父亲待他还不如旁人。他的话，街坊邻居听了，都认为是埋怨父母对他另眼相看，对我们三个小的宠爱有加。其实，他指的不光是我和两个妹妹，他话里另有所指。他指的是王广春。对了，父亲和傅开来要去云阳看的人就是王广春。

　　王广春何许人也？主要是时光如梭脚步太过匆匆，要是时间是播放器，往回倒个四五年，这名字保准把你吓一大跳。前几年，他可是赫赫有名，不要说在全市，就是在全省，他的名字也绝对称得上是如雷贯耳。父亲一介草民，怎么和这样的大人物——平都市前常务副市长扯上了关系？要把这个说清楚，还得从20世纪知识青年上山下乡接受贫下中农再教育说起。

　　王广春是个下乡知青。按当时的政策，王广春应该到青海——大西北去上山下乡的，可是他却来到了我们村。他是怎么来到我们村的，这里面有原因。我们村有一个人，姓姚，在平都的一个中学里教书，这个中学就是王广春上学的学校。就在王广春们将要被送到荒凉的西部前，他们学校出了一个乒乓球双打世界冠军。这个消息使他们学校和王广春们受益匪浅。上级开恩，特准他们学校的学生不去青海，可以就近上山下乡。这样，这位姚老师就把他的爱徒——王广春和他的同学们带回了老家，来到了我们村。这一群学生来到我们村，我们把他们当成贵宾来接待。那时我大概是小学三年级，我们也都知道了王广春学校出了个世界冠军。当时我们的想法（我们那时还不会产生想法，我们的想法都来自大人、哥哥姐姐）是，他们学校还能再出世界冠军。而且，未来的世界冠军，肯定要从他们这一群人中诞生。我们的判断是有根据的——他们没来时，村里人就传着，说他们当中有一个乒乓球省级冠军，两个平都市冠军。所以，看到他们来到我们村，我们排着队，喊着口号，夹道欢迎，把他们当作英雄，就像现在的80后、90后看到孙杨、林丹那样，就差没有手机，没法把当时的场面给拍下来。他们这一群人，乒乓球都打得好，随便挑一个，我们村里就没有人能与之相匹敌。

王广春们没来以前，大队就做了周密的安排。他们吃住在我们学校，（两个大教室，隔成几个小房间，供他们起居）待遇跟学校的公办老师一样。一段时间以后，有人说饭不好吃，大队就专门请了一个我们村里公认饭做得最好的大妈，给他们做饭。他们的关系被安排在了我们生产队，说是跟着我们队的社员干活。安排是这样安排的，但在我的记忆里，他们很少"上工"（跟社员们一起下地干活）。他们下地，也只是到田间地头走一走、耍一耍，逮个蛐蛐，拍个蚂蚱，要不就是到南地的水壕里，摸鱼捉虾。他们玩得呀，那真叫痛快。我父亲是生产队长，从来没有要求他们干什么，更没有强迫他们去干那些脏活累活，无论他们想干什么，只要不是特别的出格，都依着他们。大队支书傅开来也明确对我父亲说，这一群孩子，都是城里人，都很娇气，对待他们，不能像对待咱的孩子那样。什么叫不能像对待咱的孩子那样？举个例子，麦忙天，打麦场里，队里和他们一般大的男孩，扛麦布袋（一百四五十斤）那是常事。对于他们，不会让他们扛。大热天，他们只要在日头底下站一会儿，我父亲，还有别的大叔大婶就会催他们离开，催他们到路旁的树荫下休息。他们不用参加流血流汗的体力劳动。还有一个更重要的原因是大队给了他们一个任务：教我们，即学校里的孩子打乒乓球。你们学校能出个世界冠军，傅支书说，那你们得让我们学校也出个世界冠军。即使培养不出世界冠军，培养出个国家冠军也可以！听了傅支书的话，王广春们哈哈大笑。他们领教过傅支书的风趣和幽默。他们知道，傅支书给了他们一个借口，使他们不必整天跟社员们一样，到田地里流血流汗。

　　　　　　　　　　　　　　　　　厚土

傅支书和我父亲与王广春的友谊就是在那几年里建立起来的。

　　这一群知青，刚来时有十来个。没过多长时间，走得就只剩下三个了。其实，他们来不来，没有多大关系，村里对他们根本没有什么要求。他们的父母，根本不舍得他们的孩子到农村到田野里风刮日晒。依着距离近，依着这样那样的理由，三天一趟两天一趟，来跟傅支书为他们的子女请假。因此，这些知青，在我们村里是三天打鱼两天晒网。有的，来了十几二十天以后，就回去了，再也没有露面。另外一些，十天里来个一天，最多两天，就没了踪影。三分之二的人，在我们村待的时间，满打满算，加起来连半年都没有。那些不肯老老实实在我们村里待的原因，从王广春以及剩下的两个人嘴里，村里人听出了个大概。那些人的父母，要么是自己当着什么什么长，要么是他们的亲戚当着什么什么长。总之，都是有门路的。王广春的父母，都是工厂里的普通工人，没有什么门路。王广春的父母也说给他找找人托托关系，王广春不叫，他说他想在农村这个广阔天地里经风雨见世面，接受贫下中农再教育。他的说法，很正统，很冠冕堂皇，父母也就不再坚持。实际上，是他父母找不来关系，如若能找来关系，谁的父母也不会眼睁睁看着自己的孩子在农村吃苦受累。从后来的情况看，王广春的话，是他那个时期真实思想的表露。他想以此为跳板，跃上更高的台阶，用现在的话讲，就是镀金——镀上"上山下乡"这一层金。那些年，在农村镀了金，然后飞黄腾达的例子不胜枚举。王广春想走他们走过的路。另外两个，都是女生。她们一个人的爸爸是右派，另一个人的爸爸是"走资派"。他们三个在我们村待的时间最长。

他们三个都是十七八岁的年轻人，一男两女，王广春又长得很帅气，所以，他们之间自然会发生许多故事。开始时，两个姑娘（一个叫华玉，另一个叫曹蕊）似乎都在追王广春。依着村里人的眼光，不论华玉还是曹蕊，与王广春处朋友，都是般配的。华玉，人如其名，皮肤洁白如玉，光滑细腻。在我们村里，像华玉皮肤这样白、这样细腻的姑娘，一个都找不出。曹蕊的特点在脸上，她的脸是典型的瓜子脸，眼睛、鼻子、嘴巴分配得恰到好处。最主要的是他们三个身上的那股子城市人气息。什么是城市人气息？是气质，是他们流利的普通话，还是他们的穿着打扮？说不清楚。反正，他们与我们村里的小伙子大闺女不一样，完全不一样！在大多数知青看来，上山下乡是受折磨，是下地狱。在我们看来，他们出生在城里，长在城里，是老天的宠儿。看见他们，我们心里只有羡慕嫉妒，绝对没有恨。像我们这些小学生，总是自觉不自觉地效仿他们。他们不经意间的某个动作，某个姿势，甚至是吐一口吐沫的样子，也会成为我们行为举止的标准。此后很多年，村里出生的孩子，名字里不是含"玉"，便是有"蕊"。

　　大多数人都能看出来，王广春当时一心要和广大贫下中农打成一片，对两个姑娘暗暗投送过来的秋波不甚敏感，似乎真的当成了秋天的菠菜。王广春除了到学校里教我们打乒乓球，还坚持同贫下中农同吃同住同劳动。我父亲不给他分配任何任务，但他抢着干。麦收季节，他的皮肤晒得和我们一样黑。收了麦子种水稻，他在水里一个跟头又一个跟头，他的衣服上是泥巴，头发丛里是泥巴，鼻子尖上也是泥巴，他那样滑稽的模样给我留下很深的印象。因为他和我们不分你我，所以得到了大家的喜

　　　　　　　　　　　　　　　　　　　　　　　厚土

爱。喜欢他的人不分男女老少，但男女老少对他的喜欢，含义又有所不同。我的意思是，我们村里与其年龄相差不多的姑娘也都喜欢上了他。她们的喜欢，有的含蓄，有的大胆，有的表面冷漠而内里热烈，有的曲里拐弯，有的直截了当……其中一个，为了抢得先机，把对他的喜欢过程大大缩短，直接变成了爱，变成了献身。

　　这个姑娘叫刘秀琪，按辈分我得叫她姑姑。我们村子不大，不论东街西街，不论一队七队，各个家庭之间的辈分都分得清清楚楚。刘秀琪人长得没的说，高挑的个子，眉清目秀，很是秀气。除了皮肤，和华玉有一拼，她的鼻子稍微大一点，要不不在曹蕊之下。正因为她的身材与长相，她才敢跨出那一步。还有一个原因，她家里有"攀附院外之枝"的传统。她的一个亲姑姑，刚解放时，爱上并嫁给了家在外地人在我们村小学任教的老师。当时那个老师没有什么特别之处，只是一个教书匠，只是写得一手好字。后来，村里人把当时的他称作"埋头坷垃"（现在流行叫"潜力股"）。没过多久，该老师进入行政部门，几乎一年一个台阶，到王广春下乡到我们村时，已是省里的大官了。刘秀琪的姐姐，长得也很漂亮，前几年嫁给了来村里搞"四清"的工作队队员，那会儿那个工作队队员已调回县城成为一个局革委会副主任。这两桩婚姻使刘家尝到了甜头得了好处。所以，当村里人看出刘秀琪的意图时，纷纷对其"看好后市"。刘家姐妹在村里那是一个赛一个，这，人所共知。那些暗暗喜欢王广春恨自己不够大胆的姑娘只有嫉妒的份了，明里暗里嫉妒。有人为刘秀琪说话，（村里好多人都是看着刘家人的脸说话）嫉妒，行呀，你也追追试试！你得有那坯子！在说话者看来，村里只有刘秀琪有资格追王广春。

对于刘秀琪抛过来的绣球，王广春接住了。王广春接住刘秀琪抛过来的绣球在当时应该是真心的，是想以此证明，他要彻底地和贫下中农打成一片，要把自己变成一个彻头彻尾的贫下中农。这一点，当时没有人怀疑。人们认为王广春和刘秀琪是天生的一对儿，华玉、曹蕊算什么，她们是"资产阶级娇小姐"。好多人都不失时机撺掇他们，为他们提供便利，还有更深层的原因。当时成天讲缩小"三大差别"，说缩小"三大差别"，那意思就是"三大差别"明显存在，并且矛盾非常突出。作为农民的我们，在城里人面前，内心里其实很是自卑。大家撺掇王广春与刘秀琪，其实是想在他们身上找到点缩小"三大差别"的感觉，满足一下我们的虚荣：看，我们农村姑娘也能配得上你们城里人。

王广春与刘秀琪成了一对恋人。他们出双入对，王广春几乎天天到刘秀琪家吃饭，干活也常常在一起，只是他们没有明着同居一室睡在一张床上。暗地里，外人谁也说不清。要不，刘秀琪会大了肚子？他们成为恋人，如前所述，引来姑娘们嫉妒，小伙子咬牙切齿。所以，当听说王广春甩了刘秀琪时，村里的小伙子们个个摩拳擦掌、义愤填膺，非要从王广春身上卸下个一件两件留在村里做个纪念，他们觉得先前受了王广春的羞辱。姑娘们的表现则意味深长，嘴里说要用锥子把王广春锥个稀巴烂，把他的心挖出来看看是什么形状，内心却是幸灾乐祸，静等着看刘秀琪的笑话。

王广春与刘秀琪分手，王广春说是性格不合。这显然站不住脚，村里人不相信。性格不合，你们能相处那么长时间？性格

　　　　　　　　　　　　　　　　　　　　厚土

不合，你还成天在人家家里吃饭，还搞大了人家的肚子？你们只是谈恋爱，还没结婚，人家还是大姑娘呀，绝对说不过去！有人断定，王广春是想攀高枝。刘秀琪的姑父是省里的大官，这根枝不算高吗？不高。县官不如现管。刘秀琪的姑父在省城，远水解不了近渴。那个叫曹蕊的姑娘，爸爸"走资派"的帽子被摘除，官复原职，又成了市里的三把手。他和曹蕊好，立马就能跳出"火坑"，回到市里。有人补充道，王广春和刘秀琪处对象将近两年，刘秀琪的姑父要是办事，早把王广春给提拔了，结果呢？也就是说，刘秀琪的姑父不顶用。两个人从走到一起到分手，其间的根根节节只有他们两个人知道。村里人不管这些，他们认准了就是王广春忘恩负义，就是王广春对不起刘秀琪。这当中当然还夹杂着乡下人对城里人的复杂情感。

王广春跟刘秀琪说了要跟她分手以后，就消失了。有人看见他是和曹蕊一起消失的。很快，这件事在村里传开了。街坊邻居由议论到气愤到怒不可遏，纷纷表示要教训王广春。人家走了，一去不回了，你们能怎么样？放心吧，跑了和尚跑不了庙，他得回来拿行李办手续，他百分之一万得回来。有人有把握。没过几天，他果真回来了。王广春对我父亲和傅开来感恩戴德其实是自此始。

王广春在我们村里待了将近五年，其间他做过很多"掉底"的事，都是父亲为他遮拦。有些遮拦不了了，推给傅开来傅支书，傅支书为他遮拦为他擦屁股。在此之前，我父亲还有傅支书为他遮拦为他擦屁股，他并不真心感激，反而觉得是一个生产队长、一个大队支书分内的事情。比如，那一次造成拖拉机损毁的事件。有一年，队里用搞副业挣的钱买了一台手扶拖拉机。有一天，拖拉机要到平都拉化肥。有几个人趁车去平都。王广春想回老家，就坐上了拖拉机。拖拉机进入平都市区不能走大路，上了煤渣坡，拖拉机向北开，穿过中州路来到小北门。当拖拉机走到中州桥时，刚好到了饭点儿，大家都说下车休息休息，吃点东西，上上厕所。大家对那一带很熟悉，在那儿停车，是因为那里有家牛肉汤馆。牛肉汤味道虽一般，但汤不要钱，喝完就添，想喝几碗喝几碗。所以，深得村里人喜欢。车停下了，大家纷纷拿出油馍烙饼，买牛肉汤泡着趁热吃。王广春没有带油馍烙饼，别人把自己的东西给他，他不要，他说他快到家了，还邀请大家都到他家吃饭。大家知道他是客套，笑说，你们家的锅没有那么大，管不起农村来的大肚汉。说着，大家争先恐后进入牛肉汤馆。正当大家吃得津津有味浑身冒汗时，只听咕隆一声，地动山摇。大家跑出门，惊慌地四下查看。哎，咱们的拖拉机哪里去了？拖拉机怎么没影了？这时候，桥上已聚集了一些人，正趴在栏杆上大声呼喊。大家跑过去。啊！他们看到的景象，胆小的几乎昏厥过去：拖拉机冲开一段栏杆掉到了四五米深的中州渠里！拖拉机的后车斗翻盖在车头上，浅浅的渠水正哗哗地从旁流过。王广春趴在拖拉机前方四五米远的地方一动不动，渠水把人埋了一大半！人们赶紧下到渠里，七手八脚把王广春拉上岸。大家掐他的人中，带着哭腔地喊叫。几分钟过后，王广春苏醒过来。人们还在掐他的人中，叫着喊着，因为人们认为他已经死了，不会再醒过来了。神奇的是，他只是受了惊吓，受了点皮外伤，没有大碍。谢天谢地！这一件事，虽然没出人命，可是生产队买了不到一年的拖拉机几乎报废，那可是三千多块钱哪！那个时候，一个生产队一年的收入也就一万来块钱！如果是正常情况，王广春是驾驶员，他开着拖拉机，由于不小心出了事故，人们当然能够理解。问题是，队里派他去培训，他不好好学还没有拿到驾驶证，不是正式驾驶员。出事的时候，他连车都没上，只是站在车头一边，就发动了机器，开上了路。坐在驾驶座上还不一定开好呢，何况是那个样子，他这纯粹是显摆瞎逞能！人们说。出这事故，责任全在王广春一人身上，按常规，即使不把他交给大队民兵营长，让民兵营长把他看管起来，最起码他得包赔损失。社员们议论纷纷，非要王广春的父母把钱赔出来！经过几天的思考，父亲说话了，年轻人嘛，犯错误是难免的，是人都会犯错，况且他不是有意的。人家父母把孩子老远送到咱这里，出了事情，是咱没有教育好，不能叫人家把责任都担吧？算了，好好教育教育，让他以后吸取教训。咱们把拖拉机弄去修理修理，再想想办法，堤内损失堤外补。就这样，父亲把这事给拦下了。

另外一次：有一年冬天，十二月底吧，一天下午，队里浇麦子。本来队里没有派王广春去，他是在学校里教我们打了一会儿乒乓球以后，晃晃悠悠走到地里去的。出了村子是打麦场，打麦场北边就是大片的麦田，打麦场有一个大麦秸垛（那是生产队一年麦秸的总和）。那一天刮着风，很冷，浇地的几个人钻到地边的小场房屋里打牌取暖。王广春进到屋里，说太冷，想笼堆火烤烤。那时候，浇地使用柴油机，一般是五个人，地这头两个，那头两个，一个人看管机器。因为天冷，五个人全围场房屋里打牌。打个四五圈，派人出去看看水到没到地头。他们不担心跑水，因为地都是生产队的，地畦很长，即使跑水，也是跑在自己生产队的地里。听王广春说想笼火，领头打牌的会计一边出牌一边说，想笼就笼吧，外边有麦秸。王广春得了令，拿着火柴，走到外边。

会计的意思是要他弄点麦秸到屋里边，可王广春就在麦秸垛边点起了火。王广春出去了多长时间，没人注意。结果，他把一大垛麦秸给点着了。那时候没有消防队，即使有消防队，也没有电话报警。况且，在野地里，四面没遮没挡，野风想怎么肆虐就怎么肆虐。当人们闻到烟火味儿听见着火的噼啪声，觉察到异常跑出场房屋时，火已没法救了。这一次王广春又闯了大祸。那垛麦秸是队里所有耕牛过冬的口粮！如果没了草料，耕牛都饿死了，不说它们的价值，来年耕地播种指望什么？这一次说什么都不能放过他！依照当时的法律观念，王广春至少得判个一年。因为"有意"毁坏公共财物，上纲上线来讲，那可是阶级斗争新动向！怎么办？我父亲遮拦不住了，他把情况报告给傅开来。如果傅开来不由分说把事情报到公社，公社肯定再报到县里，那王广春的处分就少不了了。傅开来很冷静，没有声张，把事情压下了。他专程来到我们生产队，召开了一次特别的社员大会。会上，傅开来语重心长地说，人家孩子来到咱这里不容易，因为这一件事，判了刑进了监狱，以后身上就有了污点，一辈子都洗不干净了。再说，把王广春弄到监狱，咱们于心何忍？咱都是父母，将心比心，还是松松手吧。我父亲也讲了话，大意和他上次讲的差不多。在我们生产队，我父亲当生产队长的时间最长，在社员们心中威信很高。傅开来比我父亲小三岁，他上过高中，有知识，有头脑，会用人，把大队治理得井井有条。村里老人们说，傅开来当个县长也绰绰有余，只是他朝里没人。说完话，连连咂嘴，不无遗憾。从中华人民共和国成立到现在，算来算去，傅开来在我们村当支书的时间最长，前后将近二十年，1987年他才让贤退居二线。在村里，傅开来的话很有影响力。

王广春好像并不知道自己犯的错有多大。这两件事这样处理，王广春似乎觉得理所应当，并没有对我父亲和傅开来有多大的感激。这从他的言谈举止上可以看出来。傅开来和父亲并没有计较王广春的态度，他们也不是有意要讨好王广春，要卖人情给王广春。他们只是出于对远离父母的孩子的关怀与爱护。

　　傅开来一向对自己的眼光很自信。王广春到我们村没多久，傅开来就对我父亲说，王广春是个人才。但是，傅开来当时绝没有料到王广春后来会当大官，当然更没有料到还会成为贪官！知青走得只剩下王广春他们三个的时候，傅开来多次对我父亲说，王广春不简单。傅开来说这话是指王广春扎根农村的决心，是指他整天跟社员们混在一起的样子。虽然华玉和曹蕊也坚持到最后，但她们是形式上的，而王广春却是实实在在的。傅开来说王广春是人才，是想培养王广春，他暗地里要我父亲对王广春多加关照。我父亲最听傅开来的话，也最实在，遇到什么机会，他首先把王广春推到前面。比如，公社办学习毛主席著作学习班，他让王广春去参加；大队组织生产队民兵骨干到山西大寨参观学习，他派王广春去……这些都不说，连队里派人到平都学开拖拉机，除了一个懂一点物理知识刚刚毕业的高中生，另外一个，就是王广春。哥哥气恼我父亲的原因就在于此。哥哥比我大六岁，比王广春小两岁，要说有些机会，近水楼台先得月，父亲应该先想到哥哥才对。但父亲没有，他脑子里好像根本就没有我哥哥。我哥上学学习不好，毛主席著作学习班，你不让他参加，可以；到大寨学习，你不让他去，也可以；学开拖拉机，为啥不让他去？派王广春去，他并不领情，不好好学习，连个驾驶证都拿不住。哥哥不止一次向妈妈哭诉。我知道，哥哥不好学习，但非常喜欢机械设备，比如汽车。平时，看到公路上跑汽车，哥哥就走不动，非等到看不见汽车为止。后来有钱了，哥哥先是买了一辆摩托，接着是三轮，这几年是小型载货卡车。哥哥与父亲的矛盾，随着王广春的到来，越来越尖锐。

扯得远了，还是回头说王广春与刘秀琪分手的事吧。这一次，看王广春怎样脱身！在村里，你谁家都可以得罪，唯独不能得罪刘家。刘家是个大户，第六生产队整个一条街都姓刘，都是不出五服的一大家子。另外的原因谁都明白，刘秀琪的姑父，那可是一手遮天的主！刘家的人，以及与刘家"一气"的人，准备好了。还有一些人，也准备好了，他们准备好了看"戏"。

父亲洞悉了刘家以及村里人的动向，很担心王广春的安全。王广春是外乡人，不是本村的，如若把人家打伤了、打残了，传出去，村里的人还咋出门？王广春不要刘秀琪，要了曹蕊，叫刘秀琪无脸见人是不对，是天大的不对，咱们得好好教育他，让他吸取教训，就是让他赔钱、让他遭受经济损失都应该。但要是打人，那可是犯法的事，更何况要是把人打伤了、打残了，那就更不得了了！人家到了咱这里，咱不能当地头蛇，不能仗势欺人，这是大理。父亲知道，王广春要来，肯定先来找他，他怕自己抵挡不住，就去找傅开来，和傅开来商量对策。傅开来赞同父亲的看法。

王广春来了，是上午来的，他直接来到我家。父亲已向母亲交代过，王广春一到我家，母亲就把大门上了闩。我们几个放学回家在外面敲门，母亲都是首先确认然后才开门。母亲让王广春在我家等，不许他跨出大门半步。中午父亲收工回到家，吃着饭，把王广春做的事情的恶劣性质、把这种事对刘秀琪——一个大姑娘所带来的毁灭性影响，等等，说给王广春听。

中午吃饭的时候，我家大门外，刘家要对王广春进行"教育"的小伙子们已经集结完毕，只等刘秀琪一个亲叔伯堂哥的到来，只等他一声令下。不一会儿，刘秀琪的堂哥来了。门外传来嘈杂声。二闹，出去看看怎么回事。我跑出去了，然后又回来，把门外的情况向父亲做了汇报。听罢，父亲对我说，去，到南街把你傅叔叔叫来。我跑到南街傅开来家。听我说完，傅支书说，二闹，你先回去吧，跟你爹说，我马上就到。傅开来来了，他是带着民兵营长一起来的。傅开来和民兵营长，带着被象征性地绑了手的王广春出了我家大门。走出大门，王广春看到拿着铁锹、锄头、镰刀，站得密密麻麻，吆五喝六的小伙子们，才真正明白了自己的处境。事后，他说看到那阵势，他当即就尿了裤子。王广春由大队支书和民兵营长护送，小伙子们没能得手。到了大队部，傅开来让人叫来了刘秀琪的父母，让他们提要求。看到王广春，刘秀琪的父母立马像惊了的烈马：父亲跳起来张开巴掌就往王广春脸上扇；母亲拿出农村妇女的看家本领，一是说上不了台面的骂人话，吐沫星子疾风暴雨般喷到王广春的身上、脸上，二是用手在王广春身上又是揪又是掐。夫妻俩那个狂暴呀，好几个人都拉不住。但他们的狂暴攻击大多落到了傅支书、民兵营长和我父亲身上。夫妻俩闹腾了一会儿，也出了气。傅支书大喝一声，把王广春押到黑屋里去！当着刘秀琪父母的面，民兵营长和大队会计，实打实地把王广春捆上，推到了另一间屋里。等刘秀琪的父母平静下来以后，傅开来让他们提条件，说，杀人不过头点地，咱总得想个解决办法吧？那时候的人不像现在，嘴里说不是为了钱，其实，遇到这类事，就一个目的——要钱。几个人说了半天，刘秀琪的父母就一句话，把王广春枪毙了！要搁现在多好呀，女方提出个数额，要男方赔多少青春损失费、堕胎费、精神损失费，等等。男方听了，做个估算，如果双方差距太大，再经中间人协调、说和、做工作，双方让步，最后达成协议，男方把钱一掏，了事。有人不是说嘛，凡是钱能解决的事都不是事。可刘秀琪父母不要钱，非要千刀万剐王广春不可。

不管怎么说，经过诱导劝说，刘秀琪的父母最终答应王广春拿出一些钱作为补偿。王广春求之不得。刘家开的价是五千。在场的人听了都觉惊讶：刘家是狮子大张口！王广春还没说什么，傅支书就把刘家父母拉到一边。他们嘀嘀咕咕一阵，然后回来，傅支书对王广春说，刘家父母通情达理，理解你家的难处，知道你家虽说是城里人，但挣钱也不容易，减少两千，怎么样？王广春当然同意了，刚才说五千时，他都差一点同意呢。这样双方达成一致，王广春家拿钱了结了此事。事后，人们说，王广春命里必须受此损失，那台拖拉机三千多，他没赔，得，这次他把钱赔出来了。王广春毫发无损地离开了我们村，他答应给刘家的钱是他父母隔了几天后把钱送来的。

以上这些，我之所以能写得这么详细，是因为它发生在我空白的大脑开始大量充填东西的时期。那个时期的王广春虽然立志扎根农村，要为农村奉献自己的一切，虽然是个有志青年，虽然"大有可为"，但还有点淘气，甚至还有点顽劣。在我心里，就是现在，他也是这个样子。反正，那时候的王广春怎么都与以后的常务副市长联系不到一起，稍稍能与以后的常务副市长联系到一起的只有那么一点点印象。王广春有知识，有文才。他写个稿子写个宣传材料，那是手到擒来。他在我们村最后几年，年终总结，傅支书拿到公社去念的发言稿都是王广春写的。他写的稿子文采飞扬，与我们村里的几个秀才写的大不一样。王广春的口才也很了得，我的脑子里有他在全村社员大会上发言的清晰画面。傅支书有口才，但讲起话来，一嘴的土语方言。王广春讲起话来，地道的普通话，听来清新悦耳。如果上山下乡的政策一直不变，王广春真的在我们村扎了根，现在的王广春会是什么样呢？我想象不出，真的想象不出。

王广春回城，比下乡知青回城浪潮早两三年。从知青回城浪潮开始到现在，大多数上山下乡的亲历者，提起那一段经历，似乎都有说不尽的冤屈、道不尽的不公，仿佛皇家太子，本该接替皇位却被发配边疆！那么，生在农村长在农村的青年呢？他们根本不知道外面的世界，所以没有怨言，心甘情愿享受着城乡差别。不管怎么说，那些上过山下过乡的知识青年，回城后进入各行各业，开始真正的"大有作为"。从20世纪80年代至今，他们形成了一股强有力的力量。这股力量对中国的影响，方方面面都能看得到。王广春就是他们中间的一分子。

王广春和华玉、曹蕊——们村最后的知青离开了。他们离开以后，我们村又恢复了过去的平静。他们离开得决绝，义无反顾。

当我高中毕业时，高考制度已步入正轨。我考上了大学，也离开了农村。我的离开，是飘飞的风筝——人虽漂泊在外，心还系在父母手中。我大学毕业后被分配到了县城，由于离老家不远，所以经常回去。每次回老家，都能从父亲嘴里听到有关王广春的消息。王广春回城以后的路大致是这样的：回城半年后，接了父亲的班，进入一家工厂。在工厂里从工人到车间主任，再到副厂长、厂长，他在这家工厂一直干到20世纪80年代末。他和曹蕊结婚是他进入工厂以后的事。曹蕊的爸爸对王广春的仕途影响很大。王广春从厂长跳到副区长一级，他的岳父起了关键作用。他在副区长任上干到20世纪90年代中期，然后升为正区长。20世纪将要结束的时候，王广春进入市委大院，职务是市委办公室主任，三年不到，成为副市长。

从和父亲的谈话中，我能感受到父亲对王广春的关心与记挂。虽然此后几十年里，他和王广春见面的次数屈指可数，但他却津津乐道，以此为荣。特别是后几年里，只要谈起王广春，你就能感受到他的自豪以及他合不拢嘴的喜悦，仿佛王广春就是他养大的儿子。别人说起王广春，只能说好，不能说赖。若听到别人说王广春半个不字，他就会急，甚至跳起来和人家吵。要是他再年轻几岁，和人干架都说不定！那是一种爱护，是父亲对儿子的爱护。

王广春当厂长的十几年里，村里很少有人想起他。偶尔提起，大多都很负面，说他是"祸害"——把拖拉机开到中州渠，一把火烧毁队里的麦秸垛，说他是陈世美……当王广春升为副区长时，有识之士率先改了口，一张嘴就是王广春在村里时的好：他的乒乓球球艺，他的发言稿文采飞扬，他站在全体社员面前滔滔不绝的口才……在城里遇到了事情，有人就试探着去找王广春。王广春很冷淡。他当然冷淡，那些拿着家伙只想要他变成残疾的小伙子，仍在他内心深处张牙舞爪。我们村留给他的不可能是好印象。随着时间的推移，那些小伙子的狰狞面目，在他心里渐渐退去，很可能逐渐被父亲、被傅支书的形象所取代，他想起了村里人对他的好。王广春的这一变化从他对村里人由冷淡变为热情便可洞察。王广春的热情纵容了村里人的"模糊"，村里人都是"顺杆爬"，遇到事情，去找王广春的人多了。后来，一遇到事情，就去找王广春。王广春为他们撑腰，比如买种子、农药、化肥，在街上卖菜磅秤被城管拿走了，开着不允许上大街的农用车上了大街，被警察扣住了……王广春成了他们的靠山！对于王广春来说，给了一个人的面子，就不能不给另一个人面子。令父亲和傅开来高兴的是，王广春没有忘记他们，不断通过找他办事的村里人给他们捎信，要他们去城里玩儿。一个人捎信，他们理解为是王广春的客套话；两个人捎信，他们还以为是客套；三个人、四个人呢？王广春是真心实意邀请他们，他们俩由衷地高兴。择了个日子，父亲和傅开来到城里找王广春耍去了。他们是在深秋的一个上午去的，去的时候，他们给王广春带去了从果园里新摘的红富士、紫红葡萄。他们回来时，王广春给他们一人一瓶茅台、一条云烟（尽管他们俩都已戒烟）。那可是几百块钱一瓶的茅台、一百多元一条的云烟呀！这件事立马在全村传开，人们纷纷来我家争相目睹茅台的尊容，品尝云烟的独特味道。村里人听说过云烟、茅台，但绝没有吸过、喝过。这下，父亲和傅开来（他们已是靠边站的老人、闲人）在村里的地位一下子飙升了很多。那一瓶茅台，在那一年春节，是父亲挨家挨户叫来会喝酒的男人，一人一小口分着喝完的。

父亲和傅开来在村里的威望，顺着两瓶茅台，进了人们的肚子，进了人们的心中。来年夏天的一件事，任谁都觉得事情要办成非我父亲和傅开来莫属。什么事呢？那一年春上，村里人种西瓜，种子几乎都是从平都老集一家种子店买的。买的时候，店家说得天花乱坠，说他们的种子是什么新品种，是什么什么的科研成果。村里人迷信"科学"，都信了。种上以后，悉心莳弄。成长过程中，也没觉出西瓜有什么异样。可是，慢慢地看出了问题。起初，人们不敢往坏处想，自我安慰说，这是晚瓜，是新品种，等到一定时候，会结出西瓜的。然而，西瓜秧一天天长粗长长，叶子一天天阔大，可就是不见结西瓜。最终，人们不得不痛苦地承认，他们被骗了，买了假种子。大家都觉得不能就此罢休，因为这是他们一年的指望呀！种子店里的人根本不承认种子是从他们店里卖出的。（因为买时都没开发票）村里人去找这个那个，问题就是得不到解决。村里人决定上访。可是，还没有走出家门，就被拦了回来。这时候，他们想起了父亲和傅开来。父亲和傅开来那一年没有种西瓜，他们种的是茄子。其实，也不是他们种，傅开来把地给了他儿子，父亲把地给了哥哥，他们只是当顾问。其间，也有人去找过王广春。王广春很热情，写字条，打电话，把他们介绍给工商局局长。他们给工商局局长买着东西送着礼，但一天天过去，事情还是得不到解决。傅开来的一位远房表弟段发财，想起了他的表哥。这件事关系着好多家。傅开来叫来我父亲，两个人一商量，第二天就进城了。他们俩出马，王广春很给面子，亲自找到工商局局长。在王广春的督办下，事情很快解决——那家种子店出了血，一家赔偿两千元到五千元不等。

这件事的完满解决，使傅开来和父亲的威望又上了一个台阶。可是，就在这个时候，傅开来和父亲突然宣布，他们不再去找王广春替任何人办事了，并且还劝告村里人，以后不要再去找王广春，不要再去给王广春添麻烦！这是为什么呀？许多人不理解。王广春在位一天，我们能利用就利用，有道是，有权不用，过期作废嘛。父亲和傅开来的理由是，王广春区长是平都市

厚土

老城区几十万人的区长，不是我们关爷庙村的村主任。王广春为我们办事，从小的方面说，会让王广春犯错误；从大的方面说，是败坏党的作风（傅开来和父亲都是党员）。从那以后，不论什么事，再大再小，不管是自家的还是别人家的，他们俩绝不再去找王广春。有一次，我哥哥的驾驶证被交警没收，要想取回驾驶证，得交二百元罚款。哥哥来找父亲，想让父亲求王广春给说情，父亲不去，甘愿自己拿出二百元，也不去替哥哥求情。

父亲和傅开来不去找王广春，并不等于村里其他人也不去找王广春。傅开来的表弟段发财打着傅开来的旗号，去找王广春的次数最多。段发财后来在王广春的撮合下，居然在村里办起一个加工厂。王广春撮合的是他原来所在的工厂。那个工厂原来是个国营大厂，后来成功转型，虽是国有性质，但经营灵活，重新兴旺起来。他们企业需要一些初级零件，要制造这些初级零件需再建工厂。在市区，再建工厂哪能那么容易！这中间不知有多少曲里拐弯，反正，段发财经过王广春，把与国有企业的联合权夺到手中。段发财的工厂为国有企业具体加工什么零件，我不甚了解。厂子开办初期，段发财要他表哥傅开来到厂里当副厂长，让我父亲当保管，我父亲没答应，傅开来也没答应。他们知道，段发财要他们俩入伙，就是看中了他们与王广春的关系。他们俩的拒绝，并没有影响段发财办企业的决心。段发财的厂子红红火火地办起来了。几年工夫，段发财变成了村里的大老板、首富。段发财变成首富的同时，他的工厂也走上了末路，因为城里的大厂产品滞销，工厂濒临关门。大河无水小河干，段发财的工厂很快就关了门。厂子关门以后，段发财没有闲着，他很快嗅到了房地产的前景，于是，他摇身一变，变成了一个包工头，在城里盖起了房子。几年过后，段发财成为一个名副其实的房地产商。

段发财与王广春走得更近了，来往更频繁了，关系更密切了。傅开来有好几次找到表弟，要他不要那么经常地去麻烦王广春。傅开来和我父亲还特意去见王广春，要他不要那么照顾段发财，他们说，段发财人不可靠，太过滑头。他们两个当时只是有点儿担心，只是说说而已，根本不是先知先觉。他们的话没有起到作用，后来王广春翻船果然起因于段发财。

王广春被"双规"了，王广春变成了一个贪官赃官！这消息如同闷雷炸响在父亲和傅开来头上。不可能，这绝不可能！他们俩不信，任谁说他们都不信。可是，报纸上、电视上、网上，无一例外地做了报道，他们不由得不信。更让他们无法争辩的是段发财的媳妇探监回来说的话——段发财先于王广春被逮捕。实际上，就是段发财把王广春供出来的。王广春从段发财手上收礼受贿二百多万，因为段发财的村办工厂，因为段发财在城里买地皮盖大楼。当然王广春还有别的事情，还接受过别人给他行的贿，他的受贿总额有五百多万，还有二百多万说不清来源！王广春被判有期徒刑十五年。王广春被判了刑，父亲蔫了，傅开来蔫了，比他们自己犯罪对他们的打击还大！

王广春是被调到云阳不久被"双规"的。王广春离开平都前，父亲和傅开来应邀专程到平都给他送行。当时，组织上没有说什么，只说是正常调动。王广春肯定也没有觉察到什么，因为他非常高兴，还专门请他们俩到家里，让老妈子给他们做了一桌好菜。席间，王广春和他们俩推心置腹、谈笑风生。父亲和傅开来很是感动，他们俩回来时，自然又带回好多值钱的礼物。

王广春由平都市常务副市长升任云阳市人大常委会主任。这应该说是升，明升。暗里嘛，是让他靠边站，让他不再管那么多事，享享清福。但王广春当人大常委会主任不到一年，就东窗事发，享不成了清福不说，还得遭罪。

王广春早晚得出事。我哥哥说。村里好多人也这样说，看他当年在咱村里干的那些事，就知道他兔子的尾巴长不了。大多数人都善于事后诸葛亮。

事情的起因在于段发财被抓。段发财承建的一幢大楼，被监理部门查出是豆腐渣工程。因为工程质量牵动着千家万户的心，所以政府很重视。结果一查，牵出了一系列问题。

你咋回事呀？怎么还不接电话？吵死人了。妻子被吵醒了，不耐烦地说。

我一个鱼跃，拿起电话。二闹，你快回来吧，你爹他，他……我的耳朵还没挨住电话，老妈颤抖的声音就从电话那头传过来。

我爹怎么了？妈，你说，慢慢说，别急，别急。我不敢往下想，感觉四处都雷声震天。

他去云阳了！他是吃了午饭出去的。他说他去找你傅叔叔下象棋，我没在意。结果到现在还没回来。我一看，你前几年往家里撇的双肩包不见了，前几天从银行里取的三千块钱也不见了，我给他洗干净的衣服他都穿在了身上。摸黑儿，我到南街你傅叔叔家，你傅婶告诉我他们俩去了云阳！我说你傅婶，你咋不早一点跟我说呀？她说她才接到的短信。她比我小，眼不花，会用手机。这不，我才急着给你打电话。你说，现在咋办？

啊！虽然不是最坏的事情，但还是把我吓一大跳。现在能咋办？我先安慰老妈，叫她不要着急，说老爸身体好好的，不会有事，让她放宽心睡觉。老妈就是担心，就是不放下电话。我知道，老妈这一生心都在父亲和我们几个儿女身上。没办法，我说我现在立马回去。老妈清楚，我现在回去也不济啥事。最后，老妈很不忍心地挂了电话。

父亲去云阳了，我的担心不亚于老妈。我有种被骗的感觉：说好不去云阳了，怎么又突然变卦了？我要问清楚原因。我拨了父亲的电话，电话里传来一个女声：您所拨打的电话已关机。父亲关机是什么意思？是他有意而为，不想让我们和他联系，还是出了什么事？手机坏了，还是他和傅叔叔被人抢了？还是……总之，关机的可能性有N个，一时半会儿搞不明白，也没法搞明白，除非找到父亲。我躺回到床上，可是这N个可能性搅得我再也没有睡意，睁着眼熬到了五点四十，我们学校上早自习的时间，我赶紧又一次拨打电话，仍是关机。

打通父亲电话的时间是八点五十。电话打通了，说明父亲很平安，我舒了一口气。到了这个时候，再说什么也不起作用，只好顺着他走——火车上人多不多、冷不冷、几点到的、旅馆条件好不好，等等，我还问他们在云阳的安排。他说他们吃了饭就去监狱里探望王广春，他们住的小旅店离监狱不远，半个小时就能到。我问他药带没带，他说带了，我嘱咐他一定要按时吃药，父亲说知道，傅叔叔会监督他的。末了，我强调两点：一是注意身体、注意安全，看了王广春早点回来；二是一天二十四小时开机，以便我们随时联系。他说他知道，昨晚上是因为手机没电了才关的机。我还要再说话，他说，你咋也变成你妈了？絮絮叨叨没完没了。我只好挂了电话。

当时我没有想起来问，他们确定不确定王广春就在云阳监狱，我还以为他们确切地知道王广春在云阳监狱才去的。谁知他们到了云阳监狱，狱警告诉他们，王广春根本不在那里。他们问狱警知不知道王广春现在在哪里，狱警说不知道。按理说，判了刑的犯人，在哪里服刑应该没有保密的必要。后来才知道，他们以为王广春在云阳被"双规"，在云阳被判刑，应该就在云阳监狱。当父亲跟我通电话，说王广春没在云阳时，我心里暗自高兴，趁机督促他们赶紧回来。我对父亲说，你们去了，心尽到了，也就算了。他没在那里不是你们没去，原因不在你们。我心想，他们俩去看王广春，用村里人的一句话叫：芝麻秆喂驴——礼到就行了。不承想，父亲说，不，他们一定要找到王广春，见到王广春，给他交代交代，要他老老实实，听党的话，服从监狱领导，深刻认识自己所犯的错误，痛改前非悉心改造。把话说清楚，把理给他讲透，他们才回家。唉！我为父亲和傅叔叔叹息，一对儿幼稚天真的老小孩！听他们说话，我甚至怀疑，他们莫不是还生活在20世纪六七十年代？王广春可不是上山下乡时期的王广春了，他们以为王广春还是那个不小心烧了麦秸垛的无知青年？他们以为他们给王广春进行一番政治思想教育，王广春就能洗心革面重新做人？监狱就会法外开恩？

说什么才能让他们明白呢？事实是说什么都不行，他们岂是小辈如我能开导得了的？我做了尝试，但还是明智地放弃了。我接着问他们，下一步准备怎么办？准备到哪里去找？父亲告诉我，他们知道王广春的媳妇和儿子的电话，准备问问他们，看王广春在哪里，然后直接坐车到那里去。我能说什么？只好还是健康、安全无用的话说了一通。

　　晚上，电话打过去，得知父亲和傅开来已坐在了开往开封的火车上。他们从王广春的儿子那里得知，王广春在开封的河南第一监狱服刑。这应该是准确信息。趁着晚上没有自习，我想跟父亲多说一会儿话。跟父亲说话，我是抱着无望的希望：万一哪一句话打动了父亲，他们回心转意，就地转向，打消去开封的念头，岂不快哉乐哉！我这并不是天真，我确实为父亲的身体担心。你们大老远去，给王广春带了什么东西？没给他带东西。王广春缺什么？什么也不缺。王广春当常务副市长那会儿，啥没吃过，啥没享受过，他吃的用的咱听都没有听过。父亲坐的那列火车上，旅客似乎不多，也不嘈杂，电话里他的声音很清晰。既然他不缺什么，那你们去看他有什么意义？就为跟他说那几句话？况且，你们说的，是老生常谈。王广春是什么人，他自己能不清楚？你不明白，二闹，这意义大着呢。别看王广春当常务副市长，是个大官，他最听我和你傅叔叔的话了。他曾经跟我们俩说过，只有从我们俩嘴里才能听到真话，只有我们俩才是真心为他好。唉，现在说这话也晚了。他当上区长以后，我和你傅叔叔害怕去多了，会给他添麻烦，会让他分心，会让他犯错误，就说少去找他。现在看，要是那时我们经常去他那里，勤跟他说着点，他也许就不会犯这么大的错了，都怨我们！王广春是能人，本性不坏，要不是段发财他们，他绝不会走到这一步。即使听了你们的话，他能怎么样呢？他听了我们的话，好好改造，说不定能提前出来呢。他本性真不坏，心肠也好，改造好了，出来还是好人。

　　还能再和父亲说什么呢？我投降。我只好转向钱够不够的

　　　　　　　　　　　　　　　　　　　　　　　　厚土

话题。够花，够花。我带了三千，你傅叔叔带了五千呢。这两天，除去路费，我们才花了一百多块钱，足够花了。钱可要带好，路上小偷多着呢。我们知道，钱都在裤衩里缝着呢。本想跟父亲多说一会儿话，可找不到其他的话题了，只好又嘱咐了两句，挂了电话。

上完两节课，我还没来得及拨电话，口袋里的电话就响了。一看是父亲，我摁了接听键，电话里却传来略带沙哑但很洪亮的熟悉的声音，是傅开来傅叔叔。

老二，你听我说，你爹他，他……

我爹他怎么了？傅叔叔，你们现在在哪里？

我们在开封。你赶紧过来吧，你爹在医院里……

翘　望　者

　　吱吱吱吱……顶棚上的老鼠，不知是狗连蛋呢，还是食物分配不公，争闹个不停。云生娘知道是老鼠叫，不是电话响，但在潜意识里还是把它当成了电话铃声。刚刚对接上的眼皮又脱离开，褪去了对眼球的任何遮拦，她看向窗户。

　　窗户的亮很微弱，如果不仔细看，根本看不出那是能透光的玻璃窗。是否又回到了从前，玻璃又变成了纸糊的木格子？原来的窗户，三四一十二块小方格，格子上糊着纸，早上外边老天大明了或者下午刚到半晌儿，屋里就黢黑一片看不清东西了。木格子换成玻璃，已十几年了吧？是在云生结婚前拾掇房子时。对，就是那一年。要不是云生结婚，小气鬼千秋才不会又舍工夫又花钱，把木格子拆下换成玻璃。你说你是木匠，搁你手里这点活算什么？别人央点啥，一叫就走。家里的活，屎不憋到屁股门跟前就是不去找茅厕。一块玻璃，也不过三五块钱，就那，今儿拖明儿，明儿拖后儿。因为屋里暗，白天又不让点灯，特别是阴雨天，做不成针线活，她不知跟死鬼吵闹过多少回。不管怎么说，趁着云生结婚，木格子换成了玻璃。换成玻璃以后，屋里亮堂多了，干什么精神都畅快。记得才装上玻璃那些年，一年里她擦拭窗户的次数数都数不过来。女儿云英曾说，她把窗户玻璃当成了珍珠宝贝。多少年不擦窗户了？自从千秋走后？好像是吧。千秋突然一走，天塌了地陷了，一切都改变了，变得一塌糊涂，再也想不起擦拭窗户了。

已经八月十三了，仍看不到光亮，肯定是玻璃脏的缘故。现在的玻璃恐怕和原来木格子上糊的纸差不了多少，黄糊糊的一片。天明，一定得擦拭擦拭，不然，这一去，不知是三年还是五载，再回来的时候，它还不变成黑布一块？也许，再回来的时候，自己已变成了一把灰，啥也看不见了。嘻，看我想哪去了，自己能吃能睡（这几天是例外），血压不高，心脏跳得咚咚响，程眼镜都说自己活个一百岁没有问题！嗨，不管活多大，哪怕明天就两条腿一蹬呢，也得把窗户擦一擦。要不，外人看了，还不说房子的主人是个懒蛋？

老鼠的叫声似乎在床头，又似乎在床尾，远处也有声音传来。云生娘住的是老屋，土坯墙，橼子檩条老灰瓦，与左邻右舍的两层三层高楼相比，低矮土气寒酸。别人打工挣下钱，先回来盖房子。云生不。她说他，他媳妇也说他，他就是不答应。他说啥，我要攒钱到城里买房子——从很小的时候，他就说他长大了要当城里人。他对他媳妇说，我要你跟孩子舒舒服服住到城里享受城市生活；他对她说，我要让你到城里养老享福。

城里，就只能他们住？起初，听云生这样说，她认为云生是喷大话，是吹牛，是讨她欢心。日子长了，她才看出云生是当真的。

城里的房子真就比乡下的房子住着好？

那是肯定的。

一街两行，贴着雪白、砖红、青灰等颜色墙砖的高楼，听云生说都是学着城里的房子样盖的。只是，乡村的房子不高，没有电梯。严实，和城里的房子是一样的。说到严实，云生娘心里既有担忧又有庆幸。东街的东海出外打工挣了钱，回来把老宅的房子拆掉，盖成三层高楼。房子盖成，他让他爹娘住进去压邪气。刚盖成的房子潮气大，他爹娘在屋里笼了火。谁知，晚上睡觉忘了开窗，结果双双煤气中毒，死在了新房内，新房变成了杀猪刀！

云生在城里买的房子也这样严实？如果也这样严实，她去了，晚上睡觉，再冷的天，也要开着窗户，不让大开就小开。开着窗户会进蚊子？进蛐蛐？蚊子不讨人喜欢，蛐蛐就不一样了。涛涛小时候可喜欢蛐蛐了，再哭再闹，一听见蛐蛐叫，就不哭不闹了。在城里，涛涛这会儿能听见蛐蛐叫吗？这就又显出了老屋的好——四下通风透气，挡不住老鼠，挡不住蛐蛐，更挡不住进进出出的空气。有老鼠为邻，有蛐蛐唱着曲儿，睡不着觉也不显得多么寂寞与难熬。

看不见光亮，有可能是阴天，天气预报说有小雨。也有可能是时间还早，得看看时间，天明还有一大堆事呢。她把手机拿到脸前，摸黑按了一下，屏幕上显示：01:38。手机在她手里，说句烧包话，早已是年轻时候手里的织布梭子，再黑灯瞎火，该织多少布还织多少布，织出的布也不会有任何残次。

说到织布，就想到了搁在后院石棉瓦棚里的织布机，就想到了天顺跟她说的话：卖了吧。放在那里，没用处，还占地方。也是凑巧了，要不然，谁稀罕你那破烂玩意儿。

天顺说的是他老婆那头一个表侄，在云山镇开家具店，这几天正开展以旧换新活动。不管什么旧家具，顶子床、八仙桌、太师椅，等等，都可以以旧换新。不想换的，他们店里收，价格视年代、新旧、种类、结实程度等而定。觉着怪划算，天顺去把家里的一张老式桌子换了一对沙发，桌子折价两百块。

你那一张破桌子都值两百块？云生娘甚为诧异。

当然，人家是亲戚呀。铁锤说。

没事，如果你们谁家有旧家具，想换，我跟着你们去，保准跟我自己的东西一样，换个好价钱。哎，你家不是还有个织布机吗？

话题这就转到了她身上。

把你的织布机也拉去换了吧？换一样新家具，沙发、立柜或者鞋柜，想换什么换什么。别等到朽成一堆烂木头了，想啥也不中了。

织布机，人家要不要呀？

要，当然要。我表侄说了，只要是旧家具，都要。

破房子一座，换了新家具还不糟蹋了？云生娘实际上是动了心。

天顺说，不想换可以卖，换成现钱。你的情况跟我们不一样，你马上就要到城里去了。到了城里，抬手动脚都要钱，上个茅厕不给钱不让进！织布机放那儿，时间长了，会沤坏的，到时候一文不值。还不如换点钱，装在自己口袋里，拿着到城里，自己花着方便。总不能一分一厘都伸手跟孩子要吧？

天顺的话说到了她的心里。但是，要卖掉她拼死拼活保护下来的织布机，无异于剜她身上的肉，她不可能不犹豫不彷徨。她是个守财奴，别说织布机，就是一块破布，一团烂套子，她也都积攒着，舍不得扔掉。

前几年，云生和他媳妇老嫌她的织布机碍事，说了多次要把它处理掉，她坚决不让。逼得急了，她坐到织布机上——誓与织布机共存亡！她说，你们的爹走了，织布机就是他的化身，谁也别想让我和它分离。这样，云生和他媳妇才不再说卖织布机的话了。

想想，千秋留下的，除了这一架织布机，别的还真没什么。他给别人家做的家具，堆起来不比万安山高也差不了多少。对自己家，他的手金枝玉叶一样，就不舍得动。床啊，柜子啊，都是上一辈传下来的。这一架织布机是例外。嫁到水家以后，她担负起了一家三代的穿衣重任。可是，家里没有织布机，每逢织布，她得到隔壁百顺家。百顺嫂个性强，说话张扬。她跟百顺嫂不是一路人，说不到一块儿。晚上睡觉时，她说了一句：真不想见百顺嫂。一句随口说的话，千秋当了真。第二天，他早早起床，又是锯又是刨，叮里咣当，两天不到，一架织布机就做成了。那时候的千秋最听她的话。

千秋的手艺也真是好，四五十年过去了，织布机还榫是榫卯是卯，结结实实。孙子孙女在家的那些年，她顾不上。这两年，整个大院子就她一个人，闲来无事的时候，她会来到储物间，进到棚子里，掀开盖在织布机上的塑料布，擦拭一番，抚摸一番，或者坐到织布机上，来一段模拟表演。她真想在卖织布机前，再买点棉花，纺成线，为孙子、孙女，为女儿、儿子、儿媳妇，也为自己，织一匹真正的纯棉布出来，做成衣服，或者做成床单铺到床上。现在的衣料被单，说是纯棉的，其实都是假的。真正的棉布，哪有那么光滑？别说一半，连三分之一的棉都没有。她想起了那些纺线、浆线、梭子在手中飞来飞去的辉煌日子。可是，现在说织布，没有纺车，没有线坠儿，没有……谈何容易？不过是心里想想，过过心瘾而已。

　　叮咚，是手机短信。这么晚了，还有短信。她没有拉灯，只是伸手到桌上，摸到老花镜戴上，查看信息内容——八月十五中秋节，顾家家私大放"价"！她知道不会是什么好内容，如果不是睡不着，哪个龟孙会看。她的手机有三个作用：接听电话；接收短信；听收音机。收音机在出去遛弯儿或者偶尔停电的时候才用得上。给她打电话的，除了儿子、儿媳妇、女儿、孙子，没有别人。但也不绝对，有一天，她接到一个电话，说她中了大奖。她太高兴了。刚好铁蛋的儿子鹏展从她身旁经过，她让他听。鹏展一听，赶紧挂了，说以后不要再接这样的电话了，专门骗人的。你看这电话是从哪儿打来的？福建。长途，漫游，贵着呢！你接这一个电话，等于平时打好几个。贵不贵，云生娘没感觉，因为电话费是云生按时打到她手机卡上的。这事不知道云生咋也知道了，第二天，云生给她打电话，告诉她现在诈骗电话、诈骗短信多得防不胜防，要她一定提高警惕。不管什么时候听到电话响，都要先看看是谁的电话，看清了以后再接。陌生电话，一律不接。短信，只看不回，无论什么短信。他还说他会告诉云英，有事打电话，不发短信。

　　不管怎么说，现在的手机能得很，离着千里万里，想说话就能说上话，想发短信就能发短信，就跟在眼前一样。阴间有手机吗？她突然想到这个问题。应该也有。去年上坟的时候，云英不是给她爹烧了一个手机？给死鬼打个电话发个短信？呵呵。要是谁发明个能跟阴间打电话的手机，可就太好了！像这样黑咕隆咚睡不着，说话找不着人的夜晚，拨通死鬼的电话，跟他聊聊天说说话，不也能消磨点儿时光？跟他说什么？跟他有说不完的话：说说孙子、孙女——涛涛上高一了，娇娇上初一了，学习都可好；说说村北修的大马路——马路可宽了，从路这边到那边，抵得上从街南头走到街北头；说说生前他侍弄的地——现在的地都被人收走了，把地收走的，叫什么豫皇公司。豫皇公司把全村大部分的地都收走了，他们把地收走，不种庄稼种花木。听说种花木比种庄稼挣钱多。再说说年轻人吧。其实也不光年轻人，村里凡身强力壮走得动的，都出去了，有的出去打工，有的出去做生意。不仅男的出去，女人也出去了不少。街里剩下的，不是老头老太太，便是高高低低的孩子。百顺嫂老两口，大孩子在城里租了房，才刚把两个孩子带走，老二的一个闺女一个男孩又给他们撇在了家里。金生娘一个人带了一个孙子一个外甥。天顺两口带着两个孙女……他们为啥不把孩子都接走？因为都是租的房，房子小，住不下。咱云生比他们强，云生在城里买了房！有了房子，才能说在城里扎了根。

　　想到这里，云生娘呵呵笑出声来：他爹呀，你别眼气，别妒忌，云生前两天打来电话，说要接我到郑州去享福！跟着你享福？享屁福。你只会啃土坷垃，只会吭哧吭哧做木匠活。跟着你一辈子，只有干活的命，只有受罪的命，哪有享福的命？仿佛死鬼千秋就站在她面前。

　　要是千秋活着，她想，即使再年轻二十岁，即使让他到城里干二十年活，他也挣不够在城里买房的钱，哪里谈得上让她到城里去享福！不说到城里买房子，单说手机。如果他活着，他能让她跕手机？做梦去吧。不说他小气，不说他抠唆，单就他那样，也不会让她耍手机。一个死老婆子，谁给你打电话？要那有啥用！他肯定会梗着脖子这样说。嗨嗨，我偏就用手机了。儿子给我买的！儿子女儿孙子给我打电话！噎死你气死你。活着的时候，我让着你，现在可不让了。云生娘觉得自己站了起来，面对着蹲在面前的死鬼，两手掐腰，气壮得如牛一般。她气壮了，他却软了，蔫了，灰不溜秋地钻入地下，倏忽不见了。云生娘心生愧意，我跟他呛什么呀，轮不着气、轮不着噎他都死了。你个死鬼，真是没福气。要是你现在还活着，儿子买手机，还不是先给你让你掌握着？

千秋活着的时候，还没有手机——准确地说，除了村支书水生禾，村里没有人用手机。千秋没用过手机，不遗憾，因为他走得早。现在，男男女女，除了老头老太太，哪个没手机？云生娘虽然过了七十五，但是，她有手机！全村像云生娘这么大年纪的老太婆，拥有手机的，她是独一个。百顺嫂、金生娘，她们的儿子、女儿也都在外面打工，她们还为儿子、女儿带着孩子，都没有手机。云生娘每天都要到村委会大门前、街上转四五个来回，尤其是早饭、晚饭街上人最多的时候。红底白键的老年手机，用一根红绒线系着，吊在胸前，走一步摇三摇，何等身份（有脸面），何等荣光！她仿佛看见了招摇的自己。

哎，跟他说这些干什么，关键是跟他说说织布机的事，让他拿个主意，该不该把织布机卖掉。哟，问他等于白问，他肯定不会同意，那是他做出来的活，他舍得？有谁说过，匠人做出来的活，跟女人生出的孩子一样，长得再难看，也看得跟金豆一般。何况，他的活做得还不赖呀，这是一。再一个，你说织布机是他的化身，把织布机卖了，等于把他卖了，他能同意？还是不跟他说吧。要不是云英跟她说云生买房子是贷的款，织布机在那儿放着，她才不会想着把它卖掉呢。啥叫贷款？贷款就是借钱，不是跟私人借，是跟银行借。其实，云生娘早就看出，云生不像街坊邻居们说的那样，挣了大钱，是百万富翁。看人有钱没钱，一是看穿，二是看戴。云生穿得跟破烂一样不说了，男人嘛。俊桃可是没穿什么好衣裳，脖子里、手腕上，一样金的银的都没有。当云生告诉她他在郑州买的是二手房时，她心里就明白了八八九九。啥叫二手房？就是旧房子呗，就跟她家的房子一样，只不过是在城里。要是有头发，谁肯装秃子。后来走在街上，谁要再跟她开玩笑，说她是百万富翁他娘，她就毫不客气一顿猛呛，吓得再没有人敢跟她开这样的玩笑了。云生孝顺，不想让她一个人孤单，要把她接到城里，这是孩子的孝心。作为老人，本身就是累赘，万不能再给孩子增加负担。还是天顺说得对，她拿定主意：天明就去找天顺。

掐指算算，俊桃带着涛涛、娇娇住到城里，也有四五年了。本来，她已习惯了一个人生活。白天，做饭吃饭，地里转转，给院子里种的菜浇浇水、除除草，到街上和天顺娘、铁锤娘、金山娘说说话聊聊天，一天就过去了。晚上，先看电视，然后睡觉。大多时候，看着电视就睡着了，直到后半夜电视声再把她吵醒，好像没有整夜睁着眼睡不着的情况。但这几天不行了，仿佛又回到了死鬼千秋刚死去的那几年。那几年，就是这样，整夜整夜睡不着，睁着眼睛把窗外的天从昏昏明看到黑洞洞，又从黑洞洞看到昏昏明，再看到老天大亮。那时候是悲伤、难过，现在是什么？是激动？是兴奋？是……

云生的电话是初八打回来的。他说趁八月十五工地歇工，回来接她到城里和他们一起住。对着电话，她说她不去，不想给他们添麻烦。云生一听就生气了，说，什么麻烦不麻烦，老人跟儿孙住在一起，理所应当，天经地义！那几年不让你来，是因为房子是租的，犄角旮旯似的。现在买下房子了，咱在郑州有家了，你要不来，我买房子还有啥意义？

我说什么来着，儿子就是儿子，不是儿媳妇，啥时候都不会把老娘忘了。

房子是四室的，你一个，涛涛、娇娇各一个。涛涛、娇娇都盼着您来呢。来吧，妈，郑州可繁华了，想吃什么，想看什么，郑州都有。

云生和他爹千秋，有一样最像，就是想要干什么，就非得干成不可。一日干不成，一日不放松，攒了这么多年劲，房子终于买到手了。不过，儿子背后站着儿媳妇，她不能儿子一说，就一口应承。于是，也像百顺嫂那样，心口不一地说，她舍不得住了四十多年的老房子。云生又不高兴了，这些年我不翻盖房子，不就是为了这一天？老屋有什么留恋的？房子旧了，一场大雨说不定就塌了。儿子态度坚决，她赶紧说去去去，应承了下来。

初十晚上，云生又打来电话，说提前两天，也就是阴历十三回来接她，让她在家等着。和儿子、女儿之间的联系，都是儿子、女儿主动，她被动。不是万不得已，她不给他们打电话，她害怕影响他们。

云生娘能在街上的老头老太太中第一个跩上手机，第一个真正地要走出去，到城里享福，全是因为儿子云生有本事、够孝顺。

云生娘嫁到水家以后，才知道水家是木匠世家，从千秋的老爷起一直到千秋，都是木匠。农村里，有手艺的人家向来比没有手艺的人家日子活泛。那些年做家具，虽挣不到钱，但主家都管饭，千秋是吃在外、省在家。为此，大饥荒那几年，她家大人小孩，很幸运地没有断过顿儿。云生从小就跟着他爹学木匠，云生心灵手巧，二十岁就能独当一面，而且活做得人见人夸。没几年，街坊邻居做家具，不让千秋做，专叫云生做。云生是木匠，手艺超过他爹千秋。地承包给各家各户以后没几年，世事变了，家具都到家具店里买了，没有人再请木匠到家里做家具了。云生脑筋灵活，也看得长远，很快转变方向，既做木匠又做泥水匠。不仅如此，他还眼巧，没多长时间，就懂得了掐算（规划设计）。谁家盖房，从掐算到建筑到房屋装修到家具布置，他一条龙全包。很快，他的名声大起来。有了名声以后，他牵头组建了一个建筑队。才开始，只在十里八乡建房修屋，后来转战到了城里，由洛阳到开封再到郑州。到了郑州以后，就再没有换过地方。最早，云生一人在外，俊桃带着涛涛、娇娇跟她在家。后来，云生说农村学校教学质量太差，要让涛涛和娇娇到城里上学，就租了房回来把俊桃、涛涛、娇娇接了去。

把涛涛、娇娇接走之后没多少日子，云生带着涛涛突然回来了。一进家门，涛涛拿出一个蓝色的方方正正的盒子，打开，是一个红色的手机。

奶奶，给你买的手机。

手机？要这干啥？不要，不要。土都埋住多半截了，跐那玩意儿干啥？

之前，云生娘见过手机，见过鹏展的手机，也见过天顺的手机。天顺的手机和眼前这个差不多。天顺的电话不多，因为要接送孙子、孙女，经常不断地掏出来看时间，把手机当钟表用。有时候又当收音机用，他去村北路上散步的时候，总是把声音开得很响；天黑了，又把它拿出来，当手电筒照明……一个手机，万能宝贝似的，把老头老太太们看得眼花缭乱啧声连连，云生娘也在其列。天顺是个退休工人，月月都有退休工资，跩跩手机，正当合理。我一个死老婆子，怀里揣个手机，人家还不把嘴咧到眼角上去？

云生说，你没有手机，遇到紧急事情，我和云英怎么和你联系？云英在南方，离着几千里。我在郑州，少说也有三四百里，我们哪能说回来就回来？坐火箭也没有那么快。你有了手机，我们就能跟你实时联系，知道你每天的情况。你看，现在，走在大街上，哪个人不带手机？

咱街上，你百顺娘，金生奶，铁锤叔，谁有手机？你铁锤叔每天还做生意哩。

他们没有，咱有，正好让他们眼气眼气！

这话，云生娘听进去了。自家的破屋烂房，被南南北北的高楼，仿佛山一样压着，想想都让人憋气。门前门后住着，人家说儿子有钱，可自己没有一样东西能摆到人面前。要是怀里揣个手机，走在街上，一听到"刘大哥说话，理太偏"，站定，掏出来，摁一下，喂喂喂……还不把他们眼气死？有个手机，跩是跩，但，那么个万能宝贝，自己玩得了吗？

别担心，现在的手机，特别是老年机，很简单，用着也方便。云生看穿了她的心思，我带着涛涛回来，就是让涛涛给你当老师，让他教你手机怎么用。现在的小孩，对电脑、手机之类的东西，有着天生的领悟，一摸都会。

也真是，啥东西都怕用心。涛涛教了不大一会儿，云生娘就学会了接听电话、翻看短信、拨号码、开收音机和充电，只是还不熟练。没事，用不上两天，你就熟练了。果不其然，现在不是想咋耍就咋耍了？有手机真方便，只要手机在身，无论走到哪儿，儿子、女儿、孙子就都能随时联系上。这让云生娘走路昂起了头。

　　说实在话，云生娘和百顺嫂、金山娘一样，嘴里不管怎么说，心里巴不得跟着儿女到城里呢！到城里，不说享福，不说风光，最起码能看看大千世界。像她这样的农村妇女，一辈子只在两个小圈圈里打转转，一是娘家，二是婆家。出嫁以前，在娘家；出嫁以后，在婆家。她们的视野由娘家和婆家之间的距离来框定。她们那个年代，婚姻主要靠亲戚熟人牵线搭桥，所以娘家婆家一般是邻村，相距二三里，最远也就十来里。云生娘自然不例外。李家庄是她的娘家，水村是她的婆家，她的脚步几乎没有迈出过这两个村子。也不能说绝对没有迈出过，她到过县城，还到过洛阳——最远的地方是洛阳。不过，到县城和洛阳的次数，扳着指头都能数过来：去过五次县城，到过两次洛阳。到洛阳去，一次是她和千秋结婚前到城里扯衣裳；一次是云生小时候生病，肺炎，程眼镜治不住，乡卫生院治不住，她和千秋抱着云生，干脆舍近求远跳过县城，一宿走了四五十里，天明到达的洛阳。三十多年过去了，洛阳变没变，变成了啥样子，她没有概念，而远在三四百里之外的省城郑州，又是个什么模样？
　　人这一生里，总少不了一个或数个相互攀比、相互较劲的对象。大多时候，攀比是"单相思"得来的，与对象无关。有时候，互为设定，双方心知肚明。没有出嫁的时候，她的那个对象是堂妹。她娘家爹弟兄两个，她有一个只比她小五个月的堂妹。似乎是老天的有意安排，自打记事起，她们俩就开始攀比较劲，什么都攀比，什么都较劲。不仅她们攀比，她们的家人也有意无意地让她们攀比。比如，她穿了一双尼龙袜子，堂妹就非得也买一双；堂妹去了一次云山镇，她就跟妈妈闹，也非得到云山镇走一趟不可……结婚的时候，她们两个的档次差不多：她的千秋是社员，堂妹的女婿也是社员。只不过，堂妹在席下，她在席上，因为千秋是木匠。十年后，堂妹来了一个飞跃，一下子把云生娘远远地甩在了后边——那年修焦枝铁路，两个村都去了不少人，有堂妹的女婿，也有千秋。可是，工程完工后，堂妹的女婿留在了铁路上，变成了吃商品粮的工人。再后来，堂妹也被带了去，把家安到了焦作——她和堂妹的攀比，无疑自己是输家，好多年里回娘家，她都不愿碰到她叔家那边的人。

近些年，家家户户都有到外面打工的人。有人到洛阳、郑州，有人到广州、深圳，还有人到北京、上海，甚至外国，反正，天南海北都有人去。从外面回来的人嘴里，云生娘对外面的世界有了一些了解。这些了解虽然是片面的，一鳞半爪的，但了解得越多，她就越想到外面亲眼看看那些人口中的世界到底啥样。到外面看世界，是云生娘从小就有的愿望。那时候的动力是好奇，是想瞧新鲜，是想比过堂妹。现在想到外面看世界，和以前一样的是好奇、瞧新鲜，和以前不一样的不是和堂妹比，而是想压压某些人的气焰。"某些"人，包括百顺嫂。从她一进水家门，和百顺嫂做了邻居，百顺嫂就成了她的新"对象"。百顺嫂前年过年到洛阳去了，去和大儿子一起过年下。虽然过完年下就回来了，一共在洛阳住了七天，但已把云生娘羡慕得要死，气得要死！云生娘气在哪里？气在百顺嫂的炫耀显摆。刚回来那几天，百顺嫂从东街到西街，从南头到北头，一天到晚，一张嘴就没停过，什么洛阳的街道真干净呀，洛阳的楼高得都钻到云彩眼里了呀，洛阳人说话哏呀……看着百顺嫂炫耀显摆，她恨自己的儿子云生：都说你挣了大钱，为什么不让我也到城里跩一跩？哪怕也像百顺嫂那样十天八天也行呀。她甚至后悔当初儿媳妇俊桃虚让她，让她跟他们一起去郑州时，她不识"妥妥机"（好歹），没有厚着脸皮跟在涛涛、娇娇屁股后面当跟屁虫。

还有金生娘。前一段日子，金生娘说自己有病了，儿子赶紧回来把她接到城里，住了十来天。她有啥病？不就是借口让儿子把她接到城里跩跩，压压百顺嫂？街上七十岁以上的老婆子总共没几个，看着她们，云生娘不服气。金生娘的儿子金生，百顺嫂的儿子银山，住的都是租来的房子，他们买不起房。怎么说，云生比银山、金生都强。儿子强，当娘的自然也得强。果不其然，云生要接她去城里住了，并且不是十天八天，不是只让她到城里转一圈，而是长期居住！真是没想到，老了老了，她又比得上堂妹了！最让人扬眉吐气的是，儿子要她去的不是洛阳，不是焦作，而是郑州，是比洛阳、焦作大得多，高一个档次的省会城市！听孙子涛涛说，郑州有火车站、飞机场，汽车多得满地爬，数都数不过来；飞机在头顶嗡嗡叫，抬起头，飞机肚子下面有几颗钉子都能看清楚……涛涛告诉她，他们住的楼很高，高得戴着帽子的人都不敢看楼顶，因为帽子看掉了也看不到顶。那得有多高呀？云生娘实在想象不出。涛涛还说，他们家的房子在十七楼，上上下下得坐电梯。坐电梯啥感觉？云生娘苦思冥想，也是不得要领。

云生娘没理由不兴奋，不激动，不辗转反侧，不彻夜难眠。

去郑州给涛涛、娇娇带点啥？两盒糖豆？玩具手枪？不妥。涛涛上高一了，听云生说个子快抵上他了，已是大小伙子了，再买玩具不适宜。娇娇虽说是初一，但也十三岁了，不会像在家的时候，只喜欢吃糖豆。给涛涛、娇娇买书和字典？对，学习用具最实用。可是，昨天，她趁鹏展媳妇的电动三轮到云山镇去了一趟。她养了八只鸡，想着城里不让养，决定卖掉六只（正下着蛋呢。要搁平时，她可舍不得），剩下一只母鸡一只公鸡带到城里，给涛涛和娇娇炖汤喝。六只鸡很快卖掉了，她拿着卖鸡的钱走进了十字街的书店。不看不知道，一看吓一跳——一本书，动辄几十上百，字典更贵，最便宜的也七八十块，贵的一百五十多块！她的记忆里，书还是云英小时候的价格，五毛或者一块一本。她卖了六只鸡，总共才卖了七八十块，买一本厚字典的钱都不够！这还不是关键，关键是她不知道该给孙子、孙女买什么书什么字典。她想起了云生小时候。那时候是没法子，肚子还填不饱呢，哪有钱买书。要是那时候多少有一点办法，也不会让云生只上到初中就停了学。云生可不是笨孩子，学木匠，掂瓦刀，哪个比他学得快？也怪他爹千秋，就不说让他读书学习，只想着要云生学木匠，祖上的手艺不失传。要是小时候不让云生辍学，想看啥书买啥书，云生指不定现在干什么呢！大教授？大老板？都说不定。对涛涛和娇娇，像儿媳俊桃说的，学习一定得重视，再不能等他们长大后吃后悔药了。动了一番脑子之后，她决定：到了郑州，把钱给俊桃，让俊桃看着给涛涛、娇娇买。于是，云生娘拐进一个茅厕。尽管茅厕里的臭气熏得人头晕，苍蝇大军嗡嗡叫着视她如不见，她还是掏出针线（来的时候就准备好了），旁若无蝇地、一针一针地把卖鸡的钱缝到了衬衣内侧。

云生娘手里现在有四千多块，这钱由三部分组成：云生孝顺的。云生每年都给她钱，她说她有钱不需要，但云生不依，非要塞给她。当着面，她把钱接了，但当云生走时，她再把钱悄悄放回到云生背的大包里。有几次，云生发现了，又把钱塞回给她。收夏收秋的时候，她到地里拾麦子拾玉米，（他们拾麦子拾玉米的脚程，方圆十里都不止）然后卖掉换来的钱。还有国家发的一个月六十五块钱的养老金。说到养老金，云生娘高兴得不得了。好多次，她对着墙上千秋的遗像说，你个死鬼货，匆匆忙忙紧着走，要不然，咱两个加起来，一个月能拿一百三，还愁没钱买油盐酱醋？你活着的时候，哪儿听说国家给老人发钱？好事来了，你享受不到了，你算算你是啥命！

"吱——"尖厉的声音传来，是电动车报警器响。现在家家都有电动车，有的还不止一辆，还有许多小卧车。黑灯半夜，这家响了那家响。狗不知缘由地汪汪汪，整晚上叫个不停！吱扭，是铁锤家的大铁门开门的声音。整条街上，恐怕只有铁锤的儿子鹏展没有出外打工。鹏展包了三四亩地，种蔬菜、西瓜、花生，家里还生豆芽、种蘑菇，雇了两个人还整天忙得屁眼里插不进线锥儿，每天街上开门最早的就数他家。早上，鹏展和两个雇工开着小货车到洛阳集市上卖豆芽、蘑菇和蔬菜，鹏展的媳妇开着三轮到镇上、县城卖。这一阵子，西瓜刚罢园，韭菜、豆角、花菜、茄子……都到了上市期，全家人更是忙得没日没夜。

要说，铁锤两口，还有鹏展和鹏展媳妇都是好人。因为他们，云生娘从没有缺过豆芽、蘑菇吃。就为这一点，她是否应该答应铁锤的要求？听说她要去城里，铁锤拐弯抹角、旁敲侧击地提出，能不能借她家的院子一用。她家的院子四丈多宽七八丈长，空空阔阔的，石棉瓦棚子一搭，当个车间，绰绰有余。按说，她到城里去了，院里没人住了，借给鹏展，对鹏展家有好处，对自己家也没有坏处，何不做件好事？她是真想做件好事，但云生现在是当家人，她得跟云生言语一声不是？谁知道，云生一听，说，租可以，但借不行，并且说一年租金最低一万。云生这个死孩子，一头钻到了钱眼里。是不是到了外面，到了城里，人都得变成这样？云生娘说什么都不行。门前门后住着，豆芽是豆芽，蘑菇是蘑菇，你叫老娘怎么开得了口！开不了口就拖，就打马虎眼，可屎已经憋到了屁股门口，天明要是铁锤再来问怎么说？云生能干没的说，孝顺也没的说，就是……就是变得认钱不认人。这一点，云生娘先前怎么都想象不到。嗨，思来想去，只有回避：天明云生就回来了，不管是租是借，叫铁锤跟云生说去。

终于听到了公鸡打鸣的声音。现如今的公鸡打鸣，如同三四十年前的钟表报时，稀有而悦耳。因为，鸡蛋鸡肉那么便宜，谁家还养鸡？除了她。她养鸡不为吃鸡蛋，不为吃鸡肉，只为有事做，只为有个伴儿。仔细听听，鸡窝那边好像没有了往常的响动。往常，公鸡叫了以后，鸡窝里会传出母鸡想吃食想要出窝走动的不安分的声响。这会儿怎么这么安静？不会是鸡遇到了不测？云生娘拉动开关，坐起，穿衣，脚刚探到地上，恍然想起了昨天卖鸡的事，她照大腿猛击一掌。也是，现在哪还有偷鸡的黄鼠狼，黄鼠狼已成了稀罕物。

四周开始泛明，比起前些天，天气凉多了。先上趟茅厕，天一明就起床去茅厕，是毛病，也是习惯。茅厕在后院，打开后院门，后院里，桐树杨树交错。啪——啪——啪，是露珠滴落在树叶上发出的声响？不对，天阴着，哪有露珠。是下雨，毛毛细雨，脸和脖子最先感受到雨丝的抚摸。一晚上，地上落了厚厚一层叶子。落叶很烦人，依着她，这些树早就让人锯了，种上南瓜、丝瓜。可是，云生不让。想想也是，如果院子里没有树木，那还叫院子？

　　四周几家都是三层高楼，如果有一家的房子里亮出灯光，她的后院也就不那么昏暗了。什么都迷迷糊糊，地上除了树叶，还有树枝。昨晚上刮大风了？茅厕在院子西北角，轻车熟路，并且天已破晓，所以没有带手机的必要。脚下的落叶软绵绵的，若不是一些干树枝夹杂其中，那会是一段舒服的路程。哎哟！脚下一滑，云生娘蹲坐在地上。一时间，云生娘回到了宇宙诞生前的混沌状态，什么都感觉不到了。多亏了一股钻心的疼，她醒来，摸向疼痛的地方。啊，血！看不清伤口的大小，她把拇指按在伤口上。血似乎不流了，她想站起，但，没有做到，不是因为流血的右腿，是左腿，左腿木木的，没有知觉。糟了，一定是骨折！不祥的感觉油然而生，她本能地摸向脖子。脖子里空空如也——手机没在它应该在的地方，养兵千日用兵一时，用着你了，你却不在，云生娘一阵懊恼。天顺！天顺呀！她朝着左边的房子喊，没有回应，再喊，还是没有回应。她扭头，朝向右边——这不是情况紧急吗？——百顺嫂！百顺嫂！沙哑的嗓音，被冰冷的砖墙给挡了回来，也是，天顺两口和百顺嫂都住在前院。况且，房子严实隔音，他们的耳朵又不似年轻时候那么灵便,谁能听得到?真的要死在这儿了?可怕的感觉雾霾一样罩住了她。顶着自家后院的是四队的水栓柱家,他家的房子,也是三层,一砖到顶,巍峨气派,但里面……她知道,是空的——栓柱老两口,带着一个孙女,住在前院。她就是把嗓子喊破,他们也听不到。该向谁求救呀?云生娘悲观到了极点。冷,冬天一样,云生娘这才发觉,原先披在身上的外套掉在了身后的地上。她腾出手来,把外套拽到后背上,暖暖的感觉由心而生。

奶奶,你怎么坐在这里?你咋了?毛毛(流血)了?

怎么,娇娇回来了?让我看看俺这娇孙女。娇娇还是五年前的样子,两个小辫子,支叉着指向两边——那是她的手笔。俊桃在家,绝不让她这样做。

让我扶你起来。娇娇说着,小嘴里呼出好闻的气息,小手揪住她的衣服。嗨——娇娇使着劲,脸憋得通红。但她纹丝儿不动。

娇娇,奶奶的乖孙女,奶奶这么沉,你怎么扶得起。去喊你哥来,他有劲。

不,我要扶,我一定要自己把你扶起来。

涛涛其实就站在娇娇身后。

涛涛,你也回来了?回来咋不打个电话,提早说一声?

打你电话,电话干响,没人接。

哦,是奶奶疏忽大意了,忘带了。让奶奶瞅瞅,哦,又瘦了。

奶奶,我饿。

孙子饿了,奶奶给你做饭去。想吃什么?饺子还是水煎包?

水煎包。

好。稍等一会儿。哎哟,奶奶动不了呀。快,搀奶奶一把。

不，奶奶，不让他搀，让娇娇搀。娇娇的小手在她身上，这儿一把，那儿一下，像挠痒痒。

云生娘忍不住乐了，一乐就张开了嘴，张开的嘴里流出一条丝线，丝线落在手背上，针扎似的凉。云生娘睁开眼睛：桐树，杨树，湿润的树叶，雾蒙蒙的早晨，哪有孙子孙女的影子？一夜的无眠，这一会儿显了威力。

云生娘的右手仍按压着伤口，伤口不痛了，她松开手，满手的红。又有疼痛袭来，是钝疼，木木的疼。她动动右腿，不是右腿，哦，是左腿。左腿有感觉了！她慢慢动一下，又一下，但让它支撑身体的尝试失败了。她反转身子，双手着地，右腿用力，向前爬去。一寸，又一寸，终于爬到了最近的桐树旁。扶着桐树，她站了起来。不像是骨折，骨折了，还能站起来？她用双手在左腿上捶，连续地捶，仍感觉到疼，但已敢着地了，她一点一点地向屋里挪动。

街上有了开门声，脚步声，咳嗽声。

抱来几根干柴，撕一张旧报纸，点燃。她有节煤炉，云生前几年给买的。再节煤总得烧煤吧？地里有秸秆，后院有树枝……只要手勤，有烧不完的柴火。所以，不到十冬腊月天寒地冻不生煤火。云生娘煮了两个鸡蛋，听程眼镜说，一天一个鸡蛋营养就够了，她信程眼镜，但这几天是例外。攒了几十个鸡蛋，要是不紧着吃，到时候拿不住带不走怎么办？鸡蛋又不是别的东西，总不能都撇在家里。一五，一十，十五，二十，就剩下二十个了。二十个，是她能拿得住的量。再馏半个馒头。早饭，云生娘不吃菜。要吃，院里随便掐一把，就足够了。其实，一日三餐，她很少吃菜，因为早年间大饥荒，吃菜吃伤了肚子。鸡蛋煮好了，馍馏成了，她开始吃早饭。早饭很快吃完，看看墙上的钟表，十分钟不到。程眼镜曾提醒过她，吃饭不要太快，不要吃太烫的饭，她也都答应了，但就是把持不住。多少年养成的习惯，哪能说改就改。锅碗不刷了，回来再说，先得把伤腿处理好——一根枯枝扎破了皮。破的地方，撮一小撮灶里的灰，敷在伤处，用布缠住，一点也不疼了。左腿，冷不丁疼一下。早上发生的事情，也算万幸，只是一次小小的意外，没有大碍。如若是心脏病、脑溢血，她就是死个十回八回，恐怕也没有人知道。云生要她到郑州去，这恐怕也是原因之一吧。

云生娘把手机往脖子里一挂，走出家门。

早先撕撕扯扯的雨停了，地上已经没有水了。现在的洋灰路可真好，下再大的雨，雨一停路就晒，穿布鞋走着也没事——现在谁还穿布鞋。布鞋穿着舒适，就是不隔水，还不结实。想起云生七八岁的时候，三双布鞋穿不到一年。现在的鞋真好，耐滑、耐穿，一双能抵三双甚至四五双布鞋，还隔水，能当雨鞋穿——要搁过去，特别是秋天，连阴雨一下，一秋天，甚至整个冬天，满街都是能埋住脚脖子的泥糊涂，不穿雨鞋根本出不了门。街上冷冷清清，没有三秋大忙的任何气息。可不像生产队时代，那时，每逢八月十五前后的三秋大忙，吃饭的时候，无论早饭、中饭、晚饭，一街两旁都是人，呼呼噜噜的吃饭声音盖过一切。看看南边天顺家，大门紧紧关着，纹丝儿不动。也是，哪有鸭子赶不到河里的。我这是急啥呀急。于是云生娘转身向北走去，出了街口，走过路边仅存的几畦菜地。新修的大路敞敞亮亮摆在面前，云生娘走上去。云生如果回来，肯定走这新修的大路。说人喜新厌旧，买了新衣裳不穿旧衣裳，打下新米不吃陈米。谁不是这样？新路刚修成没几天，公共汽车就变了路线，弃了村南走村北。村南的路年久失修，一步一个坑。新修的路宽阔平坦，走在上面就跟走在打麦场上一样，路边的小草湿漉漉的，菜地里的白菜萝卜也湿漉漉的。偶尔快速驶过一辆汽车，汽车喇叭闷闷的，似醒非醒的样子。云生娘不是来路上呼吸清晨新鲜空气的，她向着东方，一边走，一边望。她心里清楚，儿子云生不会这个时候回来，但她不由自主，就那么向前一步一步走着。前边是一大块玉米地，玉米地是一队的，一队有几个老犟筋，说到天边都不卖地，大队干部干着急没办法。玉米已有八九成熟，玉米秆大多数已变色，玉米穗也已变黄，缨子已成褐色。四周一个人也没有，只有草虫的鸣叫。看看已经走得不近了，云生娘站住了，刚要转身，一阵刺啦响，一个半大小伙从玉米地里窜出来。她看清了，是金生的大小子水耀华。水耀华显然受了惊吓，当他看清来人是云生娘时，随即扮一个鬼脸，从她身旁快速跑过。水耀华背上背着一个背包，里面鼓鼓囊囊的，一看就是玉米。时下是嫩玉米上市的最后时期，一穗能卖一块五。看样子，这一背包玉米至少能卖三十块。水耀华跟涛涛一般大，如果上学也该上高中了，可他小学没毕业就不上了，整天村里、镇上四处吊儿郎当，专干些偷鸡摸狗之事。

哒哒哒，一辆"时风"喧叫着由远而近。

云生娘早！云生娘早！

你们这是去哪儿呀？

一队。

干啥呀？

到了才知道……

"时风"由近而远，车上都是正当年的妇女，有本队的，也有别队的。车上的人与云生娘打招呼，是出于礼节，而云生娘的追问，是"别有用心"，是习惯成自然——云生娘、金生娘等，夏收秋收季节，总打听着追赶着她们的脚步，就像非洲草原上的一些鸟类，总喜欢跟在狮子、猎豹的身后一样。

自己老了，不中用了。若再早十年八年，说不定她也是天不明就吃饭，争抢着坐到车上，是她们其中的一员呢。如今，地被收了，庄稼不种了，孩子都离了手脚，有的都当奶奶了，男人出外打工，她们针线活不用做，整天蹲在家里打麻将？看蚂蚁上树？天长日久的，还不把人憋出病来。于是，就有人牵头，把闲散在家的妇女组织起来，到本村或者外村去给人家干活。干啥活？还不是到田里浇水、施肥、除杂草、收麦、收稻、收玉米。只不过，原先干活为自己，现在干活为人家；原先干活为打粮食，现在干活为挣工钱。牵头人就是开车的司机，七队的骚狐蛋水老三。水老三，云生娘不待见。倒不是他手长，看见别人家的东西走不动，而是看见女人走不动。还有，他是真骚——身上有狐臭。那气味，夏天只穿裤头背心，十来丈远都能闻到。他从街上走一圈，好长时间蚊子都不再咬人。因为狐臭，他找不到媳妇。四邻八村的，谁家闺女找婆家不打听？好不容易找个外地媳妇，三两天把人给打走了。说打走是他家里人说的，内里是啥情况外人谁也说不清，说不定是人家受不了那气味呢！媳妇被打走了，你出外打工呀？挣下了钱，谁还嫌你有狐臭？他不去，就囚在家里。但是，他家里活不干，地里活不干，就抄着手在村里乱转。今儿个钻进茅厕看大闺女屁股，明儿个翻人家后院墙调戏月子婆娘。这怎么能行？一次他偷翻郭家宝家的院墙，刚好郭家宝在家，被郭家宝逮了个正着。郭家宝可不是软柿子，他虽是外姓，可人家小舅子在镇派出所当警察。于是，水老三被送进了派出所，一关就是半年。从派出所出来，该改改臭毛病了吧？不，他不改。不仅不改，反而变本加厉。他不再只是偷看女人屁股、调戏月子婆娘那么简单，而是专找那些三四十岁，男人出外打工常年不在家，又是单门独户不和婆婆住在一块儿的中年媳妇，半夜翻墙进入。一个女人家，能咋着？只好屈就。这一屈就，反而让他更加有恃无恐——他不再偷偷摸摸趁黑进行，而是光天化日，高声叫着喊着推门而入。有谁说过，他有一个小本本，小本本上记着全村各家各户没有跟着男人外出打工处在"如狼似虎"阶段女人的名字。他美其名曰帮忙干活，今儿个在一队，明儿在二队；今儿个进张家，明儿个进刘家……也是这些女人毛病大。云生娘想，男人力气再大，再凶猛，女人就是不从，男人有啥办法？除非是死。他会叫你去死？他是想占便宜想快活的。当年，云生娘本能地四下瞅瞅，她身强力壮的时候，死鬼千秋再怎么想上她身，都做不到。即使她睡着了，即使他把那家什都插进她身体了，她不想让他得逞，她照样能做到。一个男人对付一个女人，哪能那么容易就得手？八成是她们想男人想得慌。后来的事情，更印证了云生娘的判断，水老三不仅没有成为臭狗屎，不仅没有成为过街老鼠，反而成了香饽饽，好多人争抢着投怀送抱。水老三曾乐不可支地对别人说，有时候忙得一天得应付好几个呢。你说现在的人哪还有脸！当然，后来的投怀送抱，还有水老三成了招工头的因素。不瞒你说，云生娘也曾悄悄找过水老三，但她绝不是想干那事——她哪还有那念想，她是想去

　　　　　　　　　　　　　　　　　　厚土

打工。水老三一看是她，叫着大婶把她往外送，说，你还是回去吃了饭听听戏，晚上到村委会门前跳跳广场舞吧。显然是水老三嫌她年纪大。呸。云生娘吐了一口，不过，什么也没吐出来。

她们去一队干什么？不会是掰玉米吧？一队的地，还是各家各户，种的都是玉米，没有种花木。庄稼人自己种地，不会玩那花呼哨。不过，云生娘心里的这个好奇，不像往常，只是一晃而过，因为她现在没有更多心思去想这些。

农村不像城市，这么清爽怡人的大路上，不见一个跑步伸胳膊蹬腿的人。前面再走已是汽车站了，说是汽车站，其实汽车就没在那里停过。一眼望不到头的路，哪里都是站，只要有人上下车。唯一不同的是，这里竖着一根铁杆子，铁杆子顶端顶着一块白底蓝字的牌子，上写：水村站。站在牌下，云生娘伸长着脖子往东边看，探着头看。她知道没有必要，但还是一直站着，看着，直到身上有了凉意。回吧。她对自己说。

正要往回走，一阵忽强忽弱的声音飘飘悠悠传来。哦，街头，天顺在朝她招手。

俺表侄打电话来，说他一会儿就来拉织布机。我去你家，你不在。

一会儿呀？太急了吧。云生娘端起架子。

你今天不是要去郑州吗？

我还是有点儿舍不得。

有啥舍不得的？我老早就给你说了，再等个十年八年，说不定就朽成一堆灰了，到时候，倒找给人家人家也不要了。

要不是去郑州，说到天边我也不卖。

要不是你去郑州，说到天边我也不多这嘴。我这就给他回电话？

别急，你急啥呀。云生娘转身，径直朝村里走去。

女人的多疑，怕吃亏，怕上当受骗，随着年龄的增加而翻倍。别说是一架织布机了，就是她拾到家里的废纸塑料瓶，收破烂的要想把它们买走，好话说不到一火车别想办到；算好了价钱，不再添一毛两毛，别想把破烂拿走；钱也给了，破烂也装到包里了，收破烂的老头没有开着他的破三轮走出水村五里地之外，这个生意就还算没有最后做成——这是卖。还有买，到南街超市买东西。本来是一块两块的东西，跟人家搞半天价，搞下去了两毛，可是轮到掏钱的时候，又犹豫了，不买了。更有甚者，本已砍了价，掏了钱，人家也把东西用塑料袋装好，她也提着塑料袋走出了超市，甚至都走出了南街踏上自家北街的路面了，不知想到了啥，立马回去，非要退货。为此，超市老板水生禾的孙女，一看见云生娘进超市，立马借故走开，任云生娘怎么叫，她都装作没听见。

天顺不紧不慢远远地跟着云生娘，一条街上住了几十年了，他能不了解她？也是表侄催得急。看着云生娘进了家门，天顺给表侄打了电话，要他抓紧时间赶过来。天顺知道，云生娘这个织布机生意是做定的，只是，女人家心眼多，到时候，表侄一来，几张老人头甩给她，她也就不再犹豫了。

天顺想得也对也不对。这会儿的云生娘，需要的不是红票子，而是有个人站出来，对她说，把织布机卖了吧，现在卖只有光沾而没有亏吃。当然，这个人非得是云生娘最信赖的人不可。随便来一个，同辈的铁锤、百顺，或者晚一辈的金生、鹏展，不仅起不到积极作用，反而会走向反面。那么，谁配来当这个人呢？云生娘脑子转了一圈又一圈，就像街上一些赌博性质的游戏转盘，中间的指针，每一圈都转到标有程眼镜名字的地方停下。她真不想事事都去麻烦程眼镜，可是没办法，找不到第二个人。在云生娘眼里，整个水村，将近三千口人，最值得她信赖的，非程眼镜莫属。程眼镜和云生娘的年龄差不多，因为常年戴一副茶色石头镜而得名。生产队时期，程眼镜被叫作"赤脚医生"。现如今，大病小病都得做CT、B超，程眼镜家门前已是车马冷落。但云生娘没有忘记程眼镜，尤其是千秋走后。程眼镜值得信赖，不止身体健康防病治病方面。程眼镜看的书多，见的人多，可谓见多识广，而且说话和气，待人实诚。无论云生娘因为什么事去找他，他都能耐心地听云生娘诉说，而后为云生娘提供恰到好处的忠告和帮助。比如，和谁拌嘴怄气了，和儿媳妇俊桃闹别扭了，等等。不管什么事，只要和程眼镜一说，在程眼镜家院里的葡萄架下坐一会儿，她就火消了气顺了，心里没有一点儿磕绊了。卖织布机这样的大事不找程眼镜找谁？就再麻烦他一次吧，反正，以后想麻烦也麻烦不着了。云生娘拿起木梳梳了几下头，又用唾沫湿了手，抿了几下头发，急切地出了门。

你去哪儿？我表侄一会儿就到了。天顺蹲在云生娘大门旁，一边吸烟，一边守候。

我去南街一趟，一会儿就回来。

其实，程眼镜不是她的千秋，自然不会直截了当地为她完成这临门一脚。对卖与不卖织布机，程眼镜话说得很婉转，好也说，坏也说，利也说，弊也说，最后一句话，主意靠她自己拿。云生娘听了，仿若吃了定心丸一般，心满意足地辞别了程眼镜——这个时候的云生娘，一如听不懂话的孩子，或者说是大脑里安装了识别仪，对好、利绿灯放行，对坏、弊一概屏蔽。

云生娘走到家门前的时候，天顺的表侄刚好也到了。一辆东风轻卡停在云生娘与天顺两家的交界处。穿着浅色夹克，肩宽体阔，一副大老板模样的天顺的表侄（天顺喊宋涛），手提一箱蒙牛纯奶，跟在天顺和云生娘身后，走进院子。有程眼镜透彻的分析，有一箱蒙牛作催化剂，云生娘开了口：你们抬吧。

宋涛和开车的司机把盖着织布机的塑料布揭去，没有遮盖的织布机光可鉴人，引来宋涛一连声赞叹。不过，他赞叹的是云生娘的勤勤，而不是织布机。宋涛和司机开始搬开杂物抬织布机。宋涛让天顺和云生娘站到一边，因为每掀动一块木板，每挪开一片草苫，浓厚的烟尘立马腾起，整个储物间就昏天黑地。天顺照办了，但云生娘不予理会。无论宋涛怎么劝阻，云生娘都不离织布机左右，任凭烟尘吞，任凭烟尘呛。云生娘一会儿吆喝——小心小心；一会儿责备——你们慌啥呀，看碰到墙上了吧……仿佛他们是红星美凯龙家具店里的搬运工，正在搬动云生娘新买回来的家具。

云生嫂子，这东西都成他们的了，他们能不爱惜？咱到一边歇着去。天顺双手扑打着烟尘，上来劝阻。

你懂个屁。你知道织布机陪伴了我多少年？

织布机出了储物棚，织布机来到了大门门洞，织布机抬到了门外，织布机装到了东风轻卡上。宋涛和司机拿出绳子，左右呼应着捆扎织布机。云生娘扒着车帮，手在织布机上一遍又一遍摩挲，宛若一场生离死别。

大娘，你退后一步，让我们把挡板扣好。

钱还没给呢!

织布机装载妥当就给钱。

不行，现在就给。想要赖呀?

二三百块钱的东西，至于嘛。我是说……前一段时间听俺叔说，我还以为你家的织布机不是做于前清也是做于民国，谁知是20世纪70年代的东西。那个年代，嗨，东西可不咋的。

咋啦，你想反悔?

我不是想反悔，我是说你这织布机不值那么多钱。

天顺，你看看你这侄子，男子汉大丈夫，说话不算话! 云生娘双手紧抓住织布机的横木，头偏转过来，恶狠狠地对着天顺说，三百块钱，一分都不能少! 你可是亲口承诺的!

云生嫂呀，你跟那小孩子一样。有我在这儿，他敢少吗? 宋涛，掏钱!

宋涛从口袋里掏出三张大红票子，一副做了亏本生意的样子。天顺从他手里夺过票子，一把塞给云生娘。云生娘这才松开了横木。

大娘，别说有俺叔在，就是俺叔不在，我堂堂五尺男子汉，也不会说话不算话。我是说，之前我应该来好好看看。不过，话说了，就是亏本，亏了血本，你侄子我也不会说一个不字。宋涛把挡板扣上，拍了拍手，转身对着云生娘说，大娘，你保重身体。那纯牛奶，你喝不完，就带到郑州，慢慢喝。俺走了，俺这就把织布机拉走。说完，宋涛和司机壮士般毅然决然地拉开车门，跳了上去——做生意的，什么人没见过?

云生娘紧紧攥着三张红票子站在街中央。当载着织布机的轻卡走出老远，就要转弯从视线中消失的时候，云生娘才像突然想起了什么似的，喊：慢点，小心掉下来！

捆得结实着呢！云生嫂，一架旧织布机，本就没人要的货，三百块钱你也拿到手了，它就是粉身碎骨关你啥事。叫我说，今儿中午，十字街，"稻香村"里炒俩菜！有钱了，咱也去跩跩。该跩不跩，惹人不待见。天顺说着，取一根烟噙在嘴里，蹲到墙角——总算为表俫拉了一单生意。

云生娘没有理会天顺，急转身快步走回家，进到上房屋，猛扑到床上，把脸埋在被子里。从某种意义上说，织布机在她心中的地位胜过女儿云英。云英出嫁那天，她的心也没有这样撕裂般难受过。

大娘，大娘。门外的叫声，把云生娘从梦中拉出。与织布机的生离死别，引来一段夜晚欠下的深深睡眠，当然有梦。梦的发生地在郑州，她正和涛涛、娇娇趴在洋灰地上捉蛐蛐。

谁呀？云生娘鲤鱼打挺似的从床上起来。

是云生从郑州回来了？不，不是云生，是铁锤的儿子鹏展。云生娘恍惚间，鹏展已穿过院子，掀帘走了进来。

你今儿不是要去郑州嘛，俺爸叫我给你送来两千块钱，让你路上花。俺爸说，郑州那里，城市大，花销大，用钱的地方多。这钱虽起不了大作用，但多少能济点小事。

我去郑州，不是娶媳妇，也不是嫁闺女。就是娶媳妇嫁闺女，份子钱也不用这么多呀。云生娘还没有从恍惚状态中走出。

你就收下吧。说着，鹏展把钱轻轻放在桌子上。云生哥啥时候回来？走的时候，言语声，我把你送到车站。

云生娘终于明白了鹏展的意思。怎么办呢？这钱要还是不要？自从云生说要租金，云生娘都不好意思再见铁锤家的人了。门前门后住着，收钱太伤和气。

看云生娘不吐口，鹏展以为云生娘是云生。

一次碰到她，鹏展说，大娘，俺用您家院子不白用，俺给您掏租金。租金多少，您说个数？我不出租，我也不要租金。她用的是佯装生气的语气，她越这样说，鹏展越以为她是嫌钱少。不过，事后想想，她觉得真要是把院子借给鹏展，鹏展给点儿租金，好像也合情合理——跟年轻人面对面说钱的事情，似乎并不觉得有多难为情。可转脸碰见了铁锤，她又仿佛偷了人家东西似的心生愧疚：几十年的老街坊，咋能一张嘴就是钱？云生真是狮子大张口，一万块钱呀！罢罢罢。这钱不钱的，还是让他们年轻人去说去谈吧。

鹏展呀，你把钱拿走。大娘不接你这钱。云生快到家了，有啥你们说。

您是嫌少呀，大娘？

你误会了，鹏展。我是说这钱你拿走，等云生回来了，你们兄弟俩商量。

云生娘站起来，拿起钱就要往鹏展怀里塞。鹏展见状，扭头就跑，灵巧得跟驯鹿一般。

云生娘追出门去，鹏展早已没了影踪，她只好退回屋内。这钱非得送回去不可，不过，时候不早了，先做饭，等吃了午饭再送钱不迟。也或者，等云生回来，把钱交给他，让他来处理。于是，她找一张广告纸，把钱包好，然后去门后的缸里扒拉她的"保险箱"。总不能她去灶房做饭，一沓钱就摆在一进屋就能看得见的地方，两千块钱啊！

云生娘不去南街的储蓄所存钱，她眼花，银行柜台上的眼镜戴着不合适，看不清存单上的字。云生说给她办张卡，她怕密码记不住，死活不让办。她就把钱藏在屋里。藏哪儿？衣柜里？枕头下？才不呢。那一年街里几家被盗，小偷专拣衣柜里、枕头下摸。云生娘有她藏钱的办法：她有个木盒子（老辈子传下来的），先把钱装到塑料袋里包好，放盒子里，盖上盖，再把盒子放到盛满破布烂套子的小米缸里——她特意从灶房搬过来的。现在的缸啊罐的，因为"家里没有隔夜粮"，都没有用处了。缸里塞的是破烂，小偷来了，想破脑袋也想不到钱都在那里面藏着。

云生娘关了屋门，把手伸到缸里。但摸了半天，没摸到木盒子。被小偷偷走了？云生娘心里一慌，干脆把破烂都掏出来，破烂还没完全清理出来，就看见了木盒子，盒子规规矩矩地躺在缸底。打开盒子，掏出里面的塑料袋，塑料袋里的票子有红有绿，云生娘手蘸着唾沫数起来——三十一张红的，二十八张绿的。把二十张加进去？还是把二十三张都加进去？她想起了她的织布机，想起了织布机换来的三百块钱。云生娘从被子里找出那三张红票子，打开广告纸，把那三张和二十张放到了一起。厚厚一摞子钱，真是喜人，千秋活着的时候，哪见过这么多钱！再数一遍？数数钱咋了？我就喜欢数钱的感觉。再说了，万一要错了呢？仿佛千秋就站在对面，讥笑她磨道里面唱小曲——闲得驴叫唤。又数了一遍，红票子与绿票子加一起，六千九；再数一遍，六千七。嗨嗨，奇了怪了。再数，加一块儿，六千八。再数，再

　　　　　　　　　　　　　　　　　　　　　　厚土

数，都是六千八。这就对了！云生娘把钱装进塑料袋里，卷好，放进木盒里，盒子放在缸底，把刚刚抱出来的破烂重新放回去，这才直起腰。刚要舒一口气，却看见缸的周围都是蜘蛛网。嗨哟，这么脏呀。她拿起旁边的笤帚，把缸的周围来了个大清扫。清扫完缸的周围，一抬头，门的上方，窗户的上方，衣柜的后边，全是蜘蛛网的领地。平常怎么没注意？她想起了昨晚上睡不着时许下的诺言。吃了午饭，擦玻璃，打扫屋子。

　　吃着午饭看电视，已是习惯。以前看电视不为看什么内容，只为有点儿声响，制造点儿热闹气氛，不论白天黑夜，即使出门遛弯儿，电视也不关。看着看着看了进去，因为电视上经常有曲剧、豫剧。于是，河南台、都市频道、市台、县台，哪有戏曲换哪个台。午饭时间，没有豫剧也没有曲剧，索性就在几个台上换过来换过去，换着换着就定在了都市频道上。为啥？因为都市频道上的大姑娘小伙子，随和家常，透着喜庆劲儿，越看越让人喜欢。其实，最重要的原因是，她已把自己当成了一个郑州人，都市频道代表着郑州，已成了她的频道……

　　不一会儿，云生娘倒在床上，迷瞪了过去——失眠的结果是，白天成了夜晚，夜晚成了白天。

　　谁？云生娘从睡梦中醒来。她不是被噩梦惊醒的，而是感觉到了异常的响动。

　　睡着了咋还开着电视？声音恁大，整条街都能听到。

　　是水耀华。水耀华手里拿着电视上经常做广告的旺旺雪饼，嘴里嘎嘣嘎嘣响着，两只眼睛骨碌碌地转来转去。水耀华的样子，特别不令人待见。

你来干什么?

我来看看你看的是啥电视。哎呀,《打鱼晒网》你也看呀? 云生娘,你真有闲心。哎,云生娘,听说你发财了,借俩钱花花?

你没发财?跟奶说,上午偷的玉米卖了多少钱?

啥叫偷呀,人家都不要了。奶呀,玉米是吃的,不是卖的。 那几穗玉米早进了肚子,现在恐怕都变成屎。再说,几穗玉米 能卖多少钱?即使卖,仨核桃俩枣的,早花完了。

我不信。你咋花的?光买这旺旺雪饼就把钱花完了?

你不知道呀,奶。水耀华把旺旺雪饼的塑料包装纸扔到地 上,从口袋里掏出手机,左手握着,右手指着,说,现在这手机 费钱着呢,几十块充进去,一会儿都完了。

我的手机咋不费钱呢?

你不上网。你要上网,跟我一样。奶,借个十块二十块都 行。

爬走。我没钱。

诓谁呢。你那破织布机不是卖了三百块吗?

卖了钱都得给你?回去跟你亲奶要去。快爬走,我还有事 呢。

水耀华说着"没见过这么抠门的奶",一个箭步到了门 外。

正想着怎么把鹏展的钱送回去呢,大门口传来"云生他娘" 的喊叫声。是金生娘的声音。

火上房了,叫得这么急。进来吧,大门开着呢。

云生他娘,你快出来,拿个篮子快出来!

　　　　　　　　　　　　　厚土

什么事呀？云生娘赶紧从房里出来，疾步走向大门。

我知道你要去郑州。可是，可是，天大的好事呀。

啥好事？

一队的玉米"解放"了！

哦，她们上午真的是去掰玉米了。云生娘近乎自言自语。

原来，一队的几个老犟筋不知道怎么开窍了，同意把土地转让给豫皇公司了。就在昨天，一队和豫皇公司签了合同，豫皇公司一次性全额支付了卖地钱和庄稼的补偿款——将要成熟的玉米都归了豫皇公司。一队在水村孤零零的，与最近的二队相距有二里多地。所以，一队的事情传到"大村"，总要花点时间。今天上午，就在云生娘被天顺叫回去刚一会儿，豫皇公司开来了两台收割机。这块地一百多亩，中间是大块，四周有一些小块，还有几处坡地。大块地收割机收获，小块地、坡地，收割机无法施展，于是，豫皇公司找了水老三，水老三找来这十多个妇女，草草地把小块地、坡地收了一遍。被雇的妇女掰玉米，专拣大的熟的不用弯腰的，小的嫩的需要弯腰费力气的都留在了地里。

据说，过一会儿，旋耕机就要到地里耕作，这些玉米秆和留在地里的玉米都将被切碎到土壤里。

去，还是不去？云生娘犹豫的样子，宛若面临的是To be or not to be（生存还是毁灭）的选择。

走吧，拾一些嫩玉米，刚好带到郑州，让你的宝贝孙子孙女尝尝鲜。城市里，嫩玉米稀罕着呢。

我要是去拾玉米了，云生回来了找不着我，咋办？

你不是有手机吗？云生找不着你，会给你打电话的。

孩子多少日子不回来，回来了我不在家？说了让我在家等的。

要不，你给云生打个电话，问他走到哪了。要是马上到家了，你不去，就在家里等，我回来给你一些；要是离家还远，一时半会儿到不了家，你就跟我一块去。到手的鹌鹑，不能让飞了呀。

话是这样说，可我没有给云生打过电话，以往联系，都是他给我打。

这不是情况特殊嘛。

犹豫着，云生娘拿起手机，摁了开锁键。她想了想，然后颤巍巍地摁了1——孙子涛涛给她设定的：1是儿子云生；2是女儿云英；3是涛涛……电话里传来嘟嘟嘟的忙音。接着，一个好听的女声说：您拨打的电话暂时无法接通。

没人接。

那就是离家还远。走吧，不耽误你拾玉米。

一伸手就能够着的财富，不捡太可惜！云生娘把手机重新挂好。等一下，叫我扗个篮子。云生娘回身到院里，扗了篮子出来，欲反身锁门时，却发现挂在门后的锁不见了。锁跑到哪去了？在大门洞里找来找去找不到。

走吧，云生他娘，你屋里是搁着金哪还是银哪，晚了就拾不住啦！

平常，云生娘出门，只要不出村，是不锁大门的。今儿个，是想到了突然变厚的那一沓红票子。听到金生娘一连声地催，云生娘索性回屋里撕一块布条，掩了大门，用布条绑住门环，跟着金生娘匆匆往村外走去。

真是一地玉米呀！尽管到处都是老头老太太，但没多大一会儿，篮子就满了。云生娘把嫩的能煮着吃的留下，把老的挑出来给金生娘。

你咋不要老的？老的回去剥了，晒干，磨成面，给云生带去。

我不是今天就要走吗，给你了。

看着歪歪倒倒的玉米秆，看着这儿一个哪儿一个鼓鼓的玉米穗，云生娘咽了好几口吐沫。你继续拾吧，我回去了。

你回去也好，免得云生回来了找不到你。哎，见着俺老头，叫他骑电动车来接我。

中。云生娘决绝地扡了玉米，一趟一趟往回走。出了玉米地，她已满身是汗。年纪不饶人呀。上到大路上，她放下篮子喘气。刚过了一会儿，鹏展的媳妇开着电动三轮从东边回来，见了云生娘，鹏展的媳妇停下，不由分说，把她的篮子搬上车。

你慢慢走，我把玉米给你捎回去，放到您家大门口。

看着鹏展的媳妇的背影，云生娘心生感激，一感激就想起了那两千块钱。回家第一件事，赶紧把鹏展给的钱送回去。

云生娘往村里走，一边走一边回头看。大路笔直，车辆行人也不多，一眼看去老远，没有云生的影子。

回到家门前，鹏展的媳妇捎回来的玉米篮子放在大门左边的石碾上。云生娘解开绑门的布条，开了门。院里有响动，云生娘心中一喜：云生到家了？她快步往院里走，嘴里喊着：生儿，你回来了？帮我把玉米扡到家里。她的样子，一如天顺的孙子，过年下时，一看到村头有人走下公共汽车，就飞也似的跑去。进到院子里，没有云生的影子。兴许云生去茅厕了，云生前几次回来，一进家门就进茅厕，说汽车上没法解手，憋死了。后院门虚掩着，她打开门，来到后院。生儿，生儿！没人应。她扒着茅厕看，哪有云生的影子？再一想，云生娘捶一下大腿：大门门环上的布条还在，云生怎么能进到家里？云生娘腿一软，亦如天顺的孙子，兴冲冲跑到村头，结果走下公共汽车的，是别人的爸妈。喘了几口气，反身回到院子里，上房屋门大开着，云生娘挠了头：出去时没有关门？走进去，当看到门后缸里的破布烂套子散了一地，盛钱的盒子开着口放在桌子上时，她头的轰一下，栽倒在地。

山村奇案

一

　　星期天吃过午饭，趁着《今日说法》打了个盹，然后跟着老伴儿上街——未来的岁月，陪伴老伴儿最重要。刚到集上，所里值班的小宋打来电话，说蔡家店有人报警。我问什么事，他说因为打麻将发生斗殴，他和小田去处置，打电话跟我请示一下。"小宋这孩子办事太过讲究。作为警察，有求必应，争分夺秒，而且今天你值班，还请哪门子示呀。"我对老伴儿说。"小宋不是刚参加工作嘛。哎，光他两个小年轻，你放心？"老伴儿说，"你也去吧！我一个人转转，能买点儿干货，先买点。离年下还有十几天呢。蔬菜、大肉，过几天再买。"我这个老伴儿呀，谁都没她明理——我可不是王婆，我说的是实话。从警三十多年，不管是大年初一，还是半夜三更，我一有电话就出警，老伴儿从来没有埋怨过。即使是孩子小，她还得上课还得做家务，一天到晚累得腰酸背痛腿抽筋。我再有两年就要退了，老局长临走，可能是想安抚安抚我受伤的心灵吧，给我安了这个所长头衔。我知道他是好意，让我以所长职务退休，说起来好听点儿。说来不好意思，当了快四十年警察了，虽然数次当过乡镇派出所所长，也曾干过刑警队队长，但到头来还是小民警一个。老局长虽是好意，但新局长却把我派到了这个全县最偏远的梨园乡。

梨园乡地处全县最南端，是伏牛山与掘山岭的过渡地段。论环境，这里山"青"水秀、原始古朴，远离城市喧嚣，少见工厂烟囱。周末，一拨一拨吃饱了撑的，从县城、洛阳急切切赶来，晃悠悠离去。论发达程度，全县就属它闭塞，全乡二十个自然村，全部散落在沟壑坡垴之间。论生产总值，就它最低，将它的总产值乘以三，甚至乘以四，也抵不住一个城关镇。我不在乎它的闭塞，不在乎它的落后，我在乎它清静的环境，所以，带着老伴儿就来了。这几年，儿子女儿都成了家，一个在洛阳，一个在省城，孙子外孙也都上了学，离了手脚，家里就我和老伴儿。为了不让退休的老伴儿孤单，我走到哪儿，就带她到哪儿。来梨园乡之前，局长特意嘱咐乡里，让在乡政府后院家属楼安排一套房子，二室一厅。我也就不客气了，简单拾掇了一下，就住了进来。春节，也不打算回县城过。

蔡家店，因为市政协两个委员来搞扶贫调研，我跟着去过两次，在梨园乡最南端，处在一个山窝窝里。因为常年干旱，土地贫瘠，庄稼长不好，果木种不成，唯一可以利用的资源是满山的石头，所以蔡家店是全县最贫穷的村子。三年前，县里重点扶贫，出资修了一条盘山路，才让蔡家店的石头见了天光，成了县城、洛阳修建房子、道路、桥梁的组成部分，才让蔡家店和外部世界有了更多联系，才让蔡家店在原有的基础之上，人均收入增加了一倍。由此，蔡家店的党支部书记兼村主任蔡茂光上了报纸、电视——山村致富带头人。

派出所在镇北头，到蔡家店去，要穿过大街向南，集市是必

　　　　　　　　　　　　　　　　厚土

经之路。说实在话，我是有点儿不放心，于是撇下老伴儿，站到路边，等着小宋开车经过。警车开过来，我摆手，车停下。

"师傅，好不容易碰上个休息日。我俩去，你就在家陪师母吧。"

"少废话，开车。"我有预感，像蔡家店这样偏僻的村子，不出事则已，一出就是大事。小宋打开警笛，警车呜哇呜哇叫着向蔡家店赶去。

镇上离蔡家店的直线距离也就七八公里，可实际距离不下二十公里，而且坡陡弯儿多。坐上车，我就眯缝了眼假寐，因为路边没有风景，除了远处光秃秃的山崖，就是近旁干枯的小树。小树是修路时栽的，原来多大，现在还多大，似乎没有经历过春夏秋冬。

四十多分钟后，我们赶到蔡家店。事实比我的预感更严重：两人打架，一人死亡！我们赶到时，死者的尸体在蔡家店村委会大门前，没有家属相伴，没有哭啼之声，几米开外的万家超市门口围着好多人。

万家超市和村委会处在一片宽阔的高台之上。万家超市在左，村委会在右。高台类似于城市的中心广场，台前是全村最宽的水泥街道，街道连着通向村外的柏油路。我们下了车，人群围上来，七嘴八舌争先恐后。我不是庞统，什么都听不明白，便穿过人群，向尸体走去。小宋和小田开始拉警戒线。

我走近死者，看见死者膀大腰圆，身高至少在一米八五，体重在八十公斤上下。我突发奇想，如果和他打架的是我，我能干过他吗？估计不行，除非暗施手段。死者脚穿已经看不出颜色的仿品旅游靴，双腿略微叉开，牛仔裤烂了几个口子，露着里面肉红色的保暖内裤。两条胳膊并在身体两侧，蓝色的羽绒服向上翻卷着，遮盖着头部，青色的羊毛衫和已经辨不出颜色的衬衣揪在肚脐眼，露出肚脐下边也是粘着土灰没有血色的苍白皮肤。我把遮盖着面部的羽绒服掀开，伸手到鼻孔下——得先确认死者是否真的死亡，确定没有气息。我又三指并拢，轻轻放在颈动脉上，没有脉搏，有些微体温。我还不死心，又掰开死者眼睛，死者的瞳孔已散大到几乎没有。死者没有了任何生命体征。

我直起身，欲把羽绒服重新盖上，想到得拍照，也就作罢。死者的脸盘很大，属于天庭饱满地阁方圆的那种。按面相来说，这绝对是福相，但再怎么蕴含富贵的福相也抵挡不住意外的血光之灾。死者的眉毛很浓很密，眼睛闭着，但眼球鼓得圆圆的，鼻头很大，鼻尖有擦伤，脸上也有擦伤，惨白的面皮沾着土灰，使整张脸失去人色，口半张着，厚厚的嘴唇，似乎还在扭动。

我四下看了看，地上没有打斗痕迹，也没有血迹。"谁报的警？"我朝众人喊。

"我。"警戒线外的人群中有人举起手来，是一个三十岁左右的年轻人。我让他过来，他戴着鸭舌帽，穿着枣红色夹克，靛蓝色条绒裤，咖啡色系带皮鞋，一看就是在外工作而且混得不错的那种。

"你报的什么警？"

"打架斗殴。拨打电话的时候，蔡茂林还没死。"

"为什么不拨打120？"

"村里有医生。报警的时候，已经有人去叫建坤婶了，建坤婶就是医生。她一会儿就来了，抢救了好一会儿，说不中了，无能为力了。"

“在哪儿抢救的？”

“在超市里。在超市里打的架，抢救也在里面。后来不中了，东升叔才招呼着把尸体抬了出来。”

“死者叫什么？和谁打的架？”

“死者叫蔡茂林。和他打架的是蔡茄子。”

这时候，小宋和小田弄好了警戒线，拿着相机开始工作。我想找个地方，让报警的年轻人给我讲讲事情经过，大致了解一下情况。

二

我正琢磨着是到汽车里进行询问还是在村委会里进行时，超市的厚门帘从里挑开了，挑开门帘的是村治保主任蔡东升。蔡东升，我认识，经常到乡里开会，是村里治安联防照头人。

“吴所长，请进。”

于是我客随主便，扭身走向超市。虽然外面雾霾很重，冬日的阳光比不过晴天夜空的月亮，但给人的感觉还是白天。超市里就不一样了，尽管东西两个螺蛳状的节能灯毫无保留地放射着光芒，让人感觉却是夜晚。超市里的货架东倒西歪、横七竖八，货物满地都是。还好，有一条窄窄的过道，倒是畅行无阻。蔡东升把我往里面引，里面是麻将室，麻将桌、麻将凳翻的翻倒的倒，一脚下去，踩到好几个麻将牌，仿若走在干涸的布满鹅卵石的伊河河滩上。因为起架高，又没有能够遮挡视线的东西，麻将室更显得空阔幽深。迎门的麻将桌四腿朝天，昭示着打斗场面的狂暴激烈。最里面的一张桌子旁，依偎着一个几乎蜷缩成球状的人，一如受了惊吓的刺猬——对，刺猬，因为还有一股若隐若现的怪味。

"他是蔡茄子，就是他和茂林叔打架。是我把他捆住绑在这里的。蔡茄子一看茂林叔死了，还想跑，我一把把他摁住，捆了起来。"身后蔡东升自得的口吻，带有很强的表功意味。

"你有什么权力随随便便限制别人的人身自由？"我一看，气不打一处来。普法教育进行这么多年了，这些村干部，还是这么无法无天！我转身甩给他的，肯定是一副严肃苛责的面孔。

"他是杀人犯！"

"谁给你权力叫他杀人犯？"一条尾巴都让人不高兴了，还要显摆第二条，我抬高声音，"我跟你说，再明白无误的凶杀案，即使杀人凶手当场被捉，只要法院没有判决，就不能叫人家杀人犯。"

"那叫他什么？"

"犯罪嫌疑人！"我的语气很重，"凡是没有经过法院最终判决的，都不能称为罪犯。"

本想得到表扬，却遭到日刮（责骂），蔡东升很无趣地站立在一旁。

"是我让他捆的！"粗重的声音，像是从遥远的瓮里传过来的。

我扭头，朝发出声音的方向看去，这才发现里面拐角处有个楼梯。发出声音的人，先是露出脚、腿，然后是下身、上身、脑袋——先闻其声后睹其人，宛若电影电视里重要人物的出场。

"茂光叔，慢点，慢点。"被叫作茂光叔的人，脚步很重，每一次碰触楼梯，都咣咣咣如打夯般震颤。喊茂光叔的女人，在其后亦步亦趋，后边还有一个男人，看上去年纪比我大，清清瘦瘦。

"吴所长，等你半天了。"脚步引起的震颤被说话声所接续，"门外躺着的是我弟弟！我弟弟被这个蔡茄子给打死了。"震颤的声音里带了鼻音，身后的女人赶紧递上卫生纸，"你要秉公办案，为我弟弟伸张正义！"那人擦了鼻子，把纸直接投掷在地上，又近前两步，两只粗厚的大手紧紧抓住我的胳膊。哦，原来是蔡家店的支书兼村主任蔡茂光。蔡茂光，我不可能不认识，因为他是梨园乡乃至全县近几年的热门人物。不过，我们以前没有亲密接触过，见的几次面，都是在公开场合，仅仅互相点了头而已。

虽是第一次亲密接触，但他的"秉公办案"让我心里不舒服，我什么时候徇情枉法不秉公办案了？念他刚死了弟弟，心情不好，我不计较，要搁平常，以我的性格，非和他理论一番不可。

死者居然是蔡支书的亲弟弟！这是我怎么都想象不到的。蔡茂光是支书，还兼村主任，谁敢这么胆大妄为欺负到他头上？这个疑问刚刚生成，另一个疑问接踵而至：蔡家弟兄好几个，一大家子人，我们来时，死者身旁怎么一个人都没有？

"死者是你亲弟弟？"我再一次向蔡茂光求证。在得到肯定答复以后，我说："你放心，我们一定竭尽全力，尽快查明案情。别说是你蔡支书的亲弟弟了，就是普通社员，我们也会秉公办案，为他们伸张正义。警察是干什么吃的？还不是为老百姓撑腰壮胆。"

"我相信你，老弟。不过，案子一清二楚，不需要你们查明。你们需要做的是逮捕蔡茄子，把他送上法庭，让法官判他死刑，立即执行！"蔡支书恢复到平常讲话的腔调。

我嗯嗯应着，从蔡茂光的大手里挣脱出来。蔡茂光板寸头，圆脸，大鼻子，厚嘴唇，个子不高，但又粗又壮——他的粗壮让我联想到躺在外面的蔡茂林。他们是亲兄弟，粗和壮倒是像，个子嘛，却差得远。蔡茂光是"山村致富带头人"不假，但他说话的口气，让我有种本能的反感，这种反感跟刚才听见蔡东升说是他把蔡茄子捆起来时不完全一样。蔡东升做错了什么？没有，只是有点儿过而已。如果是凶狠残暴的杀手，不限制其人身自由，不是会带来更大的伤害？对他的反感不是仅针对他一个人，而是针对一种现象：一些农村干部，自以为权力无边，动不动就把人五花大绑。对蔡茂光的反感，是他话语中那种说一不二居高临下的霸道！拥有一点权力又做出点儿成绩的人就可以藐视一切？我这个人，生性讨厌被人指手画脚。

"即使案情一清二楚，证据确凿，我们也得走走形式不是？来，把蔡茄子解开。"反感归反感，话该怎么说还怎么说，事情该怎么办还怎么办。

得知死者是蔡支书的亲弟弟，当看到蔡茄子完好无损时，内心深处生出一份感激。依着蔡茂光的办事逻辑，蔡茄子不被磨成肉酱也得被打成肉饼。

"解什么解？他是犯人！"

"我不是犯……人！蔡茂林不……不是我打……打死的！"蜷缩着的"刺猬"，不是哑巴，却是结巴。

"喊什么喊！"只听咚一声，蔡东升一脚踹在蔡茄子身上。蔡东升虽然没有蔡茂光那么粗壮，也没有蔡茂林那么高大，但我知道，年少时去少林武术学校学习过的他"一身功夫"，一般

　　　　　　　　　　　　　　　　　　厚土

村民，三五个不能近前。

"你干什么！"心火腾一下直蹿脑门，我上前，差一点也像蔡东升踹蔡茄子一样踹蔡东升一脚。

"蔡东升，有警察在，你干什么？"蔡支书身后的男人喝道。

"东升，你猪脑子呀！"站在蔡茂光身后的女人，走过来，一把拉开蔡东升。后来我才知道，这女人是蔡东升的媳妇，叫白庆玲。那个清瘦男人，也是后来得知，叫蔡如凡，人称蔡茂光的"刘伯温"。蔡茄子之所以没有被磨成肉酱，也没被打成肉饼，蔡如凡起了关键作用。为了抓紧时间了解案情，我说："蔡支书，我理解你的心情。事情呢，还得按程序来。你们先出去，或者还回到楼上，我有话要问蔡茄子。"

蔡茂光没有说走，也没有说不走，就是站着不动。老者上前，说着"警察在这儿，你还有啥不放心"的话，推着蔡茂光往楼梯跟前走。蔡东升两口也跟在其后。现场只剩下报警人、蔡茄子和我，我这才想起被冷落的报警人。于是我说："你不要离开，先到外面等着，一会儿我叫你。"

报警人摊开两条胳膊，耸了一下肩，伸了伸舌头——很西式地表达了他不满、无奈、大度等复杂意思之后，走了出去。我走近蔡茄子。"起来！"我说。蔡茄子蠕动一下，但没有站起来。我去拉他，拉不动。蔡东升的绳子捆得不仅专业而且"接地气"。我费了好半天劲，才把绳子解开。绳子解开了，蔡茄子吭哧半天，还是没能站起来。我去拉他，他龇牙咧嘴，不住地喊疼。

终于，他站直了身子。我很诧异，他只到我的下巴颏！我一米七二，他最多一米六五，而且是虾米体型，胳膊腿瘦得如麻秆，很符合现在年轻人所说的猥琐男类型。他能把蔡茂林打死？我心里画了个大大的问号。

"你是蔡茄子？"

"嗯。"

蔡茄子的脸上一层灰，他的每一根头发，因为头屑和灰尘，粗如春天的茅牙根——感觉他的脸和头，不是半年，便是三个月才洗一次。很难分辨出颜色且两只袖口发着幽光的羽绒服上，烂了几个口子，口子里露着雪白的羽绒，很是晃眼。头上，脸上，手上，都有伤，而且还有血渗出。

"你好大的胆，居然敢把蔡支书的弟弟打死。"我拿出多年练就的环宇震荡之声。

"我没……没打死他，是他……他打我！"

蔡茄子不仅结巴而且大舌头，听他说话，很费力气。

三

蔡茄子还没说几句话，小宋走了进来："师傅，外面需要拍照的地方都拍了，对尸体也进行了大致检查。死者身上有多处擦挫伤，但都不是致命伤，无法确定死者的真正死因。是不是给局里打个电话，让派个法医过来做个尸体鉴定？"

县城离这儿四五十公里，又是周末。我有点儿犹豫："真的不能确定？"

"不能确定。要不，师傅您去看一看？"

"不了，还是给局里打个电话吧。"只要出人命，都是大案。小宋这小伙子，我还是挺喜欢的，办事认真细致，比我年轻时强多了。他说找不出死因，叫我去恐怕也难找到，况且，来得紧急，连老花镜都没带。让更权威的人来处理，其实是我的进步。我年轻的时候好逞能，像这样简单的案子，自己勘察一遍，就下结论，哪还啰里啰唆叫法医。我说："叫小田也进来，里面是打斗现场，你们俩好好勘查勘查。"

　　蔡茂林不是我打死的，是他自己死的。以前，别人说蔡茂林打麻将偷牌、出老千，不愿意跟他在一起玩儿，我不以为意。这一回，我信了。他们这一桌一直三缺一，没人往那儿坐。我来了，蔡茂林叫我，我不坐，他叫了好几遍我都没坐。最后是东升嫂子过来，要我坐，我才坐下了。刚坐下，还没摸两圈，蔡茂林就偷牌。我和他坐对面，看得真真切切。我说，蔡茂林，你把那个四万放回原处！他不仅不放，还骂我，破口大骂。我当然还他了，他骂我，我能不骂他？平常，他仗着他个子大，仗着他大哥是村支书兼村主任，仗着他二哥是石料厂厂长，对谁都是，只能他骂你，只能他欺负你，你不能还他。他骂了我半天，我刚还他一句，他一把将麻将牌甩到我脸上。我气不过，心想，是你的错不是我的错，你还拿牌甩我！我也拿麻将牌他，可他跳到麻将桌上，居高临下向我扑过来。他那么大个子，我怎么能打过他！他很快就把我按在地上。我虽然个子小，但我也得反抗呀。我挠他，掐他……但无论使什么手段，都推不开他。众人可能看不惯了，纷纷上来拉架。趁着这当口，我猛一用力，把他推开了。他身子一趔趄，仰面倒在地上，撞倒了旁边的货架。我爬起来，想压到他身上，可他飞起一脚，把我踢倒在地。这一次，我顺势搬起一个凳子，当他又向我扑来时，我把凳子砸向他。蔡茂林没有想到我会拿凳子。为了躲避凳子，他身子一趔，撞到了还没倒的那一半货架上。随即，那个货架也倒了。这个货架一倒，连着又倒了好几排货架。我知道我打不过他，况且这里到处都是桌子、货架。我想跑到外面，外面地方大，他不好追我。于是，我往外跑。蔡茂林哪里肯放过我，他不知怎么从货架下拱出来，猛一扑，从后面搂住了我。眼看就要被他摔倒在地，我紧紧抓住了前面的货架。开始，他的劲很大，就在我和货架都要倒时，他的手松开了。我以为又是众人把他拉开了，谁知，没有任何人上手。他松了手，我挣脱开，钻到货架中间，想找个东西，和蔡茂林拼了。找了半天，只找到一根新擀面杖。我拿着擀面杖，正要冲出来，就听人吆喝：蔡茂林不中了！他怎么会不中了呢？我跑出来，蔡茂林已倒在地上，好几个人围着他，又是掐人中，又是按压心脏。我根本不相信，认为他是装的：看我拿了擀面杖，他怕了。东升嫂子有经验，她一看，说恐怕是真不中了，赶紧叫建坤婶。警察老叔，你说，这是我把他打死的？绝对不是，完全是他自己死的。

　　这一段话，我做了加工整理。如果把蔡茄子说话过程中的重复和省略号都写出来，篇幅至少增加三倍。如果正常人说这段话，可能五分钟都不到，但蔡茄子用了二十八分三十七秒！为什么我说的有分有秒？因为对面墙上镶着一个四四方方的大挂钟。听完他这一番话，我出了一身大汗，就跟年轻时拉着载重一千多斤的人力车上村南的山坡一样。

　　“不是你把他打死的，你为什么要跑？”

　　“我不是害怕……怕嘛。”

　　“你害怕什么？”

　　“怕他……他家人打……我。他家人多势……众。”

　　“他家人打你了吗？”

"没……没打。但……是蔡支书叫蔡东升把我绑……绑在了这里。"

"难不成你一边打架一边还做着记录？怎么说得头头是道？"

"因为我被……绑在这里已……经半天了，事情……的经过，想了好……好多遍。反……正，蔡茂林不……不是我打死……死的！"

"我记下了你说的话，但这不是正式审讯。回到所里，还要做正式笔录。等会儿，我还要询问别人。你再好好想想，想起什么了，就跟我说。如果别人说的和你说的不一样，你说了假话，将来倒霉的可是你自己。"说实在话，蔡茄子说话时艰难的样子，让人可怜。但办案子，凭的是客观事实，不是自己的主观感觉。依照常规，我用手铐把他铐上，把他拉到外面，塞进了警车。这个过程中，蔡茄子非常配合，没有说任何话。

小宋和小田把超市里的麻将室勘查了一遍。小宋对我说："麻将室被大致整理过。"

"整理过就整理过吧，咱尽力而为。"我心想，简单得跟"一"一样的案子，就是现场全被破坏了，还能耽误什么？两人打架，过失杀人，不就是这么回事。

小宋做事仔细，听了我的话，他拿着相机又回去，咔咔咔地继续拍照。小田做事马虎，也没有耐心，已经跑到外面吸烟去了。

局里派的法医已经驾车前来。不过，没有一个多钟头到不了，等吧。我把报警人叫进麻将室，让他述说他所看到的一切。

报警人说："他们在最靠近货架的桌子上玩儿，我们在里面的桌子上玩儿，他们因为什么打起来的，我不清楚。才开始，没有人上前制止。不是没有同情心，而是不愿意惹麻烦。蔡茂林家势力大，村里无人敢惹，尤其是这个蔡茂林。蔡茄子在村里是有名的'没球瓜'。他爹死得早，他娘神经病，犯起病来，除了认识他，谁都不认，连他媳妇都不认。蔡茄子的媳妇也是'没球瓜'，除了生孩子，什么都不会。蔡茂林把蔡茄子压在地上，扇耳刮子，左右开弓。你扇几个耳刮子，占点儿便宜也就算了，不能无休无止吧？可蔡茂林就是无休无止。我看不惯了，还有几个人和我一样，也看不惯了。我们几个站起来，喊蔡茂林住手。蔡茂林不听我们的，我们只好上前去拉架。我们没有拉偏架！蔡茂林压在蔡茄子身上，我们当然都拉蔡茂林了。想拉蔡茄子还拉不着呢。蔡茄子看上去弯腰弓脊，其实也挺有劲。在我们拉蔡茂林的时候，他呼一下，把蔡茂林拱翻了。蔡茂林撞到了货架，货架倒了半边。翻身起来的蔡茄子，搬了个凳子，砸向蔡茂林。蔡茂林躲开了，但撞到了没有倒的那一半货架上，那一半货架和蔡茂林一起倒了，还带倒了好几排货架。蔡茄子也是笨，我们叫他趁着蔡茂林还没有站起来爬起来赶快跑。可他吭哧半天就是爬不起来，当他爬起来要跑时，蔡茂林也爬了起来，一下子从后面搂住了他。眼看着又要被摔倒，蔡茄子抓住了前面的货架。要不是货架，蔡茄子肯定又要被压在地上。蔡茂林拉蔡茄子，蔡茄子抓着货架，僵持了好一会儿。现在看，蔡茂林那时候的力量肯定已经弱了，要不然，他那么大劲，再牢固的货架也经不住他拉。眼看货架和蔡茄子就要被拽倒，蔡茂林却松开了手，身子开始摇晃。那时候，谁会想起去扶他？谁会想到他会有事？蔡茄子挣脱开，跑了。蔡茂林站立不稳，想去扶货架，却没扶住，扑通一下栽

　　　　　　　　　　　　　　　　　　　　　厚土

倒在地。大家都很奇怪：吃亏的是蔡茄子，沾光的是蔡茂林；挨打的是蔡茄子，打人的是蔡茂林，蔡茄子好好的，而蔡茂林却栽倒在地不省人事！看到此，我掏出手机欲报警，周围的人却拦住了。为啥？蔡家店人都习惯有事找蔡支书，而不是找警察。我说，要出人命了，人命关天，蔡支书管不了了！他们才让了步。"

报警人叫蔡有良，是蔡如凡的儿子。蔡有良一口带点儿梨园乡口音的流利普通话，比起刚才的蔡茄子，听去让人舒坦多了。蔡如凡退休前，是镇中学老师。蔡有良从初中起就离开蔡家店跟着老爹到镇上上学，高中在县城，大学在杭州，毕业后又在杭州工作，一年里只有过年才回来几天。严格说，他已经不是蔡家店人了。除了蔡有良，蔡家店还有不少出外打工的人。这些人，跳出了山窝窝，见了世面。如果不是这些人，像今天这样的事情，说不定还真没人报警，而让村委会"私了"了呢。

"照你这样说，蔡茂林是自己死的，与蔡茄子没有关系了？"

"不能说没一点关系，他俩打架了嘛。但蔡茄子和蔡茂林的死究竟有多大关系，得靠你们警察来说清楚。反正，说句公道话，最后是蔡茂林自己松开了手栽倒在地的，在场的人都看到了。"

趁着有时间，我叫来蔡东升，让他把当时在场的人再叫过来几个，让我做进一步的询问。询问的人越多，事情的脉络就越清晰。蔡东升把他媳妇白庆玲推到我面前，说他媳妇始终在现场，整件事情她最清楚。蔡东升当着治保主任，同时经营着超市、麻将室。蔡家店的万家超市，老板是蔡东升，实际打理超市的，为玩儿麻将的人端茶送水的是白庆玲。一件大红呢子大衣，箍着白庆玲还算有型的身段，白底紫花的丝巾，优雅地绕在她的脖子上，烫过的发卷向左后方微微倾，眉毛被移动过位置，嘴唇微红——我脑子里倏忽闪过样板戏《沙家浜》里阿庆嫂的影子。

"吴所长，喝杯茶，润润嗓子。"白庆玲端了一杯水放在我面前，然后坐下，说道，"蔡茄子就是恶厌人，村里没有人喜欢他。要不是万不得已，谁也不跟他在一块儿玩儿。他还没走到你跟前，你都能闻到他身上的尿臊味。蔡茂林打他，不屈他。"

白庆玲用女性特有的音质、声调给我叙述了一遍事情的经过。如果不是满嘴的土语土话，悦耳程度肯定胜过蔡有良。她说的过程和那两个人说的基本相同，只是，她生动形象的话语背后，有着更为鲜明的立场。

"可是，蔡茂林死了呀？"

"蔡茄子肯定使了什么暗器。你想，蔡茄子出外打工十来年了。出门在外，认个师傅学点'武艺'，那还不是轻而易举的事？俺娘家一个侄儿，蹲了几天黑屋，认了个师傅，学了一门手艺，一出监狱，便下广州开了个公司，现在可挣钱了。扯远了哈。你想想，要不是蔡茄子暗中使手段，蔡茂林会自动松手，自己栽倒在地死去？"

"蔡茂林会不会是因为心脏病、脑溢血或者中风而死？"这些是五十岁到六十岁男人的常见病，我都有前列腺炎、肾亏、雄性激素减少等，所以我不会被白庆玲牵着鼻子走。

"不会不会。蔡茂林身体棒着呢，根本不会。再说，上年纪的人才会有心脏病、脑中风，他才三十七八，正当年呢。"

"照你说，蔡茂林一定是被蔡茄子打死的？"

　　　　　　　　　　　　　　　　　　　　　　　　厚土

"那么多人都看见了，还会有错？"

四

听到警笛响，我知道是法医到了，还真够快的。来了两个人，一个是周法医，一个是他的助手兼司机。他们一下车，就开始工作。

周法医半路出家，从警二十来年，当法医也就七八年。他把尸体翻检一遍，结果和小宋说的一样：没有找到致命伤。找不到致命伤，是否意味着蔡茂林的死不是因为打架，而是因为突发疾病？以前，像白庆玲说的，心脏病、脑溢血，上年纪的人才犯，现如今，因为污染，因为农药化肥，因为吃得好等等因素，年轻力壮的人犯这些病已不新鲜。"要查明蔡茂林是不是因为疾病而死，就需要把尸体带回去做进一步的检查，甚至是解剖尸体。在这儿什么都没法做。"周法医说。

"必须把尸体带走吗？"我不是不相信周法医，是不想麻烦，因为快过年了，速战速决最好，况且，又不是什么难以厘清的案子。

"当然。十有八九得进行尸体解剖。要不然，搞不清死因。"

谁都明白，死因是关键。死因找不到，就不能给案件定性，就不能给蔡茄子定罪，只有让周法医把尸体带走。当我们到了外面准备把尸体搬上车时，蔡支书、蔡东升、白庆玲，还有那个面目清瘦的蔡如凡，一齐从超市里赶出来，挡在我们前面。

"吴所长，你们不能把茂林带走。我们想给茂林留个全尸。"蔡茂光说。

"你们家属的想法,我们理解。可是,如果不把尸体带走,就无法确定死因。找不到死因,就没法定案。你们不必担心,到了县里,什么仪器都有。仪器一检查,死因立马就找到了。找到了死因,就没必要做尸体解剖了——不到万不得已,不会做尸体解剖。不做尸体解剖,当然还是全尸了。蔡支书,你放心,我们没有恶意,就为找到死因。"

"死因不是明摆着吗?蔡茄子和我弟弟打架,把我弟弟打死了。"

"蔡茄子和你弟弟打架,大家有目共睹。但说你弟弟是被蔡茄子打死的,现在还没有有说服力的证据。蔡茂林身上的伤,都是皮外伤,根本不是死亡原因。"

"这是借口。吴所长,你和我年龄大小差不多吧?你干了这么多年警察,这么明显的事情都看不出来?周法医,我听说过你,你这十来年法医是白干的?"

这话就有点儿呛人了。年轻时,我绝不会吃他这一套,但现在我不急:"蔡支书,一个人和一个人手上的指纹都不一样呢,何况是案件。看似相同的案子,其实千差万别。再怎么着,我们不能光凭嘴说。"

"反正,你们不能把尸体带走!"蔡东升挤到前面。

"蔡支书,你是明白呢,还是糊涂?你要我们为你弟弟伸张正义,找不到蔡茄子弄死你弟弟的证据,叫我怎么为你弟弟伸张正义?"

正说着呢,街道拐角处传来"孩子他爹、孩子他爸呀"的女人哭声。

　　　　　　　　　　　　　　　　厚土

"是茂林婶回来了。"白庆玲说。

按常理，男人死了，媳妇会在第一时间赶来，围着尸体哭天抢地。但蔡茂林媳妇为什么男人死了多半天才赶来？

因为她住在娘家。蔡茂林夫妻关系不好，不好的原因是蔡茂林脾气暴躁，经常打媳妇，还有……尤其是近几年。开始，他媳妇还忍着，等小女儿断了奶，稍稍离开了手脚，一气之下，回了娘家，要和他离婚。到案件发生的时候，他媳妇住娘家已半年多了。蔡茂林不想离婚，他去媳妇娘家叫，丈母娘们都不让他进。大哥如父，又是场面上的人，蔡茂光带着礼物去请，蔡茂林媳妇毫不客气，说这婚离定了，没有缓和的余地，弄得蔡茂光很没面子。现在，蔡茂林死了，蔡茂光老婆给她打了电话，她就回来了（邻村，四五里地），并带着他们三岁多的女儿。

蔡茂林媳妇拉着女儿，趴在蔡茂林身上，鼻涕一把眼泪一把地哭，仿若生前，他们是谁也离不开谁的恩爱夫妻。白庆玲见状，走过去，把孩子抱到一边。

家属拦住尸体不让带走，是我没有料到的。这些年，从中央电视台到地方电视台，法制节目数不胜数。警察判案，解剖尸体是再平常不过的事情，而在这里，却成了难事！如果是别的一辈子没出过远门，家里没有电视也没有网络的"木乃伊家庭"，家属这样做，可以理解。可你蔡茂光家是蔡家店第一家庭，又是见过大世面的村支书兼村主任呀！蔡茂林媳妇如此"悲痛"，玩的又是哪一出？是想着也像处理道路交通事故那样通过哭闹讹一笔赔偿款？还是想向蔡家其他人表明她是蔡茂林遗产的第一顺序继承人？嗨，蔡家店呀！肚子咕噜了一声，我抬起头，看到月亮一般的太阳，正压在西山头上。天马上就黑了，怎么办？先去吃点儿东西? 不行。把尸体带走, 尽快做尸体鉴定, 是眼下最为要紧的事情。春节就要到了, 难不成再度过一个不得安生的年下? 我灵机一动——多亏了这灵机一动——把那个面目清瘦的蔡如凡叫到一边, 要过小田的烟, 掏出一支, 递给他, 而且很殷勤地给他点上。谁让遇到麻烦了呢。我在老伴儿的严管之下, 已经戒烟十多年了。蔡如凡是教师出身, 明白事理, 我没费多少口舌, 他就答应去说服蔡茂光。卤水点豆腐, 一物降一物。蔡如凡很快做通了蔡茂光的工作。蔡茂光的点头, 代表着蔡家所有人的立场, 包括蔡茂林媳妇。

我们顺利地把尸体搬上了车。

五

等回到家, 我才想起, 蔡东升的万家超市得关几天门, 因为那是案发现场。我立马给蔡东升打电话, 可是已经晚了, 他已经把货架、麻将桌完全恢复原位, 准备着第二天开门营业。我对着电话发了脾气, 我说: "你胆大包天! 破坏了现场, 你就是杀人犯! 麻将室关门停业! 想要年关开门挣钱, 可以, 先把许可证办了!"

"都快六十的人了, 还是一桶火药。"老伴儿在一旁埋怨道。

我知道自己脾气不好, 这几年已经开始学着控制自己了, 从书上, 从微信里, 学了好多种方法。什么觉着自己要发火时, 先憋气两分钟呀; 看到气恼的事, 默念阿弥陀佛呀; 等等。可是, 这会儿, 都被抛到了脑后。

好在有老伴儿提醒，我立马刹车，挂断了电话。一杯温开水下肚，心情缓和了许多。陪老伴儿看电视，一集连续剧没看完，我就进入了梦乡。将近十点，周法医的电话把我从睡梦中惊醒。一看，我已睡了将近两个钟头，身上搭着厚厚的毛毯。

"吴所，鉴定结果给您汇报一下：蔡茂林死于锐器刺伤。在左腋下，有一个刀口，很小，很隐蔽。隐蔽的原因是没有血迹，不是尸体解剖，根本看不出来。实际上，它是锐器刺入口。一把锐器——水果刀，或者更小的刀具，从此刺入，伤及肝脏，致使肝脏大出血。因为刀口太窄，伤口过小，所以里面的血流不出来。羽绒服上也有口子，因为卷在身上，没有察觉。就是这个不起眼的刀口，要了他的命。"

"什么？锐器刺入，刀口太小，血流不出，到底是怎么回事？"

"你稍等，我把尸检报告用微信给你过去。"

我很快就看到了周法医发来的微信：蔡茂林被锐器刺入，伤及肝脏，导致肝脏大出血而死！案件的性质改变了。是故意伤害蓄意谋杀，而不是打架斗殴过失伤人。我看走了眼，蔡茄子不是我所看到的猥琐男。不行，得再次审问蔡茄子。我拿起电话，拨小宋的号码。

"你干什么呀？你不休息，也不让别人安生？"

"小宋肯定没休息。现在的年轻人，你不懂。"我穿上外套，出了房门。小宋住在所里的单身宿舍。我到时，他已端坐在审讯室里。他红扑扑的脸颊，让我的负罪感减轻了许多——他仍处在电子游戏给他带来的亢奋之中。

"蔡茄子，你用什么戳死了蔡茂林？"我单刀直入。

"我没……没有戳死蔡……茂林。是他自己……死的。"

"不要狡辩。坦白从宽抗拒从严的道理你应该明白,老老实实把你怎么戳死蔡茂林的,仔细叙述一遍。如果不说实话,想蒙混过关,将来对你没好处,没任何好处。"

"我说的句句是实……实话!警察老叔,你……说,我要戳死蔡……蔡茂林,我得有刀……刀子呀。我总不能用……指头把他戳……戳死吧?你搜……搜我……身上,看有……没有刀子?"

"傻子才会杀了人后,还把刀子带在身上。"

"说什么你……你们才相信?反……反正,我没有刀……子,更没有戳……死他!"

"你对蔡茄子的印象如何?"送走蔡茄子后,我问小宋。

"貌似猥琐可怜,实则鬼精鬼能。"

"怎么讲?"

"猥琐可怜,是表象,因为长相体型,因为龌龊肮脏。但细看他那两只眼睛,滴溜溜转来转去,不是在想好主意,便是在琢磨歪点子。内心里什么都明白,只是语言表达存在障碍。据说,蔡茄子在外打工,无论刨子瓦刀,无论装修设计,不干则已,一干就能干出个样来。到哪儿打工,老板都喜欢。"

小宋的话让我想起了我的一个小学同学。那个同学,小时候猥琐肮脏,一天到晚鼻涕挂在嘴上,谁见谁恶心,谁见谁想上去踹他一脚。但他很聪明。高考制度恢复,没有上过高中、正在当兵的他,一考中榜,比我还早一年进入大学校门。军校毕业后,又回到部队,现在是一个军衔很高的专业人才。哦,突然想到有一年回家过年,我们一起喝酒,他给我们讲述的一件事情。他们连里有个来自高干家庭的新兵,这个新兵有个姐姐,在部队医院当外科医生，他经常到他姐姐那儿玩儿。医院离他们营地，骑自行车，只需半个小时。他到医院玩儿，回来时，手里不是医用手术刀，便是医用小锤子，总之，不会空着手回来。那一年的八月十五下午，他姐姐让他去医院，说给他介绍对象。他去了。他姐姐给他介绍的是一个护士，那个护士长得倒是好看，就是个子低。这还不是最主要的，最主要的是女护士的粗嗓门。她一张嘴说话，你就再也感觉不到她那温柔美丽的容貌了。他不喜欢那个女护士，但他姐姐喜欢，非要他和护士继续谈下去。为此，他很郁闷。回到部队，他一个人跑到河边，坐在河堤上生闷气，手里把玩着从姐姐那里顺手带回的手术刀。手术刀，小巧精致，锋利无比。和他最要好的一个战友，吃过晚饭去找他玩儿。一看他不在营房，知道他又跑到了河边——他们驻地附近有一条清澈的小河。闲暇时间，战士们都喜欢到那里去，夏天游泳，冬天钓鱼，或者什么也不干，就沿着河边散步。远远地看到他坐在河边，他的战友悄悄走过去，到跟前，猛一下，从后面抱住了他，让他猜猜是谁。他呢，没有心情，便很不耐烦，说滚一边去。他的战友没有理会，手抱得更紧了。他在说"滚一边去"的同时，随手往后一抢，就是这一抢，他的战友命丧黄泉！当时他并不知道自己闯了大祸，他的战友也未感觉到任何疼痛。三分钟不到，他的战友躺倒在地，虽然及时送到医院，但医生已无力回天。

　　我把这个故事讲给小宋。

　　"蔡茂林的死，莫非和故事中那个人的死如出一辙？"小宋若有所思。

　　"我也是这样想的。这一次打架，是蔡茄子早已估计到的，于是他随身带了刀子，以防不测。也就是说，那个心情不好的战士是无意而为，蔡茄子则是蓄意谋之。"

"那倒不一定。师傅，你没听村民说，蔡茄子从小到大，不管是在学校，还是在村里，都是受人欺负的对象，所以戒备心很强，随身带着刀子，并不是要针对某个特定的人，而是防身。"

"有道理。那么，咱们下一步要做的就是要找到蔡茄子作案的凶器。"

"师傅英明。我明天再去蔡家店，把案发现场再勘查一遍。"

"我和你一起去。"

六

第二天出发的时候，小宋问："是否让小田把蔡茄子送到县看守所？"小宋的意思我明白，我们应该对蔡茄子进行刑事拘留，而不是治安拘留。从看到蔡茄子的第一眼起，我就觉得蔡茄子没有犯罪，只是受人欺负，属正当防卫。说到天边，也是防卫过当过失杀人。即使想到他可能是蓄意谋杀，我也不想对他进行刑事拘留，把他送到县城北山上的看守所。因为，在人们的意识里，往看守所里一送，蔡茄子就是罪大恶极的罪犯了。我有点儿同情蔡茄子。这种先入为主的想法很顽固。

"等咱俩回来后再说。"

由于雾霾，我们走得很慢。路上，还捎带着处理了两起汽车剐蹭事件。当我们到达蔡家店时，已是十点多了。万家超市果然照常开门，但营业却谈不上，里面除了白庆玲，没有顾客，十分冷清、肃穆。昨天里面才死了人，谁还愿意来这里买东西、玩儿麻将？况且，乡里集市上年货已摆得满满当当。想来昨晚电话里的发火，真是多此一举。超市里的货架已排列整齐，所有商品已回归原位，重现有条有理的格局。麻将室里灯没有开，黑洞洞的，显得幽深隐秘。见到我们进来，白庆玲爱答不理，扔给我们的是冰一样的脸色。我理解。我用讨好的语气，要白庆玲把所有的灯都打开。亮度超强的节能灯打开以后，麻将室亮如没有雾霾的晴天，和昨天给我的印象完全不一样。我和小宋一起，从麻将室到超市，一块地板砖到另一块地板砖，仔仔细细查看，犄角旮旯都不放过，特别是货架之间，以及货架底下。一把小小的刀子，哪里都能隐身。一个小时过去了，我的腰疼得直不起来了——这是十多年前，因为十多天蹲守一个持枪抢劫犯落下的毛病。看我难受的样子，小宋让我坐一边休息，他继续搜寻。小宋又用了一个多小时的时间，才把超市和麻将室查看了一遍。

"没有找到我们想要找的东西。"小宋说。

"蔡茄子有没有可能就地取材、随手拈来？"我想到了超市里可能存在的刀具。我把货架上的商品检查一遍，能称得上刀具的就是小学生用的文具刀和水果刀了。但文具刀和水果刀包装完好无损，没有被碰触过的痕迹。我叫来白庆玲，问她："有没有拆开的水果刀、文具刀？"她说："都是新进的货，还没有卖出去一把。"这个可能被排除了，我又回到原先的猜测。我又问她："昨天蔡茂林和蔡茄子打架时，看没看见他们手上，或者身上有刀子之类的东西？"她说："没有。没有留意。"

白庆玲没有留意他们俩人身上有刀子，但别人不一定也没留意吧？已经到了吃午饭的时间，我和小宋拿了几包超市的方便面和火腿肠。接了钱，白庆玲笑了，对我们的态度也改变了——

做生意，最忌讳白坐一天不开张。改变了态度的白庆玲，提来暖水瓶，让我们泡着吃。从警三十多年，我培养出好多习惯，吃方便面便是其中之一。吃完泡面，趁着中午人都在家，我让白庆玲把蔡东升叫来，让蔡东升去把昨天在打架现场出现过的人召集到村委会，我和小宋要对他们一一询问。蔡东升刚从镇上进货回来，虽然他对昨天电话里受的抢白还耿耿于怀，但乡派出所所长，他还是不敢得罪的。为了不受干扰，我们让蔡东升打开村委会的广播室和小会议室，关了房门对每个人进行单独询问。

"蔡茂林死了，不屈他。他早就该死！"

"千刀万剐的蔡茂林可死了！"

"蔡茂林是蔡家店一大祸害！"

"人渣！垃圾！"

…………

被询问的人，至少有一半在叙述过程前或在叙述过程后说过类似的话，尤其是几个三十多岁的女人。为什么这么说蔡茂林？我问原因，她们吞吞吐吐欲言又止，同时，还有意无意地环顾四周，生怕隔墙有耳，有两个甚至未语先流泪。这里面肯定有文章。在我这个老头子的好言劝说下，一个小毛衣套在棉袄外面、小裤头穿在紧身裤外面、满头褐色头发、还不满三十岁的年轻女人，在我保证不把她的话透露给任何人后，终于开了口：蔡茂林强奸过她，并且不止一次！有白天，也有夜晚，都是蔡茂林翻墙进入她家。她一个女人家，怎么抵抗得了？受了几次侵害之后，她害怕了。她给男人打电话，说她想跟着他到外面打工，男人不让，说外面生活艰苦，且流动性大。没办法，她只好把娘家妈接来，和她一起住。娘家妈来了以后，蔡茂林才没再登门，晚上这才睡了安稳觉。最后，她把声音降到刚刚能听到的程度，说，据她观察，凡是男人在外打工只剩媳妇在家的，一多半都被蔡茂林强奸过。有的和她一样，是在自己家里，有的是在地里干活没人的时候。

"居然有这种事! 你们为什么不报警?" 我一大半相信，一小半怀疑，因为女人说话都夸张。

"谁敢呀? 一来这是丑事，说出去怕人知道——最怕男人知道。二来警察离得远，谁能把蔡茂林怎么着? 有一次，他跟根生叔争地边，把根生叔打了，根生叔的两个孩子都不在家，打得根生叔好几天下不了床。警察倒是来了，把蔡茂林带走了。可两天不到，没罚一分钱，就放了回来。回来后，他更嚣张了，更不可一世了。说什么，'哼哼，谁敢跟我叫板，我让他吃不了兜着走! 我让他竖着来横着回去! 叫警察来抓我? 来呀! 哼，派出所所长（当然是前任所长）和我哥是结拜兄弟。我到派出所，所长好吃好喝招待我，比住宾馆强百倍! '你听听，谁还敢惹他? 谁还敢报警?"

叙述过程中，女人说到"他"字时，那微微颤抖的语调，把我所有的怀疑涤荡殆尽。

把所有人询问完以后，我和小宋碰了头。我问他："都了解到了什么?"

他压低声音跟我说："这个蔡茂林是罪有应得! 有一个小个子跟我说，男人出外打工，啥都不担心，就担心媳妇被蔡茂林欺负。所以，他无论到哪里打工，都带着媳妇。蔡茂林从来不出去打工，就囚在家里，跟着他大哥二哥，占完这便宜占那便宜。"

"村里有啥便宜?"

"便宜多了去了。前几年的教育费附加,这几年救济扶贫、农田流转、打机井、硬化街道、修路、修梯田等,随便克扣点,就绝对吃喝不完!他二哥让他去石料厂,他却整天吊儿郎当,什么活也不干,工资照拿。"

"我以前当过警察的几个乡镇,都在县城周围,一个村胜似一个村,富得流油。轮到换届,为村支书、村主任头衔,争得头破血流。来到梨园乡,一个村穷似一个村,心想,村支书、村主任职位,该是美国人耍的橄榄球——到谁手里,谁都想尽快把它扔出去。现在看,这想法多么幼稚。对不起,小宋,你接着说。"

"这个蔡茂林无恶不作,简直到了人人得而诛之的程度。"

"哦,我突然想起,蔡茂林暴尸门外,外人不予理睬。自己家人,除了蔡茂光和他媳妇,也没有人前来照看,是不是他家人也都知道他的'成色'?"

"那么,有没有这种可能:有人趁乱,为了报复,拿刀子扎了蔡茂林?蔡有良、蔡茄子,还有白庆玲,在叙述打架的过程时,都说过有众人拉架的环节,而且拉的都是蔡茂林。"

"完全有可能。明着来,我不敢惹你,我斗不过你,那么,暗中找机会,浑水摸鱼,伺机报复。"

"这么说,当时去拉架的人,都是怀着目的去的,都有嫌疑了?"

"恐怕是。只要上前拉架,就都有可能。"

"如果是这样,咱们就有必要把每一个拉架的人都排查一遍。"

"要弄清楚哪一个人暗中出手，恐怕不是件轻而易举的事。"

"大不了再重新一个一个过关。是不是把小田他们也叫来？"

"不需要。有一些——比例还不小——你没看出来，都是蔡茂光的亲信和打手。对蔡茂林，他们巴结还来不及呢。"

"姜还是老的辣呀。师傅，现在看，这个原本简单的案子一点都不简单。才来派出所那阵子，心情很郁闷。为啥？我从小爱看侦探小说，爱看侦探电影，从小就立志要当一个没有破不了案的福尔摩斯式警察。警校毕业，我满怀希望进到刑警队，准备大展拳脚，结果被分配到了这里，整天处理婆媳吵架、争田争地等鸡毛蒜皮之事。唉，没想到，立马就有了挑战。师傅，你吩咐吧，下一步，咱们怎么做？"

"把刚才问过的人都叫来，再一一询问，重点放在男人身上。因为敢于出手，要人性命，非男人不能为也。"

"不见得吧，师傅。未必没有胆大的女人，她或许只是想教训他一下，暗中出一口恶气，并非一定要置蔡茂林于死地。"

"当然，遇到极其特别的女人，则另当别论。这一次这样，咱们两个一起审问。我主问，你记录，察言观色。重点在察言观色，充分发挥你的特长，争取见微知著，找出凶手。我相信，一个人只要做了案，尤其是杀人这么暴力的行为，不可能没有任何表露。"

"好，师傅，看我的。"

我们两个信心满满地准备着下一步行动。

七

　　把所有人重新询问一遍，个别有疑点的，我们进行重点复查。但整过来整过去，没有发现一个有可能成为嫌疑人的，要么是有机会没胆量，要么是有胆量没机会。更不要说凶器了，因为符合作案凶器特征的，一定是无比锋利又便于携带隐藏的刀具。杀猪刀、杀牛刀，都太大；攮子（匕首）等有棱有豁口的刀，刺进肉体，不可能没有血流出。开始兴致很高的小宋，这一会儿像被抽去了骨头，没了精神。

　　是我们的思路出了问题，还是我们太过异想天开？我不得不坐下来，重新思考，想问题出在哪里。我想抽烟。年轻时，遇到难题，都是缭绕的烟雾引我到正确的方向。但理智告诉我，不能开戒。我去超市买来两瓶绿茶，小宋一瓶，我一瓶。我坐到高台边，静静地喝着。绿茶由口而食道而胃肠，却没有给我带来冰凉的感觉。不断有村民从我身旁经过，他们看着我，走老远了，还扭头往回看。"这么冷的天，还喝冷水。"他们一副十分不放心的样子。

　　太阳向苍茫的西山后隐去。雾霾悄然行动，想要收复失地。但山野里的雾霾，和城市里的比起来，总有点儿虚张声势之嫌。温度明显低了。

　　"走，回去。"我喊小宋。小宋发动汽车，我坐上去。汽车出了村，顺着曲折的山路，在苍茫的雾霾中绕来拐去。

　　其实，有一个再简单不过的解决办法：把案子上交，由县刑警队重案组来侦破，我们过我们轻松自在的生活。还有一个办法：简单地以打架斗殴过失杀人嫌疑，把蔡茄子交由检察院批

　　　　　　　　　　　　　　　　　　厚土

捕。蔡茄子冤与不冤，最后由法院裁决。

"小宋，我看这案难破，把它上交算了。"

"不不不，不交。这不是刚遇到点困难嘛。"

我知道小宋不会同意，这不过是个小小的激将法而已。面对挑战，迎难而上，小宋像我。其实，我们当警察的，哪一个是懦夫软蛋？

"不交的话，咱得尽快把案情弄清楚。怕不怕承担责任？怕不怕有压力？"

"不怕。压力算什么，巴不得有点儿压力呢。今晚回去，咱再捋捋，再审问审问蔡茄子，再把各个方面都仔细考虑考虑，不信搞不定！"

我对小宋伸了大拇指："有你这句话，我还怕什么。"

小宋来自农村，是90后，也是独生子，但他身上没有任何娇生惯养的痕迹。

到了镇上，我没有回家，和小宋直接到所里，马不停蹄地提审蔡茄子。

当蔡茄子被带到面前时，我眼前一亮，蔡茄子精神了许多。他身上除了舒肤佳味，什么异味也没有了。

"怎么回事？"

"一是所里几顿饭应时，"小宋说，"二是卫生间有香皂，我逼着他连洗了好几次。平时蔡茄子出门在外，三餐没个准点，不用说了。即使在家里，他媳妇不知道疼孩子，更不知道疼他。做饭随意，有时候一天三顿，有时候一天两顿，而且不定时。别人家该吃午饭了，她可能才把早饭做好；别人家吃了晚饭锅碗都洗刷完毕了，她家才冒出做晚饭的炊烟；别人家的媳妇，一天大部分时间，都是在洗洗涮涮中度过，而她却在游逛中耗掉整天的时间。对男人的要求，别人家的媳妇，不洗不让近身。而他的媳妇，男人就是挺着黑煤楸子，她也不计较。从蔡茄子出事到现在，她连个照面都没打过。"

"算个人物啊。"我说。

审问完蔡茄子，我们又把询问蔡有良、白庆玲的笔录拿出来，一个细节一个细节对比分析，一直弄到后半夜，还是懵懂一片。

丁零零，电话响了。三更半夜的，谁会在这会儿打电话？

是老伴儿。老伴儿问我在哪里，怎么还不回家？我连忙道歉，说就在所里，让她不必担心。是我大意了，回到镇上，我应该先给老伴儿打电话。我只要出警，到了该回家的时候没回家，也没有打电话，老伴儿会焦躁不安，开着灯，坐在电话机（原来的座机）旁；现在有了手机，坐在被窝里，手机拿在手上，三五分钟就拨一回。我一晚上不回家，她就一晚上不睡。我劝过她，要她该睡就睡，不要等我。她说我不回去，她睡不着。

接完老伴儿的电话，还没喘口气，电话又响了。是蔡茂光，一听接电话的是小宋，蔡茂光出口呵斥道："干什么吃的！到现在还不给个说法。案件有什么可查的。我再给你说一遍：蔡茄子就是杀人凶手。一个解决办法：枪毙！"蔡茂光的呵斥声，几乎把电话震破。

蔡茂光发火，有其性格的原因，也有常理在里面。此事搁谁头上，谁能平静对待？只是，半夜三更打电话，实属奇葩。作为警察，我们要做的是维护正义，一就是一，二就是二，不能混淆。蔡茂林是强者，蔡茄子是弱者；蔡茂林挑起的争端，蔡茄子被动接受。如果被打死的是蔡茄子，合乎情理，一目了然，我们只需拿起法律武器，惩戒施暴之人，还蔡茄子以公道，老百姓拍手称快，事情圆满结束。可是，这一次，偏偏是被动挨打者生，恃强凌弱者死！老百姓可以说，善有善报，恶有恶报，不是不报，时候未到。但警察不能。若说杀人动机，蔡茄子有，被蔡茂林欺侮过的每一个家庭里的每一个成员也有，可要把杀人动机变为行动，那得有多大的勇气？那得有多么精心的准备？被询问过的人，似乎既没有足够的勇气，也没有足够的心机。设计杀人，不是随便一个人就能做得到的。尽管，如小宋所说，蔡茄子鬼精鬼能；如白庆玲所说，蔡茄子有暗器，但他不可能做到天衣无缝吧。越想越乱，越想越糊涂。

"师傅，相对来说，蔡有良见多识广，既不像他爸爸那样，倒向蔡茂光，也不是一味偏袒蔡茄子，能公正看问题，是不是再找找他，从他嘴里再掏点情况？"

"可以。"

"那我明天再跑一趟蔡家店。"

"我还跟你一道去。"

晚上，我和小宋窝在他的小床上，对付了两三个小时。起床后，匆匆吃了早饭，就准备和小宋赶往蔡家店。上车前，我把小田叫来，让他叫上老郑，开车把蔡茄子送往县看守所。因为，案件不像原来想象得那么简单，蔡茄子一时半会儿恐怕放不走。放不走，就不能拘押在派出所，那样就违反了规定。小田很乐意地接受了。小田有小田的优点，只要不叫他坐办公室，不叫他写材料，让他开车出个警跑个腿，他会像小孩儿被赏了冰激凌似的，一蹦老高。

到了蔡家店，先进万家超市，万家超市是蔡家店的"经济娱乐"中心。白庆玲迎上来，"吃了吗""我去给你们煎个鸡蛋"等客套话，歌词一般唱说出来——白庆玲又恢复了阿庆嫂本色。繁文缛节过去以后，我让白庆玲去叫蔡有良。白庆玲迈着轻快的步子去了，不一会儿反身回来，说："蔡有良没在家，到县城和同学聚会去了。"

"同学聚会，不是说回来就能回来的。"小宋说，"好不容易来一趟，不能就这么空手而归。师傅，你在这里歇一会儿，我去村里转转看看，看能不能再多了解点儿情况。"

我想了想，说："中，你去吧，我在这儿等着。回去也没有什么急着要办的事情。"

小宋掀帘离开了。我闲着没事，就在超市货架间转悠。我不是要买东西，是想起货架之间是案发现场，万一再发现点什么新情况呢。超市门朝东，货架也呈东西走向。货架的长度足有十米。农村的超市，一如麻雀，生活用品、床上用品、饮料吃食、儿童玩具、农药化肥，一应俱全。我从最外面的小食品货架起，一排一排，一直转到最里边一排摆放着食用油、面粉、挂面的货架。这一排货架，居然是实木做成的！而前面几排，全是铁制的。那排货架分两半，或者说是两个货架并放在一起，外面一半是食用油、挂面，里面一半放的是袋装面粉和大米。从货物的摆放上看，它们是货架被撞倒，一切杂乱无章之后重新整理。几个人在叙述打架过程的时候，都说过一半货架先倒，另一半货架后倒的事实，可是，正面却看不出来。我绕到背面，两个货架的连接处，一个卡子引起了我的注意。我走近，发现这个卡子是新钉上去的。除了这个，上下还各有一个，仔细一看，都是新的。不过，新钉的卡子上下，都有一个旧的。最下边的旧卡子，有点儿变形扭曲。最上边那个旧的，只有印痕，没有实物。中间新钉的卡子下边，到我肚脐的位置，旧的卡子仍在。我掏出老花镜，里面一半的货架上有旧的卡子，外面一半货架上只有印痕，没有实物。这是怎么回事？我叫来白庆玲。白庆玲看看旧的卡子，说："那天他们打架时，把啥都弄坏了。这个卡子，螺丝孔别坏了，螺丝卡不住了。瞧瞧他们的劲有多大！东升看了，把旧的弯到里面，钉上了个新的。"

卡子是不锈钢的，一指宽，一拃长。突然，一道闪电划过脑际。正好小宋回来了，我连忙叫他过来，让他看。

小宋看看卡子，看看我，满脸疑惑。

"像不像凶器？"

"你想说什么，师傅？"

"我是说，它有没有可能是凶器？"

"它怎么可能是凶器呢？"

"如果把它扳直呢？"

小宋弯下腰，仔细地观察着。我喊白庆玲，让她把蔡东升叫来。她说蔡东升去集上摆摊了。超市死了人，没有人来买东西。麻将室不让开，一家人怎么生活？总得想点儿办法吧——话语中带着情绪。

"蔡东升没在家，我们自己来。小宋，把这个卡子卸下来。"我说。

白庆玲搬来了工具箱，里面有螺丝刀、钳子、扳手等，一应俱全。没费多大工夫，卡子就卸下来了。卡子现在成直角，很薄，最多三毫米。如果是凶器，它上面应该有血迹。小宋翻来覆去看了好一会儿，然后摇摇头，说它上面是否有血迹，他拿不准。我d

戴上老花镜，也是翻过来掉过去地看，上面似乎有血迹，又似乎没有。走，带回去鉴定一下。于是，我们把卡子装进随身携带的塑料袋，直接开车到县局。

八

仪器就是仪器，它比肉眼敏锐得多：卡子上不仅有血渍，而且还是蔡茂林的！

蔡茂林死亡的真正原因找到了！

现在的年轻人，我真佩服，一台电脑在他们手里，简直就是孙悟空身上的毫毛，想要什么立马就能变出什么。根据蔡茄子、蔡有良、白庆玲等人的描述，小宋用电脑很快模拟出了蔡茂林的整个死亡过程：蔡茂林与蔡茄子打架，围观的人纷纷上前拉架，蔡茄子趁机拱翻蔡茂林，蔡茂林撞在货架上，把货架撞倒了。他撞倒的是货架的一半，另一半仍竖在原地。两半货架原本靠三个铁卡子维系，并排站立着。瞬间强大的力量，使外侧一半货架甩掉上面的卡子脱离开中间的卡子，连接着最下面的卡子倾倒在地。是什么样的力让三个卡子有着三个不同的结局？物理学原理可以解释这一切。总之，中间的铁卡子在稳稳站立的货架上，（稍微有点儿倾斜）向外凸露着，像一把锋利的刀。当蔡茂林又一次撞上它时，卡子不偏不倚刺入他的腋下，引起体内大出血。蔡茂林和货架同时倒地，蔡茂林快速爬起，那把利器也就快速被拉出。因为速度太快，他没有感觉——或者说他感觉到了，但他的关注点并不在瞬间的轻微疼痛上，而是在想要跑掉的蔡茄子身上。当肝脏失血过多，引起剧烈疼痛时，他已走到了生命的尽头。刺了蔡茂林之后，凸出的铁卡子若无其事依然故我。蔡东升拾掇货架，见螺丝孔被撑大，吃不住螺栓，便把它敲弯贴在货架上。最高处的铁卡子，甩出几米远，最终也被找到，但它和案件没有丝毫关联。

杀人凶器，竟是这个被折弯的铁卡子！它像一个反侦查能力高强的杀手，行了凶以后，悄然隐匿在两个货架之间，无端地耗掉了我和小宋数不尽的脑细胞。

可以结案了！作为一个警察，再没有比侦破一个疑难案件更令人高兴的事了。多日混沌的大脑，一时清新无比，一阵风吹来，我感觉我能飘到天上去。心情轻松的原因，不仅如此，还有来自职业使命感。同情弱者，为"没球瓜们"撑腰伸张正义，是我们的职责所在。蔡茄子和蔡茂光相比，显然是弱者。蔡茄子被欺负，如果还要他为不是自己责任的死亡事件负法律责任，岂不是没了天理？所以，"穿林海，跨雪原，气冲霄汉……"，我那不着调的京剧唱段，不时地响彻所里。

剩下的事情，比如文字材料整理、人证物证整理、视频资料整理等，小宋全都承揽了。

因为这个案子，我忙得连日子都忘了。当我走出派出所的大门，街上熙熙攘攘的人群，一街两行琳琅满目的年货，我忽然意识到，离春节只有三四天了。购买年货的人们，或夫妻、或母子、母女，或父子、父女，或全家老少齐上阵，或携朋带友，无不兴高采烈欢天喜地。

熙攘的人群里，有蔡茂林的媳妇和女儿吗？有蔡茄子的媳妇和儿子吗？蔡茂林见不到他的媳妇、女儿了，也没法跨过2017年春节了，但，应该说，那是他咎由自取。而蔡茄子呢？我猛地一拍大腿：只顾着高兴了，居然把蔡茄子给丢到了脑后。放蔡茄子回家，让蔡茄子快快乐乐过新年！蔡茄子受人欺负，被动挨打，正当防卫，连防卫过当都算不上。还等什么？我反身回所，找到小田，要他立刻赶到县看守所，把蔡茄子送回家。

"合乎规定吗？"小田问。

"合乎。你去例行个手续，把蔡茄子领回来。"

"好嘞！"小田跑着开车去了。

回家的路上，我给蔡茂光打电话，把他弟弟死亡的真正原因通报给他，并告知他可以安葬蔡茂林了。（蔡茂林的尸体经过仔细整容，前几天已被送还）后来看，给蔡茂光打电话，我太欠考虑。对蔡茄子有交代了，对蔡茂光呢？蔡茂光是"封疆大吏"呀！不过，当时，蔡茂光不知是喝醉了，还是睡迷糊了，反正，听着电话，他只是嗯嗯哦哦，没有提出任何异议，没有表露任何不满。

凡是有人群的地方，都有这样一种人：只许他骑在别人头上拉屎，别人在他面前撒泡尿都不行。蔡茂光就属这种人。蔡茄子被完好无损释放回家，在蔡茂光眼里，蔡茄子不是在他面前，而是在他头上撒尿！"吴清源，你怎么主持的正义？你怎么秉公办的案？杀人凶手罪大恶极，你居然无罪释放！你当的是什么屌所长？"这是几个小时后蔡茂光见到蔡茄子回家后立马打给我的电话。

这样的谩骂，我忍了。随着年龄增长，我敢说我的素质已有不少提高，不屑于和这样的粗野之人一般见识。再者，蔡茂光死了亲弟弟，他要找个突破口，或者对象，释放释放郁结于心的怒气，纯属正常。我等着，等蔡茂光骂足骂够了，我再给他做些解释，讲讲道理，说不定当他明白之后，还会为自己的粗口而悔恨呢。但是，我错了。他不骂了，该我说话了。可我没说两句，他又恢复到原来的状态，大骂起来，脏话加土话，简直不堪入耳。我啪一声挂断了电话。原来还想着和他不是对立面，现在看，我们是彻头彻尾的敌对关系了。

老伴儿看我两眼冒火七窍生烟，将一杯温水塞到我手里，强行把我按到沙发上，说："人家死了亲弟弟，不兴人家骂几句？别说在电话里，隔山隔水，就是脸对脸，那话能沾到身上？"老伴儿的话给我降了温，我说过老伴儿最明理。随后，老伴儿又发起了强大的思想政治工作攻势，我渐渐疏解了心中的郁结，心平气和地和老伴儿看了两集电视连续剧，然后兴致勃勃上床，和老伴儿来了一次久违的鸳鸯戏水。事毕，安然入眠。一入眠，好几个小时就过去了。正当我胡梦颠倒时，老伴儿把我晃醒了。睁眼，看她坐在床头，一副深思熟虑状："老吴呀，天明，你是否再到蔡家店一趟？我想啊，你得当面把事情跟蔡茂光好好解释解释。人家有头有脸，不是被人踩在脚下的蔡茄子。再说，人都是讲理的。你的话说到了，怕他不服理？再霸道，总霸道不过理吧？"

"你还叫不叫我睡了？有话天明再说。"

"什么天明？你看看表，都六点半了。"

"六点半也不明呀。"我在床上又赖了一个多小时，才翻身坐起。吃过早饭，经过三思，我接受了老伴儿的建议，决定四顾蔡家店，把事情做个了结。自己一手经办的事情，不想留尾巴。

九

找到了蔡茂林的死亡真相，我以为这是我警察职业的收官之作。然而，我的得意，却被再次赶到蔡家店所遭遇的事情给彻底粉碎了。

腊月二十六的蔡家店万家超市门前，上演了一幕令人无法容忍的场景：蔡茂光为其弟弟蔡茂林举行葬礼！人生苍茫，匆匆来世一游，离去时举行个仪式，本是稀松平常。在中国，无论农村，还是城市，隆重的、盛大的、简朴的……葬礼白事，除了年前年后几天，哪一天没有个万儿八千。有什么值得大惊小怪的。可是，蔡茂林的葬礼，就是让我惊愕，让我难以容忍。

蔡茄子身着白色孝服，头缠白色孝布条，被五花大绑，走在哭丧队伍前面！凭什么让蔡茄子为蔡茂林当孝子？凭什么把蔡茄子五花大绑？而且是在大年二十六这个家家欢喜的日子！这分明是：我蔡家不得好好过年，你们也休想！

奶奶的，我心里骂道，蔡家店岂是你蔡茂光的家天下？我穿过吹唢呐、吹笙、拉二胡、打梆子的"先遣队"，冲到慢慢前行的送葬队伍前，大喝一声："停下！"

"抬杠"的人把棺材放在地上，送葬队伍停了下来。围在棺材周围的"女孝子"们（一半是不超过十六岁的小女孩，一半是中年或年轻妇女），停止了如诉如歌的号啕，转身向我。我没看见蔡茂光，迅速向我走来的是丧事的总指挥蔡如凡。

"你们怎么能这样？不是和蔡支书说过了吗？蔡茂林死于意外，蔡茄子不是杀害蔡茂林的凶手！"

"蔡茄子上赶着给蔡茂林叫叔，让他当孝子也不为过吧？"

"当孝子干吗绑起来？哪个孝子被绑了？"

"蔡茄子不是不愿意嘛。"

"不愿意就绑啊？这是犯法！蔡东升不是也给蔡茂林叫叔

　　　　　　　　　　　　　　厚土

吗？怎么不让蔡东升当孝子？"

"吴所长，你别急，听我跟你慢慢讲。虽然说，茂林不是直接死于蔡茄子上之手，但总和他有些关系吧？是蔡茄子和蔡茂林打架，不是别人和蔡茂林打架，对吧？"

"对。但是蔡茂林欺负蔡茄子，不是蔡茄子欺负蔡茂林！他自己撞到铁卡子上死的，能怪别人吗？"

"这都是你们的推断，恐怕还有待考究。"

"不需要考究。这不是推断，是事实。有铁证，有文字材料，也有视频资料，如果你们想看，随时欢迎。"

"那又怎么样？如果蔡茄子不歪曲事实说茂林偷牌，茂林动手时，蔡茄子不动手，不撞蔡茂林，蔡茂林还会撞到卡子上吗？绝对不会。既然脱离不了关系，那就得做点补偿。"

"这叫什么逻辑？"

"蔡茄子呢，一点血都不想出。我跟他讲了，让他拿点安葬费，可他死活不答应。"

"蔡茄子干吗要出安葬费！亏你是个退休教师，快把绳子解开！"

"我看谁敢解！"这声音我熟悉，是蔡茂光。蔡茂光不知从什么地方挤过来，气势汹汹地说。他身后跟着蔡东升。

他的架势，彻底摧毁了我内心里他会明理的那一点点美好期待。

"我，梨园乡派出所所长，吴清源。快给蔡茄子解开。你们这样做是违法的！"

"蔡家店是我的地盘。我的地盘我做主。俗话说，杀人偿命，天经地义。我不让他偿命，只是让他当当孝子，只是让他哭几声而已。你问问老少爷们，我做得过分吗？"

"不过分！"惊天动地的呼应声。

"蔡支书，我是人民警察，我要主持正义。梨园乡，包括蔡家店，是我的地盘。我的地盘我也做主。今天，我是不会让你们胡作非为违法乱纪下去的！"

"吴所长，我这不叫胡作非为违法乱纪，我这叫主持正义！"

"你主持的是你蔡家的正义，我主持的是人民的正义。你的正义必须服从我的正义。蔡茄子，我救定了！"

"吴所长，"蔡如凡挤到蔡茂光前面，拉住我的手，说，"葬礼已经开始了，孝子贤孙，哭灵守棺，鼓手唢呐，都安排得停停当当。如果现在突然把孝子带走，葬礼还怎么举行？还不被笑掉大牙？死者为大。咱这样，就这么二三十米，出了村，立马让蔡茄子回去。"蔡如凡一边往我手里塞烟，一边眨着眼睛。我想起那一天我给他塞烟的场景。他的意思很明白：要我高抬贵手，给他个面子。

这根本不是面子不面子的事情。我说："蔡老师，你明白，我也明白，蔡茄子没有罪。即使说蔡茄子有罪，那也该法院说了算。该不该给蔡茂林出安葬费，也得法院判。无论你们想要蔡茄子怎么着，都得到法院起诉。在没有经过法院判决之前，对不起了，蔡茄子，我一定要带走！"

"你敢！"

"我不归你管，我有什么不敢？"我走近蔡茄子。

"蔡家店没人啦？"

"有！"一群人围上来，手里拿着铁锹镢头，似乎早有防备。

"好哇,动真格了!"我扎起了马步。

"不能动手!"蔡如凡的儿子蔡有良,在人群中吆喝。

我听出是他的声音,但他的声音刚出口,立马被他爸爸的声音给压了下去:"这里哪有你说话的地方!"

骚动的人群,朝我压过来。

"把他给我轰走!"蔡茂光大声吆喝。

"我看你们谁敢动?"

"俗话说,好汉不吃眼前亏,识时务者为俊杰。吴所长,你就别再较真了!"蔡如凡说。

"村民们,别听蔡茂光的话。我是人民警察,你们若动手,就是犯法!"我用身体挡住蔡茄子,扯着嗓子吆喝。

但我的声音,被淹没在群情激愤的呼喊中。

人群越逼越近。

看上去庞大的人群,其实真正卖力的就前面几个年轻人。我看准了,当最前边的小伙子拿着铁锹朝我挥动时,我头一歪,假动作躲过,没等他再做动作,我趁势抓住铁锹,顺势一拽,他就趴在了我的脚下。他的铁锹已被攥在了我的手中,变成了我的防卫武器——没两手,能干三十多年警察?我一脚踩在小伙子背上。我本想,枪打出头鸟,把这个小伙子制服,起到杀一儆百的作用,其他人就会一哄而散。谁知道,在这些人面前,这一招不灵。他们仍咄咄逼人,仗着人多,轮番向我进攻。有人冲锋,有人呐喊——警察是狗!警察舔屁股沟子!狠狠地打……没人替我造势。我抡起铁锹,转着圈,抵挡着朝我挥来的铁锹、镢头。我手里有武器,心里有底气,无论铁锹、镢头,都被我挡在安全距

离之外，砸不到我身上。好一阵叮当。但我心里明白，不能四面
受敌。我一方面抵抗着，一方面寻找有利地形。踢开地上的小伙
子，我暂时放弃了蔡茄子，跳到了高台之上，然后朝超市门前退
却。我想进到超市，把住大门，既能挡住外面的进攻，又能让人
拨打电话，向所里求救。可是，刚退到超市门前，超市大门哐当
一声关上了。我瞥一眼，是蔡东升。门关上了也好，最起码不会
腹背受敌。我顺着墙朝一边退去，很快退到超市与村委会相交
的角落里。我不失时机地吆喝："年轻人，快停手，不要做违法
的事！我是警察，袭击警察是违法的！"但我的话，犹如柳絮砸
在石头上，连一丝一缕的回音都没有。这些人只听蔡茂光的话，
只看蔡茂光的眼色，只想在蔡茂光面前多多表现。好手怎抵人
多？我已感到力不从心，这个时候，我多么希望有人站出来，喝
止这些人的违法行为，救我于危难之时！可是，没有。

"蔡茂光！蔡如凡！你们在哪里？如果我有三长两短，你们
要负全部责任！"我拼命呼喊。

"把他给我往死里打！出了事，我兜着！"蔡茂光的声音。

暴风雨般的铁锨、镢头朝我身上、头上打来。

"年轻人，别给别人当炮灰！"我奋力招架着，嘴也没停
歇。

"来呀，上呀，每人奖励二百！"蔡茂光的声音比我的大，比
我的有威慑力。

我真有点儿抵挡不住了。但我硬撑着，我不能怯，不能缴械
投降。怎么办呢？正在这时，远处传来隐约的警笛声——亲切而
又熟悉的声音！

"听到了吗？警察马上就到。如果不想戴手铐，不想蹲黑

屋,就赶快住手!"我的喉咙已沙哑。

对我挥舞铁锨、镬头的年轻人,耳朵比我尖,警笛声让他们的动作放缓下来。我加大宣传攻势:"现在住手,既往不咎。如果再靠近,我就不客气了!"

…………

警笛的正义之声,不仅吓退了向我进攻的人,也吓退了一大半哭丧的人——原来,那些都是"职业哭丧"人。她们哭丧,不为亲情,只为挣钱。那些拿着家伙的人,已跑得无影无踪。唢呐班停止了吹奏敲打;孝子贤孙们,有的本就参与了围攻,现已散落于街道各处;道路两边围观的人群,没有减少,反而更多,他们在等着看更大的热闹。

我把蔡茄子拉到高台上,当着全村人的面,解去了他身上的绳子,把他头上的白布条扯下,让他自己脱去了身上的孝服。我说:"蔡茄子,回家去,到集上置办年货,快快乐乐过个年。如果有人胆敢刁难你,找你的麻烦,立马给我打电话。"我从随身携带的小本子上撕下一张纸,写了电话号码,递给蔡茄子。

小宋和小田气喘吁吁赶到:"师傅,你没事吧?"

我的眼泪差一点夺眶而出:"都是些皮外伤。幸亏你们来得及时。小宋,把蔡茂光给我铐上,带走!"

但是,蔡茂光已不知去向,只找到了蔡如凡,我给蔡如凡戴上手铐。当我们要把蔡如凡架上警车时,蔡有良挡住了。

"吴所长,你知道谁报的警?是我。这一切安排,都是蔡茂光授意的,我爸只是执行者,是无辜的。你们不能把我爸带走。"

后来我知道,蔡有良在葬礼开始不久,就报了警。要不,小宋、小田他们不会这么快就能赶到。

"我们需要你爸跟我们回去协助调查。"

"协助调查还戴手铐？"

我气昏了头，发了不该发的脾气："就是给你爸戴手铐了，你怎么着吧。"

十

回到家，已是中午。我坐在沙发上，瘫了一般。不是因为累，而是因为后怕，想起蔡家店的一幕一幕，心惊胆战。如果稍有闪失，哪个小伙子的镢头，或者铁锨，和我的头来个亲密接触！如果小宋、小田晚来一步……真是不堪设想。三十多年中，比这更危险的场面，比如，曾经面对歹徒罪恶的枪口，曾经被罪犯用锋利的杀猪刀架在颈项上，曾经……多了去了，但好像都没有这一次让我这么胆战心惊。是因为年近六旬将要退休的缘故？想想还真是。临近退休，不想立功，不想受罚，更不想落下残疾，后半生祸害老伴儿、祸害儿女，只想平安着陆，为职业生涯画上一个圆满的句号——这是我来梨园乡最大的心愿。现在看，这种消极侥幸心理遇到了极大的挑战。

明显的伤口：脸上两处，盈着血。还有一处在头发里，老伴儿没有看到。手背上有一道差不多十五厘米的口子，血已经结痂。老伴儿问怎么回事，我没敢跟她说实情，只说是树枝剐的。当老伴儿喊吃饭我想站立时，腰、腿都不听使唤了，站了几次，都没有成功。幸亏老伴儿只顾端菜端饭，没有注意。最后，我双手按着沙发扶手，鼓足吃奶的劲，才站了起来。

厚土

刚放下饭碗，小宋打来电话，问怎么处理蔡如凡。

"审问一下，做个笔录，放了算了。"

正如蔡有良所说，蔡如凡只是个执行者，是从犯，不是主犯，蔡茂光才是主犯。不管什么犯，还是临近退休的思维方式，我不想再深入追究，把蔡茂光当闹事主犯，抓捕归案，搜集材料，拘留或者监禁。蔡茂光欺压弱者，侵犯人权，煽动群众袭警，阻碍公务……随便一罗列，都能让他吃不了兜着走。可是，年关到了，我不能安生过，小宋、小田不能安生过，蔡茂光不能安生过，可以，但蔡家店其他人呢？我不是怕蔡茂光、怕蔡家的势力，我想安定，我想蔡家店、梨园乡都安定。这种事情，向来是可大可小。

"师傅，蔡如凡即使不是聚众袭警的主犯，也是重要案犯之一，怎能轻易放掉？再说，蔡茂光还没有抓捕归案，不说给蔡家店群众一个交代，也得给你一个说法吧？"

我知道小宋他们的想法，无非是想给我"报仇"，让我出出恶气。

"算了，把蔡如凡放了，让他过个好年，咱们也过个好年。蔡茂光的事情，过完年再说。现在先让他脑子冷静下来，有个反思的过程。"

"放人也得明天吧？"

"你们看着办。反正，别难为蔡如凡，他儿子报警有功，好好招待他。"

然而，和蔡茂光这样的"封疆大吏"交手，我的致命弱点又一次暴露无遗：以君子之心度小人之腹。或者说，我不是一个从警三十多年的老警察，而是一个还未上道的新手。

腊月二十七，七点不到，手机响了，我一看，是小宋。

"师傅，蔡家店来了好多人，把派出所大门堵了！"

"好，我马上去。"我看看窗外，窗外黑乎乎的。

我穿衣下床，还没来得及洗脸，乡里值班的办公室副主任打来电话："吴所长，蔡家店人把乡政府大门堵死了，不让进出，还高喊口号：不放人，不让乡政府过年！这是怎么回事呀？你赶快到前面来看看吧。"

好你个蔡茂光！常言道，得理不让人。你连理都不得，还这么嚣张，还这么咄咄逼人！

"好，我马上过去。"

在蔡茂光眼里，蔡茄子是只蚂蚁，踩死只蚂蚁还不是稀松平常。他偏巧遇上了我，我没有让他为所欲为，他便把矛头对准了我。我在他眼里，恐怕比一只蚂蚁大不了多少，或者说，是一只较大点的蚂蚁。蚂蚁岂能在他面前耍大刀？但他有所不知，我要较起真来，是一只天不怕地不怕的蚂蚁，我会使出浑身解数，拼了老命去抵抗侵扰我的敌人。

得知电话内容，老伴儿要和我一起到前院，我把她拦在被窝里。我走出乡政府后院，疾步来到前院。院门口围着许多人，吵着闹着，不时地喊几声口号。天刚蒙蒙亮，刺骨的晨风，专往袖口领口里钻。放眼望去，这一群人足有二十多个。但在这临近年关的集镇街道上，他们给人形单影只的印象。

心中已有了成型的计划。我给小宋打电话，要他立马释放蔡如凡，并要他亲热地有礼貌地把蔡如凡交到派出所门口的蔡家店人手中。然后，我走到角落处，压低声音要他和小田开着小田自己的新款大众桑塔纳，等人群散去以后，来乡政府门口接我。

　　　　　　　　　　　　　　　　厚土

我的计划是，开车跟着蔡家店人到蔡家店，当蔡如凡回到家，蔡茂光出来迎接蔡如凡时，我们趁机以煽动群众闹事罪、妨碍警察执行公务罪和袭击人民警察罪，将蔡茂光拘捕。小宋很赞同我的计划。

不一会儿，门口的人群散了，我步出大门。蔡家店人分乘三辆大卡车，浩浩荡荡凯旋，我们不远不近地跟着。

没想到，我的计划只实施了一半，便不得不放弃：蔡茂光在万家超市，被我们戴上了手铐。我们开着小田的桑塔纳，押着蔡茂光回所。刚出村不久，一辆东风重卡撵上了我们。要说，我们在前，卡车在后，真要跑起来，卡车肯定追不上轿车，我们完全可以顺利脱险。但是，我不让。美国大片里可以有惊险刺激的汽车追汽车的场面，但我们不是拍电影，我们冒不得任何风险。我们屈服、让步，放蔡茂光回去。蔡茂光走后，我对小宋和小田说："我们要和蔡茂光斗争到底。怎么跟他斗呢？一只苍蝇，只要我们盯着他，他能跑得掉？"

十一

正月初六，我刚进到办公室坐下，一个陌生面孔从外面走进来，是个中年人。他握住我的手，说："吴所长，拜个晚年。我叫白杨，是新来的所长。你几十年如一日，兢兢业业，无怨无悔，是我们的楷模。组织为了照顾你，特让我来接替你。从今天起，你可以来上班，指导指导我们年轻人；也可在家休息，陪陪嫂子，安度晚年。需要的时候，我们登门请教。"

哦，这是让我提前退休！

"不让当所长可以,让我退休先缓一缓。我有个事情,还没了结。"

　　"不就是蔡家店党支部书记兼村主任蔡茂光煽动群众袭击警察事件? 放心吧, 这事交给我们, 我们替你来完成。在新时期, '老虎苍蝇', 哪一个也跑不了! "

　　一股暖流自下而上涌满全身, 我紧紧握住白杨的手。

套　路

上　篇

赵春祥很讲义气,特别是对周树勋。有实例为证。

实例一。周树勋姐弟两个,姐姐是个个性特别强的女人。原先在家里,她就说一不二。她是老大,父母也都让着她。她现在是卫生局里的一名科员。有一次,不知因为什么,她和她的顶头上司——办公室主任老金顶了牛骂起架来。女人骂起架来,男人岂是对手?何况是他姐姐这样厉害的女人。她骂的话尖酸刻薄,句句像刀子,让老金很丢面子。老金是个主任,身在十多个人之上,岂能当众受辱咽下这口恶气?当即一巴掌下去,周树勋的姐姐鼻孔立即就出血了。他姐姐哪吃过这样的亏?第一时间把状告到了局长那里,还告到了县、市两级纪检部门。上级对金主任进行了严厉的批评和教育,并责令其写出深刻检查。但他姐姐觉得这样处理太轻了,拖着不上班,并把此事告诉了周树勋的爹妈,爹妈又说给了周树勋。周树勋很气愤,想给姐姐出口气。在和赵春祥喝酒时,他跟赵春祥说起了此事。赵春祥听毕,对周树勋说:兄弟,别管了,这事交给哥来办。周树勋当时以为是酒话,并不在意。谁知,两周后,姐姐高高兴兴上班去了。原来,那个主任被人打了一顿，在医院躺了八九天。出院后，自己写了请调报告，下到乡下一个卫生院去了。还满意不？赵春祥问周树勋。赵春祥这一问，周树勋才想起那天赵春祥说的话。他当时又高兴又感激。他没想到赵春祥这么讲义气。

　　实例二。周树勋身为学校后勤主任，每逢过年过节，学校要办福利，买大米、买油、买月饼、买鞭炮等各种各样东西都是周树勋负责。每到这时候，周树勋很为难：买谁家的货不买谁家的货很费思量。一是要照顾各种关系：有学校领导的（大多是学校领导的）、有学校教师的、有学校的直接领导教育局的、有与学校有关联的其他局委的，等等。二是价格。谁价格高谁价格低？老师们对此最敏感。弄不好，自己遭骂不说，连睡在地下的老祖宗都得跟着打喷嚏。其次是回扣。这一点，谁都明了。要是没利谁肯早起？这一点其实最重要，当然，这只能藏在心里。前年春节，又到了学校办福利的时候。经过反复筛选，选定了一家与教育局一个副局长有关系的商店。另一家与一个副校长有关系的店老板三更半夜敲他的门。开了门，来人跟周树勋说了两句话：今年，你要我的货，你好我好大家好。你不要我的货，我叫你吃不了兜着走！说完啪的一声，他家的星高防盗门闷雷似的关上了。这个店老板，周树勋当然认识，地头蛇一个！他们打过好多次交道。自然，周树勋也有把柄在他手里。所以嘛，他才敢说这话。第二天，周树勋就把这事说给了赵春祥。赵春祥一听，又是：兄弟，别管了，这事交给哥来办。又加一句，该给老师们办什么福利就办什么福利，想到哪家买就到哪家买。果然，这个老板没再来纠缠。偶尔在街上碰到，还点头哈腰对他很和蔼、很恭敬。你咋对付他的？周树勋问。赵春祥说：他有他的办法，我有我的门路。对这些，你还是保持纯洁的好，还是不知道的好。

实例三。周树勋在学校里没有你死我活不共戴天的死对头，但动不动就踩他脚后跟的活对头倒是有那么几个。其中一个叫布修文，是学校的电工，归周树勋管。这个人仗着是司法局局长的弟弟，根本不把他周树勋放在眼里，该买什么东西就买，连个招呼都不打。买回来了，抱着一沓条子让周树勋签字。那价格高的！如果是给自家买东西，说到天边都不会接受。你要不签，他就大吵大闹。这还不算，最叫人恼火的，是他不服管，叫干什么偏不干，经常顶撞他，有时候让他很下不来台。赵春祥知道以后，不动声色就把布修文给摆平了。这两年里，布修文对周树勋是服服帖帖，恭恭敬敬，叫干什么干什么，绝不犯犟。

赵春祥何许人也？赵春祥是一个包工头，是一个不老小的包工头。他不被称为房地产商，是因为他还没有一个响当当的、叫得出口的、很气派的公司名号。论起他的包工队，在L城在Y县城所承包的工程，那可是相当了不得；但论起他的资金规模、他的资金积累，那他就羞得抬不起头来了，无奈，只好屈尊，挂靠在别人名下，每年乖乖献出一笔管理费。前几年，他和县里教育系统老大——省示范性高中联了姻，承包了学校的学生住宿楼工程。住宿楼工程一完，又是学生餐厅总体工程、学校操场整体改造等项目。他已进驻学校三年有余。看样子，再在学校里干个三年五载不成问题。这么大一所学校，不停地扩建，即使扩建完了，大修小补哪有个头？揽住学校的活，就好像靠在了一棵摇钱树上。

周树勋何许人也？周树勋是本县省示范性高中的后勤主任。在学校这样的单位，都说教学是第一位，教师，在领导嘴里也总是最重要，其实，有点社会经验的人都知道，后勤才最重要。抓后勤最实惠。给个抓教学的副校长，周树勋都不稀罕。正因为他周树勋是个举足轻重的角色，赵春祥承包了学校的工程以后，就先请周树勋喝酒。酒酣耳热时，周树勋依着酒力给赵春祥敲了边鼓：请我喝酒，算你有眼光。把我打发如意了，你的工程才能进展顺利，你的钱才能挣得安稳。那是，那是。赵春祥连声说。起初的一段时间，周树勋觉得自己是端着铁饭碗的国家正式职工，是响当当的省示范性高中总管，与赵春祥分属两个不同的阶级。阶级不同，你懂吗？那差别大了去了！你赵春祥就得奉迎我、巴结我，你就得不断给我送钱送物把我伺候满意。所以，周树勋把赵春祥给他上的供看作理所当然。但赵春祥的这三次出手三次义举，让周树勋对赵春祥彻底改变了态度。人在平常的生活中，能遇到几次特别难特别棘手的事情？周树勋打心眼儿里感激赵哥（赵春祥比周树勋大两岁，赵三十八岁，周三十六岁。周树勋开始响应赵春祥的"周弟"，叫赵春祥"赵哥"）。赵哥把自己当成亲兄弟，为自己两肋插刀。一生能有这样一个兄弟足矣！从此，两个人"赵哥周弟"，俨然一对亲兄弟。

　　亲兄弟还要明算账。亲兄弟也讲究有来有往：赵哥，你为我两肋插刀，我为你赴汤蹈火。周树勋是那种实在的主。他为赵春祥做的值得一提的事可不止三件。

　　一、县里质监局派人来检查工程质量。一个姓江的小伙子硬说工程有质量问题，而且还要如实上报。赵春祥好话说了一火车，可小伙子软硬不吃。周树勋知道了，二话没说，掏出手机，一个电话打过去。一个小时不到，质监局的韩副局长——他的一个高中同学，匆匆忙忙赶来。韩副局长问明了缘由，把小伙子拉到一边，咬着耳朵，一阵咕哝，问题轻松解决。临走，老同学说：以后有什么事，电话上讲明白。能办，打个电话就行了，省得我跑来跑去。我还以为出了什么大不了的事呢。

二、周树勋为赵春祥一次拿出八万六千块。那是去年春节前，民工们把赵春祥堵在房里，不让出门，要求补发所欠工钱好回家过年。他要是拿不出钱来，民工们大有灭其全家的架势。赵春祥的钱都压在了建筑材料上（当然，也有一些不便说的原因），一时凑不够那么多钱，他一连给银行、生意上的伙伴打了好些个电话，但都遭到拒绝。民工们不让他出门，怕他趁机逃掉，急得他抓耳挠腮；急得他媳妇姚月坐卧不宁。赵春祥想起了周树勋。但周树勋的电话在隔壁他的办公室里一连声地响，很显然，他把电话落在了办公室。赵春祥与民工们协商，协商的结果是允许他妻子姚月出门筹钱。姚月出得门来，按照赵春祥的指点，到临时存放年货的大教室找周树勋。看着姚月为难的样子，周树勋说：你回去吧，我一会儿就去给你取钱。他当时正在给老师们发年货。他把事情交代给别人，自己回到家，背着媳妇，把两张不到期的存单从银行取出，总共八万六千块。来到学校，全部交给了赵春祥，为赵春祥解了燃眉之急。

三、赵春祥整年在县城承包工程，但户口一直在乡下老家没有迁到县城，因为他至今在县城没有房子，没有固定的家。没有县城户口，孩子上学成了问题。虽然按现在的政策，没有县城户口的学龄儿童可以在县城上学，但只能在县城边缘的一些村办学校上学。姚月带着孩子大老远从乡下跑来，叫孩子上村办学校，她是万万不会同意的。村里的学校，那质量，怎抵得上县里的两个实验小学？况且，到村里的路还很不好走，刮风下雨时就更别提了。这可不是一天两天，是成年累月的事啊！两口子为此生气。作为"同志加兄弟"（外人语）的周树勋，得知了此事，让赵春祥开车，自己专程到县第一实验小学跑了一趟，入学问题顺利解决，而且不多掏一分钱。新学期开始，赵春祥的女儿大燕，在妈妈姚月的陪伴下，高高兴兴上学去了。

四、周树勋为赵春祥提供了一个牢固而安稳的家。这，赵春祥当时认为是很"哥们儿"的一件事。正因为这件事，赵春祥跟俩孩子说："你周叔叔待咱这么好，咱们就是一家人了。以后，周叔就是你们的亲叔叔。你们怎样对我和你妈，就怎样对你周叔叔。"但后来，他不这样认为了。他说：周树勋，原来你为我媳妇提供房子是别有用心，是有目的的！这是后话。

周树勋是看着赵春祥一家挤在拥挤不堪的工棚里，尤其是看着姚月，一个女人家，带着孩子，穿梭在随时随地想拉就解了裤带拉、想尿掏出家伙就尿的民工之间，实在觉得不方便，实在是为赵春祥和姚月着想，才说要给他们提供住房的。虽然，赵春祥在把媳妇姚月介绍给周树勋时是说过这样的话——这是你嫂子，我媳妇。我媳妇，也是你媳妇。该招呼的时候招呼招呼，这话是玩笑话，赵春祥说完就忘了，周树勋却记在心上。不过，当时他给赵哥赵嫂整房子时可真不是有啥企图。

赵春祥的工程队在学校里驻扎下来不久，赵春祥的媳妇姚月就带着一双儿女住进了工棚。当时赵春祥的女儿已满七岁，到了上小学的年龄。儿子大鹏，五岁，上幼儿园。姚月说是为了孩子上学才从农村跟到县城来的。

周树勋给赵哥提供的家就是他们一家现在住的那一大间房，紧挨着后勤楼周树勋的办公室。学校的后勤楼是一栋独立的两层小楼，在教师办公楼的后边，紧挨着学校北墙。周树勋的办公室在一楼西边第二间。姚月他们一家住的是第一间。这间房原来住着现已退休的保管员焦大海。在2000年以前，焦大海在县城没有房子，和妻子一起以校为家住在里面。他们在里面居住时，把楼道的西墙破掉，在楼道外紧挨着后勤楼盖了一间厨房，不用绕路可以直接进入。这厨房和现在单元房里的厨房相比，能抵上两个。焦大海这间办公室也大，一间能抵得上周树勋的两间，虽然好几年没人居住，里面堆了一些杂物，还有一股霉味，但经姚月的巧手一收拾一打扮，一个温馨的家就建了起来，比工棚好几千倍（赵春祥语）。

把学校的房子提供给包工头住，引来了一些老师的非议。有人还把状告到了校长那里。公家的东西搁着放着，风刮日晒雨淋，就是烂掉都没事，但私人，尤其是外人就是不能用。用了，性质就起了变化。这个道理，周树勋当然懂，所以，他顶了不小的压力。

周树勋为赵春祥办的几件事，除了第一件姚月不是亲眼所见，其他三件，她都是亲历者。她认为，"孩子他叔"做的这些，不能用义气来界定，而是大恩大德! 滴水之恩当涌泉相报，何况大恩大德呢? 姚月觉得要感恩，要对得起孩子他叔。她为孩子他叔做的事不能以件来划分，而只能按类别来说了。

其一，每逢做好吃的，她都要让孩子端给他叔一点，让他叔先尝尝。如若孩子们不在家，她就亲自端给他叔。她知道学校的作息制度，她也摸准了周树勋常常什么时候下班回家。她做好吃的东西，总赶在周树勋下班回家之前。她也知道周树勋在校值班的时间: 周二、周四、周六。每逢周树勋值班，中午、晚上的饭，周树勋就一定得在她家里吃。现在不是三十年前，谁家缺吃的? 还有什么叫好吃的东西? 然而，来自农村的姚月非要这样做。她说：他叔呀，我做的东西，虽没有大饭店里做得好，但你必须得吃，我知道现在吃的东西不稀罕，但这是我的一片心。什么东西一和心连在一起，那就带有强制性。所以，每次拿来的东西，周树勋一定吃，就是不饿不想吃，也得吃，也得尝几口。你就只吃一口也行。开始，她这样说。不过，说实在话，姚月真是心灵手巧，农村里传统的、娶媳妇嫁闺女上得了桌的、能叫出名堂来的美食她都能做得得心应手，叫人看一眼，马上就要走上前去闻一鼻子；闻一鼻子就不由自主要拿起筷子揿一块放到嘴里尝一下。这一尝，你就很长时间忘不了了。周树勋也不过比姚月从农村早出来十来年，脾性口味怎么能变？姚月做出来的东西真是叫他一看二闻三尝，然后想走也迈不动腿，想拒绝张不了嘴。时间一长也就吃上了瘾。如若放假或者有什么事几天不在学校，他会觉得肚里空虚，老想急着往学校里赶。认真一想，明白了，是多日没吃姚月做的吃食了。

其二，姚月给他叔一家编织衣物。现在人们身上穿的戴的都是买现成的。买的衣服漂亮好看，但也有一定缺点。最大的缺点恐怕是不个性。所以，这两年，大城市里悄悄兴起一股编织热。自己编织的东西，因人而异，所以有个性，也实惠。姚月不是上班族，她除了接送孩子上学放学，就是看电视。现在，她加入了编织一族，看着电视有事做了。她原本小时候跟着妈妈学过编织，电视、电脑上一出现新的花样款式，她三两天就能编织出来。她把她编织的东西拿回老家，街坊邻居都喜欢得不得了。得到了认可，回到学校，她就尝试着给周树勋的女儿和媳妇编织东西。先是披肩。织好了后，她让周树勋拿回家。周树勋的媳妇李翠茹抖开来一看，嘴里说着不要不要，可立马就披在了身上。女儿一见，哇——夸张地感叹了一声，然后就"粘"到了身上。她嚷嚷着：妈妈，你也给我织一件吧。得到了她们娘儿俩的认可，姚月就连续给她们各织了四五件。到了冬天，姚月又给周树勋织了一件毛衣。织的毛衣谁稀罕？周树勋偏就稀罕。因为，他有腰痛病，一受凉就痛。姚月织的毛衣，比买的毛衣厚实好几倍。

其三，现在的人不缺吃不缺穿，只是给了点吃的穿的，姚月总觉得她为周树勋做得太少，太微不足道。她总觉得，她，还有她一家欠周树勋太多太大的情，她总想为周树勋再做点什么，做点与周树勋的恩情抵得上的事情。她能做什么呢？她把自己的身子给了周树勋！美其名曰是要报答周树勋对她一家的恩情。那话是在她的身子还压在周树勋的身子下、和周树勋尽情地享受了肉体上的快乐之后笑着、用指头戳着周树勋的额头说的。周树勋听了，把姚月搂得更紧了，又猛地吻了一下姚月的嘴唇，才说道：女人这时候说的话和男人在喝酒以后说的话一样，都是虚虚实实，真假难辨。你没良心，人说，提起裤子不认账，你还没提起裤子，还压在人家身上就不认账了？要报恩，一次两次哪行？得一天一次才行。姚月佯装嗔怪道：别得寸进尺啊，让你美两次足够了，我可是你赵哥的媳妇。朋友妻不可欺，何况是你哥哥呢。赵哥不是说了嘛，我媳妇，也是你媳妇，我和赵哥不分你我。周树勋笑道。姚月白了他一眼，说：得了吧，那是说着玩儿的，讲义气也不能拿媳妇讲义气吧？你见谁把自己的媳妇让兄弟随便用的？承认了吧，这可是我为了报你的恩情才让你上身的。

姚月和周树勋两个人睡到一起，当然不是姚月报恩那么简单。细算起来，这里面的原因至少有三个。

第一，时间老人的一时疏忽。为什么要这样说？姚月没来以前，周树勋已经是赵春祥工地和工棚里的常客。姚月来了以后，他们一家又住在了他的隔壁，周树勋更是把他们家的门槛都踢断了。周树勋一周值班的三天，除了中午饭、晚饭在他们家，半晌儿半后晌儿，周树勋有事没事就又到了他们家。因为他们家有电视，周树勋爱看NBA（美国职业篮球联赛）。上班时间，到前面的行政楼上看电视，有点儿不太合适，让别人看见了影响不好。那几年，智能手机、iPad（苹果牌平板电脑）还没有像现在这么普及。原先在学校值班，学生一下晚自习，周树勋就走人。现在，从吃晚饭开始，直到下晚自习，周树勋都待在姚月家看电视。学生下了晚自习，都到宿舍里去了。周树勋拿着手电出去转一圈儿，匆匆检查一遍，就又走回来，接着看还没完的电视剧（电视台播电视剧，一播就是四五集连放）。周树勋在姚月家一看就看到半夜。周树勋办公室原本有一张床，那张床在姚月搬来以前，基本上是空置的，周树勋几乎没在上面睡过。这一年多来，每逢周树勋值班，晚上不再回家，就睡在办公室。妻子问起，他说是新教育局长上任后做的规定。妻子无话可说。又加上姚月不断给周树勋送东西到办公室，原来是赵哥周弟形影不离，渐渐地，赵哥被赵嫂所取代。这中间的变化自然，悄无声息，就如写作大家笔下故事起承转合之间的过渡，别说周围的人了，就连时间老人都没有察觉。

第二，姚月的丈夫赵春祥也是一个原因。姚月带着孩子来住工棚，能说出口的原因是为孩子上学，不能说出口的原因是为了看住丈夫。

周树勋和赵春祥的"蜜月期"一过，不等姚月说，周树勋就明白了赵春祥是一个什么样的人。赵春祥豪爽，讲义气，但他又是一个吃喝嫖赌无所不沾的人。赵春祥的名言是：人只要正干，吃喝嫖赌能花几个钱？他的意思是：我搞房地产，我拉起包工队，我能为孩子媳妇挣钱，这就是正干，至于吃喝嫖赌，你们就别管了。怪不得，他干了这么些年，也没成长为一个房地产商，其主要原因就在他的吃喝嫖赌上。他能挣，但他的手指头缝儿更能漏。才开始，他经常拉着周树勋上街喝酒。周树勋喝酒（是个男人都喝酒），但不嗜酒；周树勋也打麻将，但有节制，一般是小打小闹。而赵春祥就不一样了。赵春祥嗜酒成性，一天不喝酒就像是个癌症晚期的病人，简直没了人形；他爱赌，一晚上输赢千儿八百都不算什么，输个一万两万是常事。另外，他还爱嫖。他曾吹过牛，他睡过的女人，少说也有五百。他还说要在五十岁之前争取睡够一千个女人。周树勋了解了赵春祥以后，他的态度是：咱俩哥们还哥们，义气还义气，但我不和你厮混在一起。好歹，我也是一个光荣的人民教师。

　　周树勋对赵春祥了解多了以后，在姚月面前，就会不由自主地谈起赵春祥。姚月来到人生地不熟的学校，能说着话的人根本没有。现在的学校不像20世纪八九十年代，那时候，教师的家属都和教师一起住在教师的办公室兼住室里。这边正上着课，那边已是炊烟袅袅，饭菜飘香。那时候姚月要是在学校，想找个说话人，十个八个都不成问题。现在，她找不到别的人，就找到了周树勋。周树勋是一个她还没谋面就已先闻其声的人。从工地上人们的口中，从丈夫的嘴里，她就已感觉周树勋是个不错的人，是个实在的人。见了周树勋本人，果然一副忠厚老实样。姚月心里就产生了一种莫名的感觉。这种感觉先入为主，使她在周树勋面前（两人独自看着电视的时候），过早地褪去了她在外人尤其是在男人面前应有的掩饰。比如，赵春祥不顾家啦，赵春祥干了这么多年也没攒下在县城买房子的钱啦，赵春祥不管家里的父母啦……这些话都带有外扬家丑的性质，但她过早地说给了周树勋。再后来，话题又深了一层：赵春祥昨晚输了九千八；赵春祥昨晚又去宾馆找小姐；赵春祥和卖水泥的老板娘有一腿；赵春祥根本不管他们娘儿仨，赵春祥多长时间没在家里睡过；等等。听着这些，作为一个男人，其实，就是女人，也会同情姚月，也会为姚月感到不平。作为一个来自农村的很传统的女人，第一次把身体献给周树勋的时候，显得那么自觉、那么心甘情愿、那么彻底，旁观者会认为姚月太贱，太淫荡。但周树勋绝不这样认为。在他们两个缠绻以后，姚月哭了，哭得很伤心。她告诉周树勋，她已有将近一年都没有享受过男女之欢了。她说她的地旱得已成撒哈拉了！

　　第三，周树勋和姚月两个当事人的原因。男女走到一起，达到上床的程度，肯定双方都有责任。一个巴掌怎么能拍响？那一天深夜，至少是凌晨一点。姚月冒着严寒，在外面冻了好几个钟头也没能把赵春祥从麻将桌上拉回，反而被推倒在地上，栽了个屁股蹲儿。回家的路上，摸着疼痛难耐的屁股，她想哭，可在深更半夜车辆行人稀少的大街上，怕被看成是疯子。回到学校，她钻到厕所里好哭了一通。回到房里，看着两个熟睡的孩子，她的胸膛起起伏伏，怎么都睡不着觉。这时，她听到了隔壁周树勋的咳嗽声。她起身，穿着睡衣就敲了周树勋办公室的门。周树勋披上外衣，开门，把她让到了屋里。一看，周树勋就明白了大概。他把堆满了衣服的办公椅拾掇了一下让姚月坐。姚月没有坐。她来是想和孩子他叔说说心里话，诉诉苦的，可她半天说不出话来。周树勋同情姚月，想说几句安慰的话，可站了足足两分钟愣

132　　　　　　　　　　　　　　　　　　　　　　　厚土

是一句话也没说出来。本来就是后半夜，本来就是男女做那事的氛围。周树勋立马就起了"歹意"。他抱起姚月。姚月没有任何抵制的举动，连抵制的暗示也没有。周树勋胆更大了。他直接把姚月平放到床上，扒开姚月的睡衣。如果，这时候，姚月有一点点的不情愿，或者她就简单地把被子拉过来盖住自己的身体，或者她轻轻地推一下周树勋，周树勋或许会觉得自己下流不道德，或许会立即停止。然而，姚月没有。她就让自己赤裸裸地躺着，还轻轻地叉开了双腿，亮出了最最吸引男人的地方。周树勋这时候如果有坐怀不乱的超强自控力，或者能突然意识到躺在面前的是他的嫂子，是他亲哥哥一般的赵春祥的媳妇，然后悬崖勒马也都来得及。但是，他没有，他竟然像几辈子没沾过荤腥似的恶狼一般扑了上去。所以说，周树勋与姚月是内因，在这一件事上是最关键的因素。

周树勋在这事没发生以前，是一个公认的规矩人。老爹退休前是中学教师，老妈是传统的农村妇女。他从小就受着本分做人的教育。他和妻子李翠茹结婚十年多，基本上没有吵过嘴，女儿比大燕小一岁，现在已上二年级，在学校学习很优秀。他们是很幸福的一家。李翠茹原先在县电厂工作，工厂的效益一直不好。后来电厂破产，李翠茹赋闲在家，专职伺候他们"老周家"的人。男人出轨，借口多种多样。媳妇满足不了要求大多排第一。但对周树勋来说，媳妇体格健壮，雌激素充足。在性生活上，一般是，周树勋只要提出，或者暗示，她都基本顺从。当然，作为女人，扭捏扭捏也属正常，哪有男人一要就给的？

周树勋也认为自己的生活很幸福。走在街上，周树勋对别的女人几乎都不正眼相看。有的男人，看到漂亮女人，不把人家送出二里地绝不回头。周树勋能管住自己的眼睛，对姚月，他也一样。起初好长一段时间，他好像根本就没有仔细瞅过姚月的脸。第一次见面时，他隐约记得姚月穿着淡青色上衣，很城里人的样子。别的，再没什么。后来，有一次在楼道里，他与姚月擦身而过，姚月刚洗过的头发发出很好闻的香气，他就扭了一下头。恰在此时，姚月一缕上下颤动的头发轻轻地抚了一下他的鼻子。这一抚，仿佛一股电流由鼻子传遍全身，周树勋浑身有一刹那的战栗。周树勋很青年地甩了甩头，自嘲地笑了笑，心想，自己已不是青春萌动的少年，怎么还战栗? 他快步离去。不过，走了好远，还是忘不掉姚月轻轻抚了他鼻子的好闻的头发。他突然觉得姚月的个头刚好和他相配。和他什么相配? 就是和她……脑子里立马就有了他和姚月滚在床上的画面。想哪儿去了，他使劲扇了一下自己的脸。仅就那么一次，仅就那么一闪。他后来还多次在心里一遍又一遍地谴责自己。不过，当他和姚月真的赤身裸体搂抱在一起时，那画面却再没有出现过。

周树勋和姚月缠绵上以后，两个人都有了变化。

先说姚月。姚月本就是个美人坯子，身材匀称。她是那种不需减肥也不需长肉的女人，无论冬夏，她的线条、她的身段都是很女人的那种。她的脸也着实耐看，脸上光溜溜的，就像天天都做了美容似的。她的眼睛又圆又大，配着黑黑的睫毛。和她交流，你不用听她说话，只用看她的眼睛就明白了她的意思。她的鼻子，她的两片厚薄均匀的嘴唇，搭配到绝妙。但在她和周树勋好以前，好像头就没有真正抬起来过，眼睛也好像总没有正面看过人。这么说吧，她就像行政楼前的红叶榆，经过前几天的一场春雨，卷起的、灰头土脸的、死了一般的叶子重新舒展开来，

　　　　　　　　　　　　　　　　　　厚土

重新绽放出充满生机、成熟、耐看的红来。

再说周树勋。周树勋晚上在学校住的天数多了。原来值班，再晚也要回家；现在，即使不值班也找理由值班。以前，他不能说不修边幅，但最起码在穿着打扮上不那么讲究；现在，头发不到半月就要理一次，而且还总到高级的理发店。皮鞋，一天至少擦一次，总是明光光的。这其实只是表面，自从和姚月好上以后，心情也变得开朗了，无论在家里还是在学校，看什么都开心。不高兴少了，发脾气少了，与人脸红、恶语相向少了。这一点，不光媳妇李翠茹，就连同事以及学校领导都看了出来。别人说时，周树勋只是笑，不回答。他知道，一切都是因为姚月。和姚月在一起确实能得到身心的双重愉悦与满足。健康节目上，专家曾讲过，过性生活时，男女双方只有同时达到高潮，双方才能得到最大的愉悦。和李翠茹做爱，李翠茹开始总是扭扭捏捏，不认真准备。每次总是周树勋都硬邦邦好半天了，媳妇还没脱去衣服；他已经到达"玉皇顶"了，媳妇最多才爬到"天街"；他已败下阵来都要鸣金收兵了，媳妇才刚到兴头上，还催逼他再使劲再努力。结果，两人总是不能尽兴。都穿上衣服了，媳妇还要嘟嘟囔囔甚至骂娘骂爹骂祖宗。和姚月就不一样了。他们在一起，心领神会，心往一处想，劲儿往一处使，两人总是能同时到达顶点。完事以后，两人总是不由自主地敞敞亮亮开怀大笑老半天。那心灵，那肉体，那舒服，那痛快，那愉悦，那……

下　篇

男女偷情之事的发展，当事人总是越来越投入越来越痴迷，越来越忘记周围人和物的存在。姚月和周树勋当然也不例外，但他们也清楚，从第一次偷欢开始，一把剑就悬在了他们的头上。这把剑随时都会落下，直刺他们的心脏。他们每一次在偷欢的同时，其实也在等待着那把剑落下的那一刻。

那一刻就是四月二十七日夜。四月二十七日夜，月亮很守时，早早地悬挂在教师办公楼的楼角。

还得先从白天说起。四月二十七日，星期二，是周树勋在校值班的日子。中午，赵、周两家在离学校不远的一品酒楼举行仪式，赵家正式把儿子大鹏认给周树勋夫妇做干儿。赵家四口，周家三口，围着一张圆桌热热闹闹、亲亲密密吃了一次团圆饭。

认干儿仪式有三个步骤。一、周树勋和李翠茹分别拿出自己给干儿大鹏的礼物。周树勋的礼物是一套《十万个为什么》和一本最新版的《现代汉语词典》，李翠茹的礼物是一套匹克运动服和一个斯伯丁牌篮球。二、大鹏认干爸干妈。接过礼物，在爸妈的引领和催促下，大鹏分别向干妈干爸磕个响头。起身，姚月要大鹏跟周树勋叫干爸。大鹏咕嘟半天嘴没叫出声。周树勋说算了吧。姚月不依，非要让大鹏叫出声来。磨蹭半天，大鹏终于低着头叫了声干爸。众人大笑。轮到大鹏跟李翠茹叫干妈时，大鹏毫不犹豫清脆响亮地叫了声妈，连干字都省去了。众人又笑，笑得更畅怀了。赵春祥拍一下大鹏的头，说道：你小子，你以为你李妈给你买运动服、给你买篮球就跟你更亲了？你这是好赖不分。你干爸，那才是为你好，啥比书和字典更宝贵？我和你妈都没机会上大学，我们还指望着你上大学光宗耀祖呢！李翠茹笑着把大鹏揽在怀里，说：大鹏心里清楚着呢，知道谁对他好谁对他不好。现在小，先得长身体、长个子。等上中学大学那才认真学习，学真本领呢。是吧？还是他干妈想得周全。姚月说。大鹏一直没说话，只是俩眼珠滴溜溜转过来转过去。他眼睛里的意思，似乎只有姚月能读懂。我看呐，这以后，大鹏不愁不被干妈干爸惯坏。赵春祥大笑道。三、吃认干亲饭。在做东的周树勋"来来，动筷子"的招呼声中，两家人开始吃饭。三个孩子，两个媳妇，雪碧，可乐，推杯换盏。两个男子汉，要来一瓶老村长。周树勋说，下午还得上班，不能多喝。赵春祥岂能饶他。两个人不一会儿就把老村长喝了个底朝天。赵春祥要再来一瓶，周树勋死活不让。最后折中，赵春祥让服务生提来了四瓶啤酒。要不是孩子们还得上学，中午的酒不知要喝到什么时候。中午的酒要真是持续的时间再长一些，或许晚上的事就不会发生，然而，时间老人不可能总糊涂，他清楚的时候还是占多数。不管怎么说，宴席在一派热闹亲切的气氛中散了。三个孩子由赵春祥开车送到学校。李翠茹回家忙自己的家务。周树勋和姚月叫别人看来是碰巧相随相伴着向学校走去。路上，姚月问周树勋的感觉，周树勋只说了一句话：我只想让大鹏叫我亲爹！姚月往周树勋肩上夯一拳：你死鬼货。

其实，早些时候，赵春祥刚承包住学校的工程没多久就提出过，要把儿子大鹏认给周树勋夫妇做干儿。当时，周树勋以为赵春祥巴结他，他谎称媳妇不同意，搪塞过去。实际情况是，李翠茹很乐意认个干儿。她说，咱就一个闺女，再认个儿子，儿女双全，岂不美哉。李翠茹是那种最喜好攀亲连故的主，她的干哥干弟，干姐干妹，干儿干女，排不到一个连也差不多。以往认干亲，周树勋不反对，也不支持。但这一次周树勋说李翠茹糊涂，是女人见识，还把阶级与阶级差别的话说了好几遍。李翠茹拗不过他，也就没再坚持。周树勋和姚月在一起久了，生怕赵春祥或者别人看出什么。在一次完事后，姚月就和周树勋商量，把大鹏认给他们夫妇是不是个掩护？周树勋一琢磨，觉得有理，最起码可以糊弄糊弄赵春祥。于是，就有了这次认干儿的仪式。仪式上，大鹏的举动，给姚月的心里投下一丝阴影。周树勋和姚月都看出大鹏是一个绝顶聪明的孩子。这孩子是不是看出了点什么？姚月曾把她的疑虑说给周树勋。周树勋不以为意，说没事，小孩子家知道啥。他们没有把大鹏当一回事。

　　晚上，两个孩子很自觉地在一起做作业。做完以后，很自觉地到里屋睡觉去了。姚月把房子用装饰和五合板从中间隔开，分成里外两间。里屋摆了两张床，两个孩子睡一张，他们夫妇（基本是她一个人）睡一张。外屋做客厅。姚月坐在外屋看电视。过了十点半，姚月听见了周树勋的脚步声，她知道周树勋检查完学生寝室回来了。姚月关了电视，悄悄来到周树勋办公室。两家已结成干亲戚，他们两个又在最关键的人物面前公开地坐在一起，所以值得庆贺，所以晚上必须云雨一番。时令已是春末夏初。虽然夜里外面仍有丝丝寒意，但是屋内已达到即使不盖被子也不会觉得太冷的程度。周树勋的门虚掩着，姚月轻轻走进来。两人会意一笑，然后直奔主题。窗帘都拉着，电棒明晃晃的。姚月脱光了衣服，先躺到了床上。周树勋上床时，姚月要他把灯关了。周树勋摇摇头说，灯光下互相看着做爱最浪漫。姚月一听，干脆把身边的被子用脚蹬得远远的。两个人在床上尽情地滚来滚去，高潮如期到来。周树勋呵呵呵笑得刹不住车，姚月尖叫着，那架势就像被地表压埋太久的火山突然爆发。周树勋先止住笑，想用亲吻的方式堵住姚月的嘴，阻止她的尖叫。他没有成

厚土

功。姚月还在叫，他又腾出一只手来，想去捂住姚月的嘴，姚月的头一偏，声音又跑了出来。小心孩子！周树勋警告。然后，他从姚月的身上下来。两个人的身体终于脱离开。姚月止住喊叫，也像周树勋一样，四仰八叉浑身酥软地瘫在床上，仿佛刚刚跑完一场马拉松。

勋哥。姚月这时候总是这样叫周树勋，她接着说，和你干这事，就觉得舒坦。

只要你高兴快乐，我保证随叫随到，一直到死。

周树勋死字一出口，姚月身子猛一翻转，绵软的肉身整个地压在了周树勋身上，一只小手堵住了周树勋的嘴：不许说那个字，赶紧呸呸呸。

姚月的小手松开，周树勋还没有呸出口，啪的一声，如响雷，屋门洞开。赵春祥魔兽一般冲到了床前。怒目切齿地吼道：狗男女！我揍你俩狗日的！

周树勋和姚月被突如其来的情况给吓蒙了。周树勋没有动。姚月赤裸的身子还压在周树勋的身上，只是头扭着愣愣地看着自己的丈夫。

赵春祥举起了拳头，但拳头停在空中，没有随怒骂声落下。赵春祥似乎在犹豫：应该先揍周树勋，还是先打姚月？还是两个人一块儿打？姚月的身体在上面，要是拳头这样落下去，首当其冲的当然是他的媳妇姚月。先不说姚月是女的，她首先是他的媳妇。于是，我、我、我，赵春祥连我三声，突然放下拳头转身四下搜寻，似要找一件更解气、更解恨能代替拳头的工具。这当口，床上的姚月和周树勋同时醒悟过来，胡乱地抓着东西往身上拽。姚月刚把床单被子胡乱地披在身上、周树勋才匆忙蹬上了裤子，没找到别的东西的赵春祥双手举起办公椅转身就砸了过来。姚、周二人分别扑向两个床角，侥幸躲过。赵又回身，又去寻找可用来袭击的工具。周树勋抢先一步，扑通一声，跪在地上，抱住了赵春祥的腿。

赵哥，你打吧，你杀了我吧。一切都怨我！

你不配叫我哥。我没你这个弟！

大鹏和姐姐大燕闪了进来，站在门边冷眼旁观。姚月趁机拾起地上的衣服，披在身上，然后奔过去，搂住大鹏，呜呜哭了起来。但大鹏挣脱了，和姐姐往后退。

去把菜刀拿来，我要劈了他们。

大燕没动，大鹏跑了出去。原来是大鹏假装睡觉，等姚月进了周树勋房间，偷偷起床跑到外面，拿起他偷偷藏起来的姚月的手机，给他爸爸打了电话。眨眼的工夫，大鹏把菜刀拿来，递给了赵春祥。

赵春祥接过菜刀。姚月扑过来，抱住了丈夫的另一条腿。赵春祥举起菜刀。姚月哭喊着，松开丈夫的腿，又把整个身子伏在周树勋身上，遮挡住周树勋，哭喊道：要劈先劈我！

你当我不敢？赵春祥把刀又往高处举举。

周树勋推开姚月，站起身，头向前戳着：来吧，我知道迟早会有这么一天。动手吧！

好，有种。赵春祥脑子在高速运转。有种，你自己来，别让我脏了手，别让我当杀人犯。说着，赵春祥把菜刀哐当一声，丢在地上。

周树勋拾起菜刀。好，我自己来。他态度坚决，一副男子汉敢作敢当的架势。不过，赵哥（无论大小人物，临终时总要有些放心不下的事情,总要有些话要交代),我还是叫你赵哥。你也想想你对姚月怎么样?她为你生了两个孩子,让你儿女双全。可是,你是怎么对她的?你就没想过这一切都是谁造成的?我死,可以。我死了,无关紧要,但你要扪心自问,你对得起姚月吗?

姚月也站起来,说:让孩子们也听听,喝酒、赌博、嫖娼,你配做一个父亲,配做一个丈夫吗?今儿,他周叔死,我也死。你看着办吧。

你们男盗女娼,搞在一起还有理了!孩子们,你们先出去。

我是对不起你,但你对不起姚月在先。好,我自我了断,但你以后要好好待姚月。周树勋高高举起菜刀。

姚月扑过来抓住周树勋的手,周树勋正要用劲,赵春祥也过来抓住了他的手。赵春祥手一拧,周树勋的菜刀就掉在了地上。看到两个孩子还站在那里,赵春祥吼道:你们回屋睡觉。

两个孩子慢慢往外走。但,一步三回头,很担心的样子,尤其是大燕。

不用怕,孩子,出不了人命。你们明天还要上学。赵春祥说道。声音已经低了几度。

孩子们出去了。赵春祥走过去,挨着办公椅坐到乱糟糟的床上,上身往后仰,似要躺下,却又用手按在床上撑住身体。突然起身,仿佛双手触摸到了极为肮脏恶心的东西。看看四下没处坐,赵春祥一抬腿,干脆坐到了办公桌上。

周树勋和姚月像被点了穴道,站在原地一动不动,只四只眼睛跟着赵春祥来回转动。坐在桌上的赵春祥掏出"红旗渠",抽出一支,点燃,使劲地吸着。周树勋和姚月的眼神碰了碰,又分开,好像都从对方的眼中看出了惊异和庆幸:暴风雨就这样戛然而止了？多少天来悬在头上的利剑就这样毫发无伤地落下了？

　　坐在桌上吸烟的赵春祥，吸完一支，又续上一支。他不说话，眼睛也不看站在面前的媳妇和周树勋，似乎他们根本就不存在。周树勋和姚月身上的穴道似还没有被解开。两人仍站着不动，四只眼睛对视的频率加大。提到喉咙口的心刚刚下降了一点，立马又上升回到喉咙口。赵春祥到底想怎么着？两人都不知道他葫芦里到底卖的是什么药。因为弄不清，所以才心虚，才紧张。三支，四支，赵春祥的第五支烟已掏出。他把只剩三分之一的第四支烟的过滤嘴掏空，然后把第五支烟套上。他吸一口，又用两个指头很优雅地夹着，放在眼前看看，似乎是在欣赏一个什么杰作。静。死一般的静。压迫的静。周围的空气像四堵墙，慢慢地朝身上挤压过来，挤压过来。压力在增大，在膨胀，仿佛再有一点点力一切就会轰然一声化为乌有！

　　赵春祥，你说句话呀？要杀要剐，你放个屁！姚月终于抵抗不住，率先向空气投降。

　　赵春祥仍不说话，仍一口一口自顾自地吸着，嘴里、鼻孔里一股一股白烟冒出，悠然而从容地向上飘着，飘着。

　　赵春祥，你混蛋，你女人，你想这样折磨人！不错，我是给你戴了绿帽子。可你给我戴绿帽子的次数还少吗？咱没有买下房子。要有房子，你早把婊子带到家里来了。你是什么东西！

　　赵春祥终于从桌子上跳下。骂够了没有？你们两个赤着犊子（赤身裸体）搂在一起，倒骂起我来了。赵春祥说着话下了办公桌，抬了脚步，似要奔姚月而来。僵了老半天的周树勋急忙过来用身体挡住姚月。但赵春祥并没有做出打姚月的动作，只是擦着姚月的身子，走过去拾起了菜刀。这下，周树勋和姚月又慌了

　　　　　　　　　　　　　　　　　　　　　　　　厚土

神: 怎么没想到先把菜刀拿到手呢? 他们两个正慌着神, 赵春祥却冷静地说: 你们不要怕, 我不杀你们。我要自杀。我是什么? 我是绊脚石, 我是天底下最大的大笨蛋。你们俩, 般配, 你们俩情投意合。我让位, 我成全你们。树勋, 我跟你叫弟, 我真心把你当作弟弟。我不怨你, 要怪都怪我自己, 我只有一个愿望: 我死后, 你替我照顾好俩孩子。好, 你们保重, 我先走了。说着高高举起了菜刀。

不要! 姚月和周树勋一下子都明白过来, 一起扑上去, 两人死死抓住赵春祥拿菜刀的右手。两个孩子又出现在门口, 号啕大哭。

别管我。我活着还有什么意思! 让我死吧。

周树勋和姚月没能夺下赵春祥手里的菜刀。姚月向两个孩子喊: 大燕, 大鹏, 快来求爸爸, 快呀。

两个孩子都跑过来, 哭着叫着: 爸爸, 爸爸……

孩子的哭声软化了赵春祥。周树勋把菜刀夺到了手里, 慌忙说: 姚月, 让孩子把菜刀拿走。姚月叫过大燕, 让她把菜刀拿回去。周树勋走过去, 把倒在床上的办公椅搬过来, 放好, 把赵春祥拉坐到椅子上, 转过头对姚月说: 叫孩子们去睡吧, 这里没事了。姚月拉着大鹏的手走出房间。

周树勋又跪倒在赵春祥面前, 泪流满面地说: 赵哥, 我对不起你。你说句话, 你要弟弟干什么, 就是叫我死, 弟弟也绝没二话。是弟弟不对, 是弟弟犯下了不可饶恕的罪行。孩子们也都走了, 弟弟就在你面前, 要骂要打要杀, 全由你。来吧。

我想喝酒。我想喝醉! 我想一醉不醒, 我想醉死过去。

你想喝酒, 好, 弟陪你。走, 喝酒。周树勋恍然大悟, 去喝酒也许是摆脱眼前僵局的最佳办法。他这才想起刚才的慌乱，赶紧回身去搜寻衣服。姚月又走进来，看了看周树勋，问：要干什么？我们去喝酒。周树勋很快把衣服穿齐整，拉住赵春祥，说：走，咱去喝酒。姚月要跟去，周树勋说：你就在家里照看孩子吧，我们没事的。周树勋搀扶着像是已经醉了的赵春祥往街上走去——他哪里知道，赵春祥的脑子里，一个罪恶的报复计划已经形成。

天上几近满盈的月亮已升至头顶正上方，但光亮却轻描淡写。其实，现在城市的夜晚，月亮已是多余。但话又说回来，不是月亮，还会有谁咸吃萝卜淡操心——一直冷眼观看着地球上发生的一切？

街上行人车辆已很稀少。中午吃饭的一品酒楼离学校不足三百米，很快就到了。酒楼门前的烧烤夜市已很冷清。摆在路边、摆在盖住一排排桌子的大棚之外的炉火架子，只剩下一个槽里有红炭火，周围已没有了正常情况下的烟熏火燎、乌烟瘴气。进到大棚里，只看见两张桌子上有人，其他都是空的。周树勋拣一张桌子，把赵春祥按在凳子上，招呼服务生过来。

五瓶啤酒，十串烤羊肉，大盘鸡一盘，上海青……

不要啤酒，要白的，赵春祥打断周树勋嚷嚷道，要52度杜康。

几瓶？

四瓶。

哥，天这么晚了，少喝点吧。周树勋劝道。

不行。我说过，我要喝到一醉不醒。

对对，一醉方休。

你耳朵眼儿里塞着驴毛呀，我是说一醉不醒，一醉到死。

小姐，周树勋拉住服务生说，先拿两瓶，喝完再拿。

不一会儿，服务生把几样菜和酒杯一并拿过来，放到桌上。倒酒。赵春祥吼道，把端菜的小姑娘吓得浑身颤了一下。倒满。赵春祥端起满杯酒，旁若无人一般，往嘴边一送，咕咚一声，下去了。再倒上。周树勋让服务生走开，自己给赵春祥倒酒。赵春祥端起，又是咕咚一声，灌了下去。第三杯。第四杯时，周树勋拦住了，说：不行，哥，我说我陪你喝酒，给你赔罪，不能只叫你一个人喝。周树勋很男子汉地也一连灌了三大杯。吃。周树勋提议。但赵春祥一口也不吃，还是一味地喝酒。赵春祥喝一杯，周树勋陪一杯。一瓶见了底，又打开一瓶。当第二瓶喝到一半时，赵春祥开始说话了。

弟弟，咱俩美不美？

美。

咱俩亲不亲？

亲。

咱俩是不是兄弟？

是。

赵春祥咧嘴笑了笑，左手轻轻拍了两下周树勋的肩膀，右手的食指在桌子上敲点着。他说道：是兄弟，我是你哥，你要把我当哥，你就得说实话。

好。

哥问你，姚月，我媳妇，长得美不美？哼……说呀，美不美？

当然。

你是说美，是吧？

嗯。

那你说，你是她一来到这儿就看上的？

不，不。周树勋连忙否认。

那你是什么时候看上她的？

这，这……

啪的一声，赵春祥把空酒瓶摔在地上。

哥，你醉了。

说！

这怎么能说得清？不知不觉就……

哦，我知道了。是从你给我提供房子的时候，是不是？……看来，你给我家提供房子，是别有用心，对吧？你给我做的一切，都是有目的的。我说得对吧？

你说什么呀。喝酒，喝酒。

酒瓶里的酒一点儿一点儿减少。酒杯边沿的碰击声越来越响，碰击的频率也越来越高。刚才的两桌人已经散去，偌大的棚子里只剩下他们俩。服务生过来，问他们还要什么。服务生话里的意思，看似醉醺醺的赵春祥却听得明白，他不爽道：你要撵我们走，是不是？哼，我们不走。你们等着，乖乖地等着，要什么，随叫随到，一边去。歇了一会儿，他把头凑近周树勋，问：弟弟呀，你说，是我媳妇姚月的肚子趴着舒服，还是你媳妇李翠茹的肚子趴着舒服？

你真……真要我说？

你说呀！

当……当然是姚月。她的身子柔软，有弹性。周树勋边说边笑。

赵春祥看了他一眼，道：咱俩是兄弟，是吧？

是。

是真兄弟，是吧？

是，是。

那咱俩的媳妇可以互相睡，是吧？……你不同意？那你为啥还跟姚月睡？

我不是都已认错了吗？赵哥。咱不说这事，中不中？

不中。

喝酒，喝酒。

不喝。你非得说可以才中。

可以，中了吧？

这才是我的好兄弟。干……再倒上。我想现在跟你……你媳妇李翠茹睡觉。你叫不……不叫？

叫。她不……不在这儿。

你打电话，现在就打。叫她来……来，就说我……我要睡她。赵春祥晃了晃酒瓶，勾着头看了看说：酒完了，咱……咱走吧。你……你不打？你不打，我……我不走。酒，倒酒。完……完了，再来一瓶。服……服务生，再拿……拿酒。

先生，都两点多了，我们要打烊关门了。已有服务生在收拾桌子和凳子。

你们打……打烊关……关门，你们关呗，关我们什么……么事。拿酒。

对不起，先生，您要的酒卖完了。

你成心扫……扫我们的兴，是吧？看我不……不把你们的酒……酒柜给砸了！拿酒来。赵春祥的声音一声比一声大。

套路

周树勋摆摆手,说:别……别再让拿酒了,哥,咱走……走吧,太……太晚了。

你想耍赖? 你怕我睡……睡你媳妇? 光兴你跟我……我媳妇睡……睡,不兴我跟你……你媳妇睡。

不……不行。不……不是。我是……是……

你说要……要陪我一醉到底,想反悔?

不是,不……

拿酒来!

服务生又拿一瓶过来。

赵春祥拿起一看,是啤酒。啪,咣咣咣。啪。他把啤酒扔到邻桌上,酒在桌上滚了几滚掉到地上。他啪地拍了一下桌子,吼道:我让你拿……拿白酒。你以为我喝……喝醉了,糊弄我,没……没门,拿白酒!

服务生只好又取一瓶杜康过来。

打……打开,倒……倒上。弟弟呀,来,别装狗……狗熊。

赵哥,我……我想睡觉(周树勋平常半斤酒量,极限是八两。现在早超了极限)。

不行。我不说回去,你就不能说回去。来,干,干呀! 拿起杯子,嘭,对,来来,再碰一下。对,乖。弟弟,刚才的话说到哪了?

说……说到你想和我、我媳妇睡觉。我记着呢。

你真记得?

记得。我……我都跟……跟姚月睡了,我能不叫你和我媳妇睡睡嘛,是不是? 咱俩,谁跟谁呀。咱是哥们,咱是亲兄弟。我……我是大……大鹏的叔,干爹,亲爹,这可是你说的。

是……是我说的,你……你没喝醉,你脑子清醒着呢。你说,谁叫我戴绿帽子的?

我……我呀。

当哥的该不该罚你?

该罚。

该罚。那,叫哥怎么罚你?

我连灌三杯,中不中,赵哥哥?

中!这才像男人。

周树勋喝完一杯,身子下的椅子开始不听话了。扑通,周树勋栽在地上。赵春祥走过去,把他拉起来。你不行了。

谁不行了?那是椅子打……打滑。

你说你不行了,咱立马走。

谁说我不行了。喝,来,干杯。哎,哥,你咋不喝了?

嗨嗨嗨。你叫你哥还咋有脸活呀!我一大老爷们,媳妇叫人睡了。叫谁睡了?叫我的兄弟呀。我没脸见人啦呀!我一大老板,工人们怎么看我?街坊邻居怎么看我?我的孩子们怎么看我?啊?弟弟呀,咱俩是兄弟。你说,我该怎么办?怎么办?啊?

别哭了,还男人呢。

不哭有啥办法?啊,你说,你是我兄弟吗?

当然是啦。我要自杀,你可别管我呀。

非管。

不叫你管。我要去撞汽车,我要去卧铁轨!

我不叫你去。还兄弟呢!对,咱就是兄弟。你要去,我陪……陪你去。

你怎么这么傻?这是我的事,不是你的事。

谁说不……不是我……我的事。哥的事,就是……是弟弟的事。

好兄弟。走!

去哪?

北边的火车站。

走,咱们一———一块去。

两个人相扶相拥着走出大棚。

服务生追出大棚:先生,还没结账呢。

结你个头! 赵春祥骂。

周树勋甩出几张 "领袖像"。

赵春祥哼着曲儿:月亮走,我也走……山不转哪水在转,水不转哪人在转……该出手时就出手,风风火火闯九州啊……

通往火车站的街是条大街。高高细细的太阳能路灯发出清白的光,街道两旁店铺的灯箱、广告也为亮堂的街道贡献着力量。高空的月亮,看到赵春祥和周树勋胳膊挽着胳膊、颠三倒四地唱着歌,一如既往,一路跟了来,跟着两人来到车站广场,跟着两人绕过候车厅,从旁门进了火车站,站在了站台上。

随着近些年火车的连续提速,这个陇海线上原本热热闹闹的县城火车站,现已变成了个不起眼的小站。到了夜晚,站内站外冷清得就像到了万安山上的山张林场。值班室里亮着灯,里面传出的鼾声绕着足有三层楼高的车站大厅回响。

车站大厅前有两个长长的花池,花池四周是供人坐的水泥台子。赵春祥停止了唱歌,坐了上去。周树勋坐在了赵春祥身旁。

弟呀,你走吧,你送我到这儿,已很够义气了。赵春祥一字一句地说着,好像刚才叽叽哇哇胡乱唱歌的根本不是他而是别人。

我……我不走。我要陪……陪着哥哥。

赵春祥站起,站到周树勋对面,用手轻轻扇了两下周树勋的脸,说道:你还醉着,你还没醒。

谁说我……我醉了?我根本就没……没醉。

那我问你,哥来这儿要干什么?

哥说来卧轨自杀嘛,你当我忘了?

你知道就好,看来,你还清醒。那你就走吧,你能陪哥这么长时间,哥哥已感激不尽。赵春祥松开周树勋,自己朝铁轨走去。

哥,你真要自杀呀?你……你想好了?周树勋的酒气好像跑了。他追上赵春祥,拉住他的胳膊,说,你……你为孩子们想了吗?你替……替姚月想了吗?

别跟我提姚月。婊子!孩子们的事,我现在哪还管得了!

哥,你……你可要想好呀。这可不是儿戏!

当然不是儿戏。哥说话啥时儿戏过?你走吧,我不连累你。你替我好好照顾姚月和孩子。赵春祥挣脱开周树勋。

不中!弟弟不让你走。

一列货运列车轰轰隆隆而来,风驰电掣呼啸而去。

哥意已决。哥已没脸见人,非死不能解决。你松手,让哥哥走得体体面面。

咱俩还是兄弟吗?

是。

电视里咋说的,不求同年同月同日生,但求同年同月同日死。是兄弟,就要有福同享有难同当。哥哥要死,弟弟陪你。弟弟不是那种不讲义气的人!

别胡说了。咱们俩不是那种兄弟。你别傻了。

我不傻,走。周树勋拉着赵春祥走到站台边,嗵嗵两声,跳下站台,跳过一对铁轨,来到刚刚通过火车的铁轨之上。

弟呀,这可是性命攸关。你再好好想想! 你不要当哥的殉葬品。

哪里话,别把弟看扁了。来吧,咱就坐在这儿。说不定咱俩还能把火车给顶回去呢,哈哈。

你不后悔?

绝不后悔!

那,既然这样,咱这样坐:我坐西,你坐东,中间隔两米。

那为啥?

靠右行,交通规则,你知道吧?

嗯。

咱这是下行道,车从西边来,先要从我身上轧过。如果你害怕了,想改变主意,到时还来得及。你看咋样?

中。哥,你真讲义气。

那我喊口令了,咱一齐行动。立正! 坐下! 一二三,我坐端。四五六,手背后。

哎,哥,你看,月亮在看着我们笑呢。周树勋仰着头嗦嗦地笑着。

该死的月亮! 关你什么事? 看什么看,笑什么笑。

哥,你别那样对月亮,我觉得月亮是好心。咱叫月亮给咱哥儿俩做个证吧?

做证? 做什么证? 月亮懂个屁。

　　　　　　　　　　　　　　　　　　　　　　厚土

它懂。咱让月亮见证咱俩的兄弟情谊,见证咱俩的英雄壮举。咱们一起喊"不求同年同月同日生,但求同年同月同日死"怎么样?

……也中。那,那咱一起喊,三二一……

二人齐声:不求同年同月同日生,但求同年同……

轰隆隆,一列火车驶来,汽笛盖过了一切声音,但还是有一声人的尖叫隐约可辨。很快,列车司机给车站打来电话:有人卧轨,请速查实。

铁路民警来到站台,发现站台上躺一男子,身上有酒气,呼吸急促,但安然无恙。铁轨上,灰白的月光下,昏黄的路灯下,散落着一具模模糊糊七零八落的尸体。这时,一名女子从候车厅的门缝里挤出,疯子一般跑过来。来到站台边,看到铁轨上模糊的惨状,凄厉的尖叫霎时刺破铁轨上方用电线织就的夜空,直逼高高在上的月亮。

"班耻"纪念日

嘭嘭嘭! 嘭嘭嘭! ……一连串急速敲门声, 处在似睡非睡状态的韩非子、杨柳青等, 打着手电看书的李红军、牛耀祖等, 刚刚进入梦乡的吴互助、程土改等……无一例外地猛然坐起, 目光穿过林林总总的床腿护栏, 齐刷刷射向门的方向。虽然无声, 但谁都能听得见相互之间心中的疑问: 这谁呀, 三更半夜的?

这是一个由教室改成的大寝室, 十张床, 上下铺, 全班十八个男生悉数栖居在内, 还余下讲台以及周围一大片空间——脸盆水壶放置地。因为突然恢复高考, 上级下达招生指标超出学校容纳限度, 一栋宿舍楼怎能满足? 即使再建也来不及。学校只好走一步说一步, 把仓促建成的教学楼底层西头教室辟作寝室, 七七届英语班男生悉数安置其内。教学楼南边是大操场, 北边是由学校大门通往校园深处的林荫大道。到了晚上, 特别是有月亮的夜晚, 南有月光辉映, 北有路灯衬照, 寝室里依稀有光, 总感觉是天色破晓旭日待出的时候。

睡在下铺的班长韩非子(班长原来不叫韩非子, 叫韩斐。本来没什么, 叫着也挺顺。但有一次填表格, 班长让佟吉祥代笔, 佟吉祥踌躇半天写不出来。站在一旁的庞社会说, 那个斐字有点偏, 不如写个简单的。佟吉祥随手写出 "韩飞" 两个字。韩飞,俗。庞社会说，全国单名飞的人，不说上亿，也是百万千万。改作韩非，怎么样？我看行。宗在渊说，战国末期大政治家、思想家的名字，配得上咱班长。那胜叫韩非子？听上去更有文化。牛耀祖说。韩非就是韩非子，就跟孔丘孔子一个样。吴互助说，韩非子既是韩非，也是书名，是后人把韩非的著作编纂成册起的名。就跟班长叫韩非子，大家说，怎么样？大家异口同声：同意！我不同意。班长说，名字是我爷爷给起的，不能改。那你回老家叫韩斐，在学校叫韩非子。佟吉祥说。有道是理解的要执行，不理解的，也要执行。民心所向呀。就这样决定了！于是，韩斐变成了韩非子），麻利地飘至寝室门口。就在他打开门的一刹那，掌控开关的邓不舍咔嗲一声，打亮了离门口最近的六十瓦白炽灯，韩非子披在肩上有点儿发白的军绿色棉袄、红色的三角裤头、虽然细瘦但很强健的赤裸双腿、鞋脸上贴了几块"膏药"的塑料凉鞋，暴露在带着几圈黄晕的灯光之下。门开处，年轻的辅导员达坂城"啊"了一声——要不是这一声啊，"和尚们"还不知道门外站着的是达坂城。

达坂城的真名叫陆咏絮。陆咏絮是"工农兵大学生"，毕业后留校做了辅导员。学长们都称她校花。七七届来了以后，仍套用以前的称谓，叫她校花，尽管她已是老师。陆咏絮虽然身材中等，不胖不瘦，上身下身的搭配并不完全符合黄金比例，但她出彩的地方在脸上。她的脸像"红粉佳人"，脸蛋圆嘟嘟的，眼睛又大又圆，眉毛跟画上去的一样。要搁现在，肯定有"人造美女"之嫌，可那个时候，整容一词还"深锁闺房"，不为人知，陆咏絮是地地道道的"原生态"。有一天晚上，熄灯以后，在大家的鼓动下，艺术细胞丰富的牛耀祖唱起了歌。他唱《小花》，唱《泉水叮咚响》，唱新疆民歌：《掀起你的盖头来》《达坂城的姑娘》……（他的歌曲新潮，悦耳动听，弄得爱唱京剧的徐一凡、爱唱豫剧的邓不舍都不好意思在大庭广众面前亮嗓子了）爱听豫剧对流行歌曲一窍不通的吴互助，突然问道，你刚才唱的叫什么？《达坂城的姑娘》。有人抢答。你们说说看，我们辅导员像不像达坂城的姑娘？达坂城的姑娘辫子长呀，两个眼睛真漂亮。有人模仿着又来了两句。咱辅导员虽说没有长辫子，但眼睛漂亮，脸型也好看，"就像那苹果到秋天"。这一句是《掀起你的盖头来》里的歌词。不管是哪一首歌的歌词，咱辅导员像不像达坂城的姑娘？达坂城的姑娘？像，像极了。那么，跟辅导员叫达坂城的姑娘，如何？我看行，贴切。校花，俗。不过，达坂城的姑娘，有点儿长呀（唱出来的）。那咱也来个缩写？按英语首字母缩写法，叫达姑，怎么样？达姑，大姑，不好听，还不如叫达坂城呢？陆咏絮不过二十三四，同学们大多都已二十五六、二十七八，最大的程土改三十岁，让大家叫大姑，显然有点儿"差辈儿"。叫"达坂城"怎么样？同意！声如雷震。从此，"达坂城"取代了"校花"。从此，达坂城成了男生口中使用频率最高的词。没过多长时间，达坂城传至女同学耳中，很快也被女同学所接受。什么事情一传到女同学嘴里，那就离"校园广播站"不远了。教精读的李清华（兼系主任）老师最先知晓。其次是教泛读的关文杰（系党支部书记）老师。教语法的董一凡老师最后一个知道，他不可能比陆咏絮本人先知道，因为，董一凡老师"两耳不闻窗外事，一心只教圣贤书"。学校里大事小事，似乎都与他无关。和他谈起话来，或听他讲课，他会冷不丁说，我和金校长（"文化大革命"中被造反派整死）没有深交，只是一杯清茶而已。我没有揭发别人，更不会陷害别人，我虽然上的是教会中学，但我不信教。他这话老师们听来，可能还能听出个子丑寅卯，但学生们听了，却是一头雾水，不知所云。李老师、关老师、董老师等，对"达坂城"没有过多反应，反正事不关己，只是会心一笑。陆咏絮的反应可就大了：谁在这儿瞎咧咧？啊？你们知不知道，给老师乱起外号，是不尊重老师的可耻行为！谁起的，尽快坦白交代，否则，等我查出来，一定要他好看！她用的是幼儿园老师教训幼儿的口气，对于"老油条"们，效果显然不佳。她给出的坦白交代期限是两天。

两天过去了；一周过去了……

没有人坦白交代——不是不敢坦白，而是，那天晚上，七嘴八舌的，谁知道是谁最先叫出的达坂城？

大家一直提心吊胆，唯恐陆咏絮再做进一步的追查。谁知，无论课上或课下，达坂城再没有提及，似乎根本就没有发生过这档子事。那么大的响雷，却没带来一星儿雨点。

达坂城那天发那么大火，后来怎么再也不提了？晚上熄灯以后的"夜总会"上，王大庆提出自己的疑问。

放心吧，她不会再追究了。程土改说。

为什么？

这不明摆着吗：达坂城对达坂城这个外号很受用。程土改是班级观察员兼评论家，再简单的事情，比如窗外法国梧桐树上的麻雀拉一泡屎掉地上，他都能分析出甲乙丙丁，ABCD……个原因来。

女人，甚至包括男人，都喜欢别人说自己长得美、长得帅。只要是能给自己的美上有所添加的任何用词和表达，女人都不会拒绝,比如,现在的"美女",叫谁谁答应,无论是小姑娘还是老太太。于是,大家大胆地叫起达坂城来,甚至当面也敢叫。

听出是达坂城,大家一阵骚动。

韩非子说声"对不起",转身跑回自己靠近中间窗户的床铺。

韩斐,白素玲丢了! 陆咏絮刚由学生变为老师,身份的转变远不彻底。再者,所兼班级的学生,年龄大多比自己大,因此,在学生面前,给人的感觉,她不是老师,仅是一个班干部——班干部,也不是那种独当一面的班长或者团支部书记,而是生活委员,最多相当于学习委员。她安排布置工作时,向来轻声细语委婉动听,从不会粗声大气(那一次质问谁给她起外号是例外)。既然是学习委员,或者说是生活委员,那么,一个为其撑腰、为其壮胆的班长就必不可少。班长韩非子,二十六岁,当过六年兵,其中三年为连文艺宣传队队长,不仅阅历广、生活经验丰富,而且身上硬朗果敢的军人作风十分明显。于是,韩非子自然而然地就成了陆咏絮的"班长"。无论什么事,陆咏絮都先把韩非子叫到跟前,听取他对事件的看法,征求他对事件的处理意见,然后再由他带头实施。时间一长,不仅在吴互助、程土改嘴里,就连老师们聊起话来,也都说陆咏絮和韩非子是狗皮袜子——起初,这个狗皮袜子含义简单,人人都明白,指的是达坂城与韩非子老师学生之间的界限模糊、身份错位,比如,两个人在一起,正襟危坐的常常是韩非子,垂首站立的往往是达坂城;达坂城喊韩非子的时候,仍是原名韩斐,韩非子叫陆咏絮时,不是陆老师,而是达坂城。后来,也就是七七级临近毕业的两个月里,这只狗皮袜子的含义增加了,增加的是什么,那是司马昭之心。

看到韩非子几乎全裸的下身，陆咏絮没有羞涩和不自在，反而疾步入内，追着韩非子，直追到床头——寝室中央的空旷地带——方才站定，惶恐而怅然地说：白素玲丢了！

达……韩非子嘴里的"达坂城"刚吐出个头，身子和尾巴却变成了陆老师。陆老师，别急，别急，慢慢说。韩非子一边蹬着裤子，一边安慰达坂城。他穿戴的过程中，达坂城一连气说了好几遍"白素玲丢了"——有几分祥林嫂叙述儿子被狼叼走的意味。

韩非子穿戴好，站在达坂城面前，问：到底怎么回事？

白素玲丢了，到现在见不着人影。

见不着人，不一定是丢了，或许是找同学老乡，或者是找亲戚朋友玩儿去了。

不管是去找谁，不管是去哪玩儿，都该回来了，整整一天一夜了！

校内找了吗？外班寝室、教室、操场，还有湖边、小树林，都找了吗？

找了，都找了。吕品端带着谷苗、韩梅开、庞丽芳等，学校都找遍了，只差没到校外找了。

别急，我们到校外找。老哥老弟们，都起来，起来！

其实，这期间，大家都在穿衣服，只是穿裤子时，是在被子下面进行的。

快，都起床，起床去找！杨柳青不甘落后，业已穿好衣服，和韩非子并排站在了陆咏絮面前。

在班里，论年纪，程土改老一，杨柳青老二。论职务，韩非子是班长，杨柳青是团支部书记。如果说，韩非子是陆泳絮的左膀，那么，杨柳青应该是陆咏絮的右臂。但实际的情况是，陆咏絮和韩非子成了狗皮袜子，与杨柳青却"相敬如宾"，有一说一，有二说二，界限分明。

程土改，吴互助，佟吉祥，庞社会，况有根，徐一凡，邓不舍，王大庆……纷纷穿好衣服，跳下床，齐刷刷站到达坂城面前。虽然陆咏絮当辅导员一年多了，但她走进男生寝室的次数并不多，尤其是晚上大家睡了以后。

陆老师，你说怎么找吧！十八个男生齐声道。音调虽然不高，却仿若春雷，震得夜半宁静的教学楼微微晃动。看着黑压压的人群，感觉着春雷般的震动，达坂城心中既有"千军万马听我令"的豪迈，又有"一方有难八方支援"的感动——内心深处，七七班就是她的"私有财产"，班里的学生丢了，"财产"遭受损失，自己就是有难的一方。

同学们，这么晚了还来惊动大家，真是对不起。要不是事出紧急，不会来找大家。现在是凌晨一点一刻，白素玲已经失踪三十六个小时了！昨天是周六，她下午没上课。今天一天没露面。虽说是星期天，但也不正常呀。白天没见，晚上该上自习了吧？没有！晚上没上自习，熄灯以后该回寝室睡觉了吧？还是没有！

她会不会是和中文系的老乡一起去了市区？

没有。吕品端去中文班问了，她老乡在寝室。老乡说，周末就没见过她。

别的班都问了吗？杨柳青问。

问好几遍了，没有。我让几个辅导员帮忙，确认了各班的女生人数，一个都不少。吕品端一个寝室一个寝室问了个遍，也没有！

吕品端是女生委员，大家都叫她"大妈"。女生中，吕品端年龄最大，和杨柳青一个属相。年龄大不是主要的，主要是她的大妈做派。她细心周到，在班级这个大家庭里，宛若母亲。比如，冬天早上上操，队伍刚排好，她会先于体育委员站到队前，看看每一个人衣服穿得厚不厚，帽子戴了没有，尤其是王大庆、苏跃进、庞丽芳等几个"小鲜肉"（大学生本该都是小鲜肉，但七七级大学生中，小鲜肉是凤毛麟角）；比如，开运动会，她总是啦啦队一员，在每一个项目比赛开始之前，她会把每一个暖瓶灌满水，把摆在操场边桌子上的空茶缸里倒满水，等着参赛回来的同学喝；再比如，每天上课，每一个同学都是她的观察对象，无论哪一个人的衣服扣子掉了，线头开了，她会第一时间注意到，下课时，她会叫住他（她），要他（她）晚自习下课前把衣服脱了送给她。第二天，她把衣服缝好拿到教室，等着他（她）……所以，全班三十个同学，二十九个喊她"大妈"，她在同学们中享有声望。刚开始时，被人叫作"大妈"，吕品端推辞谦让（并不是生气），叫得多了，时间长了，也跟陆咏絮对待达坂城一样，乐意地接受了：当面，背后，尽叫无妨。三十年后，同学聚会，王大庆的"大妈"刚一出口，就被"大妈"给截断了：我有那么老吗？随即离开座位，在桌子间走起模特步来，最后一个青春美少女造型，萌得众人晕头转向。那个年代，老就是老，年轻就是年轻，没有什么装嗲卖萌。

既然吕大妈都说白素玲丢了，那就真有可能是丢了，她不会说谎，也不会夸张。

陆老师，我又到外班的几个寝室看了一遍，还是没有！说话的是吕大妈。她刚刚走进男生寝室，呼吸带喘上气不接下气。

陆老师，吕大妈，你们别担心，不会有事的。杨柳青说。

陆老师，你回你的卧室等着；吕大妈，你回你们寝室等着，我们分头去找。一会儿，把白素玲带到你们面前。韩非子说。

怎么找呀？达坂城和吕大妈站着不动，因为一个笼笼统统的找字，根本解不了她们的心头之惑。

既然校内都找遍了，那就到校外去找。我们兵分四路，一路出校门顺洛河往东，一路顺河堤向西，一路过桥到市里，一路向南到校办农场。"不管部部长"佟吉祥开了口。

一直没有听见佟吉祥的声音，大家正觉得不正常呢。做个不恰当的比喻，他就像电脑里的内存，没有它，电脑系统就无法正常运行。不管部部长，和吕大妈一样，不是个随便的外号，是得到全班同学首肯，是佟吉祥用无数次实际行动和能力证明了的。不管部部长管什么？什么都管。辅导员达坂城、班长韩非子、团支书杨柳青以及班干部们管不了、管不好、不想管的事情，他都管，或者说都推给他管。如果搁别人，根本不会去做那个冤大头，但他不计较，对什么事都热心上心，比如，想和别的班举行一场篮球赛，他去联系；元旦晚会的教室布置、花生瓜子彩纸购买，他跑腿；郊游时，车辆联系、行程安排、照相洗相，他负责；校办农场劳动，工具的借用归还，他全包……班里每逢遇到什么事情，佟吉祥可能不是第一个提出建议的人，但他的建议往往被大家所接受、所采纳。

以能力论，佟吉祥应该是班干部，但他不是。最初竞选班干部时，他是少数几个不参与者之一。因为不是党员，他没有得到

　　　　　　　　　　　　　　　厚土

老师、同学的举荐，被认为是没有当班干部的条件与能力。当时的大环境，虽说已经开始重视知识，但评判一个人能力强不强，仍是以是不是党员为最基本条件。一个学生，向不向组织靠拢，是评判其积极不积极、有没有上进心的试金石。

佟吉祥不是党员，也没有入党的意愿和表露，这和他的出身有关。他家是"小资本家"成分。新中国成立前，他家开有面粉厂。新中国成立后的几十年里，先是他的爷爷被划入"只许规规矩矩，不许乱说乱动"之列。他的爷爷死后，是他的爸爸。为此，他表现得再好，也没有加入少先队、共青团的资格。从小学到初中到高中，他从没有当过班干部。高中毕业后，因为成分高，所以没有上山下乡的资格。因祸得福的他，很幸运地被允许到一家锁厂当临时工。锁厂里，每年都有十多个人被组织吸纳为"新鲜血液"。上山下乡他都没有资格，加入组织，他更没有资格了。

"四人帮"倒台后，他跟着收音机学习起了英语（在不学abc照样干革命的大氛围里，他偏就对英语感兴趣）。一恢复高考，他成了师院七七级英语班的一员。没有加入少先队和共青团，没有入党，不耽误他才能的发挥，不耽误他个性的张扬。无论在初中、高中，还是在锁厂，他都是活跃分子，是课外、八小时之外活动的组织者与参与者。他家住洛城老城，现在的说法是城中村。在来自农村的同学眼里，他的穿着、打扮、气质、风度，属市民；在来自市里的同学眼里，他说起话来，满嘴浓重的洛城本地腔，归属到农民行列。他的"双重身份"使得他既能和"城里人"谈得来，又能和从农村来的同学说上话。刚来到师院，大家互相不熟悉、不了解，没有觉察出佟吉祥多有能耐，没有认为他没有当班干部是多大的浪费。但当大家在一个锅里捞了几个月稀稠之后，在一次次班级活动之后，佟吉祥的能力、价值被重新认识了。

佟吉祥没当班干部，真是屈才了! 吴互助说。

吴互助的话得到了许多附和与支持。于是，在一次"夜总会"上，有人提议：把佟吉祥增补为班干部。

这个提议提出的那一段时间，佟吉祥的爸爸有病。为照顾爸爸（他是独苗，妈妈身体多病，仅能照顾自己），他请了假，晚上倒几路公交车回家，不住在寝室。如果那几天，他在寝室，要么大家就不会这样说，要么大家一张嘴，就被他给堵死了，便不会有下面的辩论。

他能当什么? 反对的声音不多，但比较强势。

什么都能当。生活委员、纪律委员、学习委员，就是团支部书记或班长，他都能当! 吴互助和程土改不一样，有什么说什么，从不遮遮掩掩。

他没入党，连团员都不是，怎么能当团支书? 和吴互助站在对立面的是纪律委员况有根。

他没入党，没当过团员，但比团员、党员的能力强得多、在上得多! 吴互助不怕抬杠。

要不是杨柳青及时转移话题，吴互助和况有根的杠不知要抬到什么时候。黑灯瞎火的讨论会，话题五花八门，无所不包，说过了，也就算了，没有人当真。但，吴互助当了真。第二天，他找到达坂城，要求再开班会，补选佟吉祥为班干部。

吴互助的建议没有得到批准。原因有三：一、佟吉祥知道了吴互助的提议以后，跑到达坂城办公室，对达坂城再三表示，他不想当班干部，也没有当班干部的能力。还以爸爸有病为借口，坚决回绝。二、班级生活刚步入正轨，大家不想"折腾"。三、班干部配齐了，没有空缺。如果让佟吉祥当班干部，叫谁不当呢？又不是现在的行政机关，因为某个人，随便设立个助理什么的岗位，安插上去。

补选佟吉祥为班干部，是吴互助向达坂城提出来的。话没能奏效，吴互助便觉得脸上无光，总想为佟吉祥做点儿什么，一来"补偿"佟吉祥，二来为自己垫个台阶下。还是晚上的"夜总会"，当说到一些国家的体制时，"不管部部长"（说的是不管，其实什么都管）一词进入了大家的耳朵。

让佟吉祥当咱班的不管部部长怎么样？吴互助兴奋地说。

同意！同意！同意！

于是，"不管部部长"的称谓就安到了佟吉祥头上。对此称谓，佟吉祥的态度如何？似乎与陆咏絮对待达坂城、吕品端对待吕大妈一样。

就照"部长"说的办。杨哥，你带领苏跃进、朱爱武，顺洛河大堤往东，向下游寻找；况有根，你和吴老哥、王大庆，顺洛河大堤往西，往上游寻找；庞社会，你带领佟吉祥、李红军、牛耀祖，到市区里寻找；程大哥，你和宗在渊在家留守；其余的，和我一起，到校办农场寻找。韩非子大声分派着。

分派完毕，达坂城还是眉头紧锁、双唇紧闭，一副紧张担心状。

"我办事，你放心"——当时的流行话，颇带几分幽默。但这个幽默没有引来笑声。这会儿不是笑的时候。看看达坂城和吕大妈仍站着不动，韩非子又道：陆老师，吕大妈，你们静候佳音吧。

人群骚动起来，吕大妈拦住，道：穿厚一点，外面冷。

杨柳青招呼一声苏跃进和朱爱武，率先走出寝室。

出寝室门向西，拐过楼角，就是学校的大铁门。大铁门锁着。来到跟前，杨柳青刚要喊看门的老杜，朱爱武已拉开刚好能过一个人的小门。

杨柳青第一个钻出小门。杨柳青处处事事为大家做表率——不管别人感没感觉到，他非这样要求自己不可，不管是在寝室、教室，还是在其他场合。

杨柳青知道，自己举轻若重，活得累。本来，他是团支部书记，有关党团组织建设，比如吸纳新鲜血液，李红军、苏跃进申请入党，王大庆、牛耀祖申请入团；五四青年节，七一建党节，学校组织活动等，他管，他负责，其他的事情，卫生啦，纪律啦，班费的使用啦，等等，尽可以由韩非子去负责。但是，他控制不住，无论什么事，要让他做到袖手旁观，就如同一个母亲看到跌倒的幼儿而不伸手扶一把一样。好像天生就是这样。他不是好管闲事，也不是"手伸得太长"，而是"主人翁"意识，而是"天将降大任于斯人也"的责任感：我既然当了团支书（相当于各级政府的党委书记），我就要负起团支书的责任，就要把握好大方向。背地里有人说他这是出风头，是和韩非子争权夺利。杨柳青针锋相对，明里暗里宣示自己的主张：我绝对没有争权夺利的思想，我所做的是为班级树立什么风气、走什么路线着想。我们是师范生，将来要当教师，如若在大学里没有树立正确的人生观，将来怎么教育学生？怎么做学生的表率？这是大问题，是大是大非，是路线斗争！就像毛主席教导我们的那样，中国革命几十年，无时无刻没有路线斗争。中央有路线斗争，省市县有路线斗争，我们班当然也不例外。

杨柳青要坚持路线斗争，要把握"大方向"，韩非子走的路似乎很泥泞，脚上穿的鞋似乎也不把滑，总有滑倒摔在路沟里的危险。而且，韩非子还不是一个人，他是班长，他要滑倒，他要出什么岔子，受损失的可是全班！因为总是这样想，所以他感觉肩上的担子很重很重。然而，让他憋气的是，他的忧患意识，他的责任意识，总是不被理解，尤其是韩非子以及整天围着韩非子转的那一些人。不理解，倒没什么，问题是，他们有时候还把不理解转换为对着干。

元旦晚会就是个例子。韩非子和佟吉祥主动提出负责筹划。这没有什么，他们想搞让他们搞去，都是为了班集体嘛。但是，他们筹划的晚会，简直是乱弹琴：唱的歌曲全都是《达坂城的姑娘》《掀起你的盖头来》《小花》等情呀爱的靡靡之音！他是在此前一天才了解到的。那么多好歌曲，《歌唱祖国》《闪闪的红星》《乌苏里船歌》……你们不选，偏偏选这些？当时把陆咏絮叫作达坂城，他就不同意，起外号，不说要具革命性，最起码起个响亮的，带点正气的，专找那些不健康的！因为是晚上，是信口胡言，他不好发作，没有阻拦。现在是要办晚会，是正儿八经的活动，哪能胡来？他立马把韩非子叫到跟前，严肃庄重地，正儿八经地，提出要他们把不健康的歌曲删掉，换成革命歌曲，如若不然，他就向系里反映。其时，社会上就是有那么一股力量，否定毛主席，否定过去的一切。杨柳青看不惯。对于社会上的逆流，他没办法，在班里，他总有一点发言权吧？他这次一定要显示一下"正能量"。最终，他的意见被采纳，增添了一些革命歌曲，重温了革命样板戏，让徐一凡、邓不舍都上了台。

另外一次是看日本电影《望乡》。《望乡》是什么电影？纯粹是色情。那么多低级下流的画面！然而，在学校操场上看了一遍之后不过两周，街上电影院再次上映，韩非子提议，拿出班费全班再去看一次（班费怎么来的？是全班同学从垃圾中捡来的，是全班同学收集废纸、牙膏皮、塑料等积攒下的）。这样的事情如果不阻止，发展下去，那还了得？在大学里，满脑子灌输的都是这些低级下流的东西，将来当了教师，会把学生引向何方？把学生教育成什么样子？真是不敢想象。惊马狂奔，后患无穷，他要充当欧阳海。

更大的交锋围绕着"美国之音"展开。国门打开，崇洋媚外之潮流昌盛有加，尤其是对美国。具体的表现是听"美国之音"。前几年，美国之音是敌台，听了是犯罪，是要被当作人民的敌人看待的。现在，虽然和美国来往了，关系将要正常化了，但它的帝国主义本质没有变，它的资本主义制度没有变，它仍是我们的敌人。这一条，我们要牢牢铭记。可是，韩非子、李红军、牛耀祖他们就是要把这一切都扔到脑后，打着学习英语的幌子，早上、中午、晚上，中央台、河南台不听，专听"美国之音"，在寝室里大肆播放。不仅播放，而且将声音开到最大，想要全世界都听到似的！杨柳青就是听不惯。他要制止！说来也怪，差不多所有人都喜欢上了"美国之音"。要与所有人作对，不是明智的选择，即使你坚持的是正确的东西。说实话，"美国之音"的确有可听的地方，比如英语九百句，国际新闻等。但说一千道一万，"美国之音"毕竟是敌对一方的东西，毕竟是美帝国主义的口

厚土

舌！必须得限制。在杨柳青的坚持下，掌控收音机的李红军，不得不减少了早、中、晚饭后"美国之音"的播放时间。晚上开收音机，也只听英语九百句，听有关中国、越南的新闻，其他节目，一概不允许。

几次交锋过后，杨柳青自信地觉得，虽然仍有"逆流"，但大方向基本把握住了。

参加高考前，杨柳青是民师。他是高中毕业后直接进村小学当民师的。到村小学以后，他和校长成了好朋友。校长是外乡人，家离学校三十多里。周末，或节假日，杨柳青常常到学校去，陪回不了家的校长下象棋、打乒乓球等。到吃饭的时候，领着校长到自己家（当时，校长和另外两个公办教师，吃饭安排是全村各个生产队轮流，从东街到西街，从一队到二队，凡有学生的家庭挨个轮，礼拜天和假日除外），家常便饭尽着校长吃。校长五个女儿，没有儿子。看到聪明好学、善解人意的杨柳青，校长甚是喜欢，有意无意地把他当成女婿来培养。杨柳青二十三岁那一年，校长正式把自己的二女儿介绍给了杨柳青，又让他入了党——有心让他当接班人。当时的副校长，因为和校长不一派，处处事事和校长对着干。校长多次试图把副校长调到别的村子，但都没有成功。原因是副校长和大队支书走得近。结果是，校长没有把副校长调走，反而自己被调到了别的大队。副校长升为正校长。升为正校长的副校长，把杨柳青看作对立派，处心积虑贬损他、刁难他、排挤他，甚至有把他开除出教师队伍的险恶用心。在这样的情况下，他不得不奋起反击，拉起一帮跟原来的校长走得近的人，公然和副校长叫板。他是"坐地苗"，又是贫下中农，他害怕什么？况且，杨家在村里有着强大的势力，大队支书不敢轻易得罪。这个校长是公办教师,邻村的。几个回合下来,他们一派不仅没有被削弱,反而队伍还有所扩大。要不是他考上了师院,说不定他已把这个外来和尚给撵走了。

村小学的几年峥嵘岁月,对他是个极好的锻炼。眼下班里的情况,跟那时的村小学有许多相似之处。不同的地方是他不是和某一个人斗,而是在和一种思潮、一条路线、一股逆流斗。凡是正确的东西,他一定坚持,并要坚持到底。这一会儿,找人是大事,是当务之急,他不能落后,一定要走在前头。

杨哥,白素玲怎么会丢呢?苏跃进问。

不会是被绑架了吧?朱爱武问。

什么绑架。只听说旧社会有绑架,新社会,你听说过?苏跃进不信。

那么,是和男朋友私奔了?白素玲有男朋友吗?

什么男朋友。上学期间,学生不能谈恋爱。这是规定!她敢谈恋爱?

明里不能谈,暗地里谈嘛。白素玲多大了?听说——绝对是听说,有个男老乡,跟她走动很频繁。

朱爱武的话让杨柳青如被泼了一瓢冷水样激灵了一下。他来上学前也有对象,但来校后,又没了对象!为什么?他不是陈世美,相反,他的对象是陈世美。他的对象就是原来村小学校长的二女儿。他们处对象以后,因为距离远(当时的三十多里,称得上"相距万里"),两个人见面的机会不多。接触了几次以后,杨柳青发现对象是个爱学习、上进心极强的姑娘。杨柳青很欣赏。相处了两三年后,杨柳青觉得他们步入婚姻殿堂该是水到渠成了,然而,他的几次求婚都被拒绝。为什么?杨柳青是

　　　　　　　　　　　　　　　　厚土

初中老师，当时的大知识分子，对象觉得配不上他，非要努力学习，也当上老师（其实是想接父亲的班）才答应谈婚论嫁。所以，他们相处的时间不短，却终没有走向终点——结婚。当高考制度恢复，对象和杨柳青一样走进考场。结果出来，初中毕业的对象考得居然比杨柳青好得多，上了省城一所有名的师范学院！一个学期不到，一封断交信从省城飘来，从此，他们的恋爱宣告结束。这段感情的终结，于杨柳青，就如某一天吃饭时嘴唇上被牙咬出的血泡，他为此痛过、难受过，但好了之后，什么也没有了。他为什么没有像有的人那样，失恋如世界末日到来般要死要活？杨柳青分析，一是因为他们两个见面的次数不多（仅是过年过节礼节性的拜访），远没达到走进彼此内心深处的程度；二是他们两个都属"事业型"，都是持"两情若是久长时，又岂在朝朝暮暮"的开放态度。这是他的分析，也是他对别人说的话。不过，感情车轮轧过，不可能不留下任何痕迹。不管他承认不承认，这场恋爱过后，内心深处，他对"感情"产生了一点儿鄙夷和厌恶。

女人，麻烦的代名词。杨柳青咕哝了一句。

两个年轻人都听见了他说话，但没有听清楚他说的是什么。杨柳青突然意识到自己失口，马上改为：白素玲因为什么丢了，现在还不得而知。咱三个现在的任务是，顺洛河大堤，向东寻找，看到白素玲，把她带回去。其他的，咱先不用管。

白素玲不会跑到这里来。要谈恋爱，这也不是好地方呀？朱爱武说。

天上没有月光，只有寥落的星辰。河堤的两边黑黝黝的，脚下似乎有草，远远近近还没有长出叶子的树，幽灵般地伸展着枝杈。洛河还处在枯水期，泛着幽光的河水似乎离得很远。

怎么不是好地方？在俺老家，男女谈恋爱，都是到河边，到河堤上。苏跃进说。

所以说，我们要来河堤上寻找。你们俩都还年轻，前途无量。无论在班里，还是在外面，都要以身作则，行得正站得直，别人想抠你毛病也抠不出来。你们表现好了，想入党入团，那还不易如反掌？听老哥的话，只有好处没有坏处。走，咱们继续往前走。杨柳青语言恳切。

况有根、吴互助、王大庆跟在杨柳青一组之后出了校门。校门外的大街，白日里嘈杂喧闹，这一会儿没有车辆行驶，没有店铺门板磕碰，没有店主顾客之间的讨价争执，没有狗吠，没有鸡鸣，静得让人感觉不是走在大街上，而是走在旷野里。

向北三百米，就是洛河桥。下洛河桥，是向西的大堤。能辨认出大堤上光光的路面。况有根在前，王大庆紧随，吴互助断后。走不到五百米，吴互助停下脚步，弯下腰，喊：那是什么？

况有根、王大庆紧急刹车，惊慌地退回到吴互助跟前，问：在哪儿？

看，那边——吴互助手指着河堤下神秘莫测的河滩。

什么呀？

那个黑疙瘩，你们看，像不像坟？右边那个，像不像一具死尸？

啊！吴哥，你别吓唬我们了。

不是吓唬你们，而是真的很像。

走走走，咱往前走，往前面寻找。

　　　　　　　　　　　　　　　　厚土

有根，你想想啊，我们都感觉恐怖的地方，白素玲，一个女生，会来这儿？

她不敢来，我信。但她不可能只一个人，肯定有人和她在一起。跟她在一起的人胆儿大，硬把她往这里拉呢。

除非是坏人。如果不是坏人，绝不会硬把她往这里拉。王大庆说。吴哥，你的意思是……

我的意思是，我们不要再往前走了，白素玲不会来这里。

那怎么行？班长让我们到这里来寻找，我们就得来这里寻找。在部队里，命令一下，就得执行，不能违抗。

这不是在部队，是在学校。

白素玲是我们班同学，不是别人。

你这话说得就有点儿不地道了。咱们班的同学丢了，咱去找，别班的同学丢了，我们就不找了？就是不认识的人丢了，我们能找也不找？我的意思我们这是瞎耽误工夫，有一句土话叫：闲磨驴蹄。

你！这话让况有根火从心生直冲脑门。一听见他和吴互助在一组，他心里就不痛快，尽管他知道，班长不是有意而为。他们入学时，按名单顺序，吴互助排在他后边，所以，无论是分组还是排队，吴互助总在他后边。他也是当兵出身，但把韩非子和杨柳青放在一起比较，他更喜欢没有当过兵的杨柳青。杨柳青正派，办事稳重，知道尊重人。相反，他认为韩非子办事张扬，好出风头。虽然这样，韩非子毕竟是班长，表面上，况有根还是给他面子，他安排布置的事情，他还是不折不扣地执行。军人嘛，服从命令是第一。班里，况有根最不喜欢的是程土改和吴互助。他们两个，仗着年龄大，总不把他这个纪律委员放在眼里，总挑他的毛病，喜欢说风凉话。特别是吴互助，好跟人抬杠，不给人留面子。在他眼里，吴互助和程土改，是典型的"弯弯绕"，是顽固不化专拖后腿的代表。讨厌归讨厌，但自己毕竟是班干部，"要团结一切可以团结的力量（杨柳青经常用毛主席的话和他共勉）"，况有根尽量顺着他们，努力和他们打成一片。印象里，近一段日子，况有根和他们和平相处，没有抬过杠，没有起过冲突。当然，况有根知道，他和他们没有起冲突，主要原因是他对他们的所作所为，睁一只眼闭一只眼，遇到他们，尽量绕着走，避开他们。听到韩非子的安排，他朝杨柳青看了一眼，杨柳青似乎没有注意到。也是，现在是非常时期，他不会计较什么，话不投机，少说话不就得了，完成任务是第一。然而，少说话不是万能药，就三个人在一起呀。说话，抬杠，甚至顶牛，倒也罢了，但作为老大哥，你不能骂人呀！

王大庆虽不认为吴互助在骂人，但也认为这话不好听。他没有作声，只是黑暗中睁大眼睛，静听吴互助下文。

我这话听着不好听，但是事实。我们没必要再这样瞎耽误工夫。

那你说怎么办？不寻找了？

对，不找了。白素玲不是小孩子，是成年人，她做什么，自己心里有数。据我观察，她不是那种没心没肺办事鲁莽的人。

没想到你这么铁石心肠。

我不是铁石心肠。到现在为止，没有任何迹象表明，她是被绑架的。也就是说，她的失踪不是真失踪，说不定，用不了多长时间，她就会自己回来的。

你凭什么这样判断？你的判断有几分把握？

有几分把握，我说不准。

这不结了。在没有找到白素玲之前，我们就得寻找。小王，走，往前走。

要去寻找，你们去。反正，我是不去了。

不再往前寻找，吴互助有充足的理由。吴互助二十八岁了，在老家他有一个温柔可爱的对象。他和她已经相处六年了。他们俩（已经上过好多次床——这不能与外人道也）你情我愿、你恩我爱，感情亲密得没话说，只是这原因那道理，他们一直没能举行仪式，步入婚姻殿堂。这里面，最主要的原因是他家穷，没有可供他们结婚的婚房。吴互助家弟兄四个，只有三间草屋。他父亲说再努力两年，盖上三间大瓦房，给他和他哥当新房。可这个"两年"，与教导主任、团委书记在全体师生大集合时说的两点一样，其实是个未知数。第二个原因，他是老二，他哥是老大。他哥还没有对象，他怎么能结婚？碌碡不能走在耧前头，对吧？第三，他在学校里当民师，一个月六块钱——绝不是他的人生目标。高中毕业，报名参军，因为视力，他被刷下；推荐上大学，因为靠不上大队支书这跟杆子，村级这一关都没能通过。因为他好学习，他爹给小学校长送了一竹篮鸡蛋，他才得以进学校当了民师。高考恢复，他看到了希望。接到通知书的第二天，他拉着对象到公社登了记，他想以此给对象吃下定心丸。那时候，村里好多人都断定他会当陈世美——陈世美最为人所不齿。对象知道他的用心，在他来学校报到的头天夜里，把他拉到生产队的麦秸垛旁，让他尽情享受了一回。对象的无私献身，似乎打开了他身体里的某个开关，让他对对象有了贪得无厌的欲望。学校离老家八十多里，这个距离对于那个"欲望"来说，不值一提。两周，或三周，最多一个月，他就会借故回一趟家，与他的她幽会，风雨无阻。对对象的那种思念依恋，有时候强烈得任什么都控制不住！这就叫爱情？要不是亲历，谁能体会？苏跃进、王大庆、朱爱武，他们不会明白。白素玲，吴互助断定，应该已有了对象。要不然，她为何总是那么神神秘秘？上课的时候总那么心不在焉？会不会也像他一样，偷偷回老家和对象约会，把回学校的时间给忘了？也或许，她不是在来上学前，而是在来学校后谈了对象。不管是哪一种情况，都不用担心，白素玲会安安全全地回到学校。作为辅导员，达坂城应该担心，白素玲不能有任何闪失，无论是人身还是其他方面。上学期间，不能谈恋爱，是铁的纪律。程土改已经结婚——程土改的秘密，除了程土改之外，只有吴互助知道。他们两个关系最好，私下里，无话不谈。宗在渊，吕大妈，据吴互助、程土改观察，也都有了对象。吕大妈甚至已结婚都说不定。不过，这种事，老家伙们心知肚明，在一起谁也不提，免得惹出祸端。说惹祸端，一点都不夸张。年前，语文系的两个年纪不小的同学半夜三更在一起谈诗论文，被误认为是谈恋爱，差一点一起被开除。语文系辅导员是一个中年妇女，属大妈级别，对一切大包大揽，敢于承担责任。她尚且如此，况达坂城乎？不得不防。白素玲的失踪，八成，甚至九成与爱情有关。她若是到外面浪漫去了，有男朋友做保镖，还担心什么？所以说，寻找不寻找，事情不会变得更好，也不会变得更糟。

吴互助停止不前。况有根已经迈开了腿。王大庆夹在中间，进也不是，退也不是。犹豫了一阵以后，王大庆趋近吴互助，问：吴哥，你说不再寻找，说出点儿令人信服的理由。

令人信服的理由，我可以说，但条件是你们得保密！

我们绝对保密。有根，你也能，是吗？

对杨柳青也不能说，能做到吗？

这有啥做不到。况有根勉强说道。

其实你真跟杨柳青说，也没有关系。到了我们这个岁数，什么看不明白？

别卖关子了。况有根认为吴互助在故弄玄虚。

我敢断定，白素玲陷入了爱河。她不仅没有失踪、没有危险，反而活得滋滋润润。现在，说不定正和男朋友卿卿我我快乐如神仙呐！

一派胡言。白素玲哪像你说的那样不知羞耻。

信不信在你。不过，事实会证明一切。

有根哥，你谈过恋爱吗？王大庆问况有根。

没有。况有根没有好气地说。

况有根接触过不少女性，但真正意义上的恋爱，他没有经历过。那年月，"子弟兵"是香饽饽。当兵两年，听说他将要回乡探亲，好几个对象找上门来，备他挑选。他探亲回家，一个月里什么事都没干，就是对一个又一个对象进行"面试"。结果下来，一个都没相中。复员以后，又接二连三地相亲，还是一个都没有看上。街坊邻居都说他眼太高，也的确如此，他是"高干子弟"（他爸是大队一把手），家里上房临街，盖得气气派派。他姊妹五个，他是唯一一个男孩。这样的条件，在当时的农村，打着灯笼也难找。所以，况有根眼高。不过，考学前，他其实对上了一个，见过几次面。这个女孩，长相没的说，唯一的缺点是小学毕业。他参加了高考。一接到通知书，他就让人捎信给女孩，明白无误地终止了关系。他来上学，可以说，一身轻，无任何牵挂。

不再寻找就不再寻找，但话得说清楚，是你吴互助不让寻找的！

你回去跟韩非子说，看他能把我的球咬掉！吴互助丢下一句粗话，噔噔噔，扭头便走。还没走出十步呢，又站定，甩回一句：发两个馒头，我也不再往前走一步！

吴互助的两个馒头似钟锤，擂得况有根和王大庆的肚皮砰地响了一声——晚饭的两个袖珍馒头，一碗稀粥，三分钱的咸菜，对于大老虎一般的胃来说（即使是个头小的王大庆），连个蚂蚁都比不上。

就这样，第二组提前回到了学校，回到了寝室。

庞社会带领的第三组出校门往南，他们本应该向北，过洛河桥，到市区去寻找。他们怎么会向南呢？第四组组员底特律大惑不解，问：你们迷路了？

他们哪是迷路，他们要坐公共汽车。班长韩非子说。

韩非子说得没错，他们是奔校门南百米外的公共汽车站而去的。说城里人娇气怕走路吧，有点儿武断；说他们乘坐公共汽车已成习惯吧，有点儿言过其实。反正，一听要他们到市里去寻找，牛耀祖就说要坐公共汽车。庞社会、佟吉祥听了，脸扭向一边，没有说话。李红军提出异议，半夜三更，哪有汽车？牛耀祖说有，半夜边远县城、省城、外省城市开往洛城的长途客车，都从这里经过。佟吉祥接话道：这样的长途车少之又少，而且不定时没有规律。牛耀祖说，再不定时，再没有规律，总是有吧。现在是赶时间，即使等半个小时，等着了一辆，我们坐上去，哧溜一声，到市里了；要是走着去，那得走到何年何月？牛耀祖说的话似乎在理。李红军说，那就赌一把呗。佟吉祥不赞同牛耀祖，但他没有说什么，而是把脸转向庞社会——其实，他知道让庞社会出面阻止，那是穿着雨衣打伞，多此一举，尽管他是宣传委员。庞社会在班里，好像是最没有主见的一个。他有一技之长——也是他的立身之本——书法。他的行书自成一体，非常漂亮。给人印象最深的是他写的国字：先写或，然后一个优美的圆！七七届大学生入校以后，因为惯性，应时的"运动"接二连三。无论哪一个运动，都少不了宣传。那时候的宣传，墙报、板报、标语是主要形式——给庞社会提供了充分的表现平台。一块板报办下来，宣传委员的头衔也就非他莫属。虽然，他是班干部，但熄灯后的"夜总会"、一日三次的"饭会"……凡公共场合，总听不到他的声音。遇事，他向来从"大流"——也许这正是他的智慧所在。佟吉祥的目光，庞社会接住了。接住以后，没有任何表示，反而引导着佟吉祥，把目光又转移到了牛耀祖、李红军身上。庞社会表达的意思是：他们想到了这里，何不让他们一试？两个老大哥，何必与年轻人计较。等他们碰了一鼻子灰，再教育也不迟。这是佟吉祥从庞社会眼里读到的意思。

于是，牛耀祖、李红军在前，庞社会、佟吉祥在后，和第四组一起朝南走。到了车站，第四组继续前行，第三组留在车站，等候过往的长途客车，等候彩票中奖一样的难得机会。他们等啊等，四十多分钟过去了，连长途客车的影子都没见到。别说长途客车，就是货车、拖拉机，凌晨的街道上，也难觅其踪。

看看表，离一个钟头差十二分钟的时候，牛耀祖用"我们走着去吧"，承认了自己估计有误。

一阵急走。牛耀祖说要把损失的时间补回来。

过了洛河桥,牛耀祖停下脚步,问:洛城市区这么大,我们到哪里去找?总不能我们四个再分开,一个人一个方向?

佟吉祥转向庞社会,庞社会已抢先一步,问:佟哥,你说,咱们怎么找?

叫我看,咱们先到火车站。佟吉祥不会环顾左右。要来,要回,白素玲都要经过火车站。班长让咱们到市区来寻找,我看就是想到了这一点。白素玲要么错过了火车,要么坐火车从老家赶了回来。到了这个时候,没有了公交车,没法到学校,只好坐在候车室里等。因此,如果她在市里,最有可能待的地方是火车站的候车厅。

火车站?那得走多远呀?牛耀祖的分贝突然提高,近旁树上的一只无名鸟,扑棱棱飞到了远处。

是呀,从洛河桥到火车站,没有十里也有八里。我们一路走过去,不把咱四个全累死,也得累死一半!摸摸肚子,里面装的都是啥?李红军听去也很悲观。

白素玲也真是,你坐不上公交车,我们就能坐上了?牛耀祖的口气,仿佛白素玲就在眼前。

他们两个一对一正说着对口词,发现身边已没有了佟吉祥和庞社会。

佟哥,庞哥,等一等!

经过百货楼——离车站还有至少一半路程的时候,李红军过马路,一脚踩在一个小石子上,身子一歪,把脚崴了。他一屁股坐到人行道的道牙上。佟吉祥赶过来,问他怎么样。一听他说崴了脚,佟吉祥连忙蹲下,把李红军的脚抬起,放在自己的膝

厚土

盖上，按摩起来。按摩了一会儿，佟吉祥问他感觉如何，李红军说，轻松多了。他站起，但刚走一步，身子一趔趄，差一点跌倒。

佟吉祥连忙扶住，说：这样吧，红军，你在这儿休息。耀祖，你在这里照顾红军，我和庞哥赶往火车站，怎么样？

我没事。李红军说。

我看行。红军，别逞能了，崴脚不是小事，越走伤得越重。我照顾你。

这样的安排，正合牛耀祖心意。牛耀祖和李红军同岁。他们高中毕业时，上山下乡的口号虽仍在喊，但力度已减弱不少。牛耀祖的爸爸，一个长期靠边站的科级干部，正在边远县一个公社住队。牛耀祖到他爸爸那里玩儿一段时间，就算上了山下了乡，没有人再过问了。李红军的爸爸是右派，大学一毕业就从上海被遣送到洛城。遣送到这里以后，先是被派往郊区农村，与农民同吃同住同劳动。因为一手逼真潇洒的毛体书法，被破格提拔，专职书写墙报标语，后转为教师，由初中到高中，又由郊区八中到市一高。他爸爸在郊区农村时，人缘好，交了一些知心朋友。李红军高中毕业，他爸带着他，背上背包到那里过了一个暑假，上山下乡就算混了过去。因为没有上农村锻炼这一课，他俩的身体素质明显不如王大庆、朱爱武等从农村来的。

佟哥，庞哥，实在是不好意思。红军，从明天起，我们早上一起跑步锻炼，谁不起来谁是狗！哎，还有，佟哥，庞哥，明天我请客，豫西糊涂面，尽饱吃！

佟吉祥和庞社会没有多理会，毫不耽搁地朝火车站奔去。

凌晨的大街，空旷寂寥。昏黄的路灯光，穿过法国梧桐的枝杈，洒到暗灰色的柏油路面上。偶尔疾驰而过的汽车，更增加了寂静的氛围。虽说冬天已退去，但寒冷并未远离。坐在道牙上的牛耀祖、李红军，不一会儿就瑟瑟发抖。他俩站起来，牛耀祖原地起跳，连续做了十多次，直到心脏发出警报。李红军没法跳跃，他做起了上肢运动。在高中，他的广播操做得最标准，经常被老师挑中，站到操场的大主席台上做示范。一会儿的活动之后，稍稍暖和了一点儿。

红军，咱俩各自回家，明天早上吃过饭再到学校去，怎么样？我想我妈烙的煎饼了。他们两个家都在工业新区，离学校少说也有二十里，坐公交，至少得倒三次车。

今天，不，应该说是昨天，我们不是刚回过家吗？

一想起学校饭厅里发了霉的油炸馒头，我就恶心。牛耀祖不吃白馒头。

在家吃了早饭，再去学校，早操、早自习跟不上倒也罢了，跟不上第一节课怎么行？李红军把每一节课看得比天都大，不是卧病在床，绝不缺一节课。其实，不光李红军，他们这一届绝大多数都珍惜这个走出家门上大学的机会，因为此前的"文革"十年，大学的门只对少数人开放，绝大多数人连站到大学门外往里瞅一眼的机会都没有。

不就一节课嘛。

缺一节课，也许一辈子都补不回来。我有这方面的教训：初三立体几何，我缺了一节课，到现在也搞不明白什么是抛物线的极值。再说了，老师问起来，我们怎么说？总不能说想吃妈妈烙的煎饼吧？

咱出来是为寻找白素玲的，没及时赶回去，是因为咱俩转的地方大，走得远。

　　　　　　　　　　　　　　　　　　　　厚土

别忘了，还有庞哥和佟哥呢。

他们两个，都不是好打小报告的人。吉祥老哥，咱们老乡——只允许他们来自各县的人认老乡，就不许我们来自市里的人认老乡——在班里，我认为他最善良，心眼最好。庞社会，表面上，你看他什么也不说，其实，内心里，看事情看得最清。杨柳青和韩非子斗来斗去，叫我说，要不是庞哥暗中使劲，咱班早就乱成一锅粥了。所以说，他们俩，都是那种肚里能撑得下船的人，他们不会出卖我们。

李红军是那种只管学习不管其他的人。班里的事情，除了学习以外，他都不参与。围绕"美国之音"的冲突，他只知道杨柳青干涉了他的学习权利，并没有想到别的方面。他不想同学之间搞得太复杂。李红军的爸爸是大知识分子。据李红军说，他爸爸头上的右派帽子，很快就可以摘掉。当年他爸爸因为一篇评论《红楼梦》的文章而被划为右派，本就没有什么不可饶恕的罪恶言行。因为爸爸的言传身教，李红军一头扎进书堆中，追逐着"黄金屋""颜如玉"。但是，这并不等于说他是非不辨。听了牛耀祖的话，他越发不赞同他了：不行，咱一定得等在这里。如若他们两个回来，找不到我们，怎么办？再回学校发动别人来找我们？

哎，坐在这里瞎等，真是浪费宝贵时光。

嗨，唱首歌怎么样？趁机练练嗓子？

我疯了我唱歌，在这样的夜晚！牛耀祖天生的男中音，从小学到初中到高中，一直都是学校宣传队队员。"文化大革命"期间，课不让上了，但音乐课不受干扰，特别是老师教唱革命歌曲，牛耀祖因此能得以发挥自己的特长。

哎，今儿来得急，没顾上带书。有书看，就不算浪费时间了。

有书，你能看清？这么昏暗的光线。

要不，这样，你回家，我在这里等佟哥和庞哥。早上上课，如果你赶不上，我替你请假。

算了。

佟吉祥和庞社会空手从车站回来。等他们搀扶着李红军赶到学校，起床铃声已经响了，白素玲业已回到了寝室。他们一组是最晚回到学校的。

韩非子带领的第四组把校办农场搜了个遍。

学校和农场之间隔了一个机械厂，两个大门相距不到一千米。农场分果园区、农作物区和蔬菜区。前几天的劳动课上，农技老师带着他们来这里学习果树嫁接。校办农场是"教育要联系实际，要与生产劳动相结合"的产物。20世纪70年代初，为了不使知识分子们"只专不红""麦苗韭菜分不清"，师院向市里提出申请，市革委会主任亲自批复，分拨给师院土地三百二十多亩，办起了农场。有了这个农场，老师和学生，可以不用舍近求远到别处"上山下乡"，在自家地里就可以"与生产劳动相结合"。当"麦苗韭菜的辨认"让位于"马尾巴的功能"的时候，农场的存在似显多余，但没有人敢提出把农场出让，尽管庄稼的耕种管理和收割基本靠专职的农场职工来进行。

之所以把农场当作一个主要搜索方向，是因为，无数事例表明：农场是师院学生谈情说爱的理想场所。首先是果园。即使不是梨花白、桃花红的三月中旬，即使不是苹果红、鸭梨黄秋高气爽的九月，果园也有充分的魅力。其实，也不是师院学生特别，人类最初的诞生地——伊甸园，十有八九是果园。如果不是果园，亚当夏娃怎么偷吃"禁果"？其次是农田。田地间的诗情画意不可小觑。要不然，《守望者》怎么能够诞生？菜园也不得不提。夏秋两季，鲜红的西红柿，清脆的黄瓜，"挂前川"的豆角……哪一样不是引领爱情走向更深更远的尤物？尽管，刚刚跌入三月的农场，远未到最为迷人的时候。

　　来到农场大门前。看大门的老王，参加抗美援朝时，伤了一条腿，既是农场的老职工，又是荣誉军人，所以政策特许，让其把远在老家的老伴儿接来，和他一起看大门，吃商品粮，一起生活。

　　韩非子喊了几声，老王头披着军大衣，从门岗屋里走出。韩非子说明来意，老王头打开大门。韩非子侧立门旁，众人鱼贯而入。老王头的门禁制度是宽进严出。农场的大门，白天不仅不上锁，而且开得远敞远，谁进都可以。晚上，也只是虚掩着，进入也不管。但从里往外出，老王头看得就严了，每一样东西都要查看，有时候甚至搜身。所以，大多数学生来里面玩儿，进时走大门，出去的时候，呵呵，哪里都是门了（由于攀爬，四面围墙已出现数不清的豁口），尤其是农场的后墙。处在中间位置的机械厂院子短，师院的后院向南伸出一截，农场的后院向北伸出一截，农场和师院的后院几乎相连。老王头人很倔，但和韩非子却能说得来，因为都当过兵，因为每一次来劳动，韩非子都要给老王头捎盒烟带点瓜子什么的，和老王头聊半天。看着其他人都进到了里面，韩非子也欲跟进，老王头拉住了他，非要他进屋喝杯热水暖暖身子。韩非子手指往上戳戳，说，今儿不是时候，改天，改天一定来喝个通宵。然后，一溜小跑追上去。

韩非子和底特律、徐一凡、邓不舍、张大山、王成海，首先来到果园。如果在白天，肯定能看到果树枝条上拱起的花骨朵——桃花红梨花白的美景即将到来。然而，这一刻，虽然繁星东一颗西一颗，但果园如头上硕大无朋的天幕，呈黝黑深邃状。

底特律走在前面，健步如飞。

底特律，你慢点。落在最后的徐一凡喊。

底特律走得快，不是因为他好打篮球、排球身体素质好，而是因为他对果园熟悉。他对果园熟悉，不是因为他正在谈恋爱经常来这里浪漫，而是因为他擅长拉小提琴。底特律来自西部山区一个煤矿，他的父母是煤矿工人，他是矿工子弟。怪不得呢！看到他拉小提琴，好几个人都很吃惊，再一问他的出身，便也释然。七七级大学生中，出身商品粮家庭的，屈指可数。粜了粮食转了户口从农村来的人中，不乏会唱豫剧的，能吹笛子能拉二胡的，但像小提琴这样的西洋乐器，王大庆、吴互助、程士改他们，似乎听都没有听说过。底特律第一次在寝室里拉小提琴，不仅英语班，就是相邻的语文班数学班，许多同学也都跑过来，围在寝室门口，看热闹听新鲜。其实，底特律仅能熟练地拉一首曲子，另一首，拉得还很生，叽叽哇哇的。开始，因为好奇，大家都围过来听，时间一长，有的人不耐烦了，特别是那一首他拉得不好的曲子，楼上语文班教室里夜读的人甚至还朝一楼扔过砖头。底特律不得不转移阵地。到哪里练小提琴呢？去农场里劳动了一次之后，他选中了果园。从此以后，早上、晚上、周末不回家的时候，他都会来到这里。这一段时间，他已练熟了四五首曲子。近一年里，班里系里，不管举行什么活动，底特律的小提琴独奏都是必不可少的节目。

底特律，听起来是否有些特别？当然，底特律原本是美国的一个城市名。你肯定想到了，底特律和达坂城、吕大妈、不管部部长等一样，都是集体智慧的结晶。底特律原名底三反。底特律名字的起因，来自他第一次在寝室的公开演奏。当天的"夜总会"，说来也怪，话题无论从什么地方开始，三拐两绕，最终总要绕到底三反的小提琴演奏上。小提琴不同于二胡，其声音美妙绝伦。班长提出要求：用一个恰当的词，描述底三反的小提琴演奏。人们七嘴八舌：高山流水、阳春白雪、天籁之音……讨论了半天，也没有讨论出能得到大家认可的词。没有合适的词描述小提琴，给底三反改个名字总可以吧？和底三反坐同桌的宗在渊提议。嚯！遵命！底三反，一听就知道是出生在"三反五反"运动时期的人。他爸每年都是全矿山的积极分子，照片经常贴在矿山礼堂前面的墙上。因为积极，因为总是紧跟党的政策，所以才有了底三反的这个名字。他不像程土改、吴互助，自从知道了自己的名字和一个运动有关，就很不喜欢这个名字了。在好多场合，他都表达过想改名字的意愿。这会儿，一听说要给他改名字，他乐不可支，表示非常期待。大家的兴致更高了，讨论着争议着。然而，议了半天，也没有找到一个底三反认可的名字。这个时候，李红军打开了收音机。他说英语九百句节目就要开始了。实际上，李红军至少提前了五分钟。收音机里正用汉语播送新闻：美国东部时间，晚上七点一刻，底特律发生一起枪战……底特律，美国汽车城。底特律，底三反。底三反，底特律。把底三反改成底特律，怎么样？有人提议。一阵沉默之后，好！同意！

恰如其分！赞许之声响彻整个寝室。这时候的底三反，从床上跳下，跑到门旁，拉亮电灯，然后站到寝室中央，宣布：本人从今天起，正式改名底特律。从此，班里没有了底三反只有底特律了。

底特律把大家引到果园中心的小屋门前——他练琴的地方。小屋的门紧锁着。门前一个石桌，四个石凳。四处静悄悄的，连一声虫鸣都没有。

咱们两个人一组，周围看一看找一找，一会儿在这里集合。韩非子大声说。

徐一凡、邓不舍走到了一起，同声宣布：俺俩顺小路向北寻找。徐一凡和邓不舍坐同桌。用程土改的话说：他们是一对儿冤家，见不了离不了。只要是分组干什么事情，而且是自愿组合，不用问，他们俩肯定在一组。在一起了，不超过五分钟，争执必起。刚才一路走来，韩非子还纳闷：今儿他们俩怎么没有"叮当"呢？他们俩都爱唱样板戏，不过，徐一凡唱的是京剧，邓不舍唱的是"移植京剧"。徐一凡爱吹笛子，邓不舍爱拉二胡。邓不舍说徐一凡唱戏就像被绑住一刀子下去的猪的尖叫，徐一凡说邓不舍唱戏像三伏天的知了聒噪。徐一凡说邓不舍的二胡是驱鬼器，再黑咕隆咚再恐怖的夜晚，他只要一拉二胡，保准没有鬼敢来；邓不舍说徐一凡的笛子是凶器，他一用力，保准能把听者心脏刺穿……总之，谁也不服谁。

果然，他们的身影还影影绰绰，叮当之声就已传来。"穿林海……"，徐一凡的"跨雪原"还没唱出，邓不舍就拦住了：停停停，让小虫子们睡个好觉吧！

我气冲——霄汉……

你杀了我吧! 白素玲, 我们同学, 你还找不找了?

怎么不找了? 我这是以声壮胆。你没听说过, 走夜路要唱歌吗?

唱, 可以呀, 但不是你这杀猪腔。该是这样的: 穿林海, 跨雪原——

你这一唱, 我明白了, 白素玲肯定不在这儿, 她要在这里, 耳朵不被聒聋也被聒穿了!

…………

仔细寻找, 小心脚下。韩非子朝他们喊。

要不叫他们俩叮当, 太阳就得从西边出来。张大山说。班长, 我和成海向南吧?

好。你们向南, 我和底特律向东。

张大山和王成海也是一对搭档。物以类聚, 人以群分。张大山和王成海都来自农村。他们的家庭情况大致相同: 在家里都是排行老大。张大山下面三个妹妹, 王成海下面一个弟弟两个妹妹。他们的父亲都老实本分, 全凭体力养活全家。到上学前, 他们都已接过父亲肩上的担子, 成为顶梁柱。本来以为要在农村, 像父亲一样啃一辈子土坷垃了, 谁知道祥云突降。他们凭借着初中阶段打下的知识功底, 一跃就跳过了龙门。这样大好的机会怎么能不珍惜? 到了师院以后, 他们的生活方式、生活习惯有所改变, 但改变甚微: 早晚两餐, 蒸馍咸菜; 中午, 白菜萝卜, 几乎没有变过。国家每月给予的十六块五、二十九斤粮票, 从没有吃完过, 总要节省至少一半拿回家亲手交给父亲。穿, 就更不用说了, 家里带来的粗布衣裤, 轮换上身。炎热的夏天, 突然下暴雨的时候, 别人都是把上衣一脱, 抱在头上, 保护脑袋不受雨淋。他们俩也把上衣脱下，不过，他们不是用衣服包头，而是把衣服卷成球状，捂在肚子上，让身体保护衣服——他们宁肯身体受损，也不愿老妈起五更打黄昏做的衣服，遭受任何损害。在他们眼里，衣服比任何东西都重要。牛耀祖、李红军等城里来的，对此颇感不可思议，曾来规劝他们。他们俩一笑而过，仍然我行我素，该怎么着还怎么着。对于学习，像李红军一样，他们从来没有懈怠过。早晨，中午，晚上，吃过饭，别人散步的散步，娱乐的娱乐，他们手里拿的是书是笔，在一切可以利用的地方，写呀画呀，记单词，背课文。

他们俩生活简朴，对自己要求严格，对班集体却很热心。他们悄没声地把同学们扔掉的废纸、牙膏皮（那时候没有饮料瓶）等废品收集起来，攒到一定时候，抬到洛河桥北的废品店卖掉，换回的钱，买钢笔水、订报纸、买杂志。班费的一大半，其实都由他俩的手攒下。有了他们俩，全班同学的钢笔水没有断过顿儿。学期末，他们总是被评为三好学生。有人私下里称张大山为张大善，语文功底深厚的宗在渊说不妥。他说，古戏文里凡被称为大善的，基本上都是大恶。因此，张大山仍然是张大山，王成海仍然是王成海。

张大山、王成海在上学前，也都有经人介绍而对上的对象。因为家庭背景影响，他们和对象之间干干净净，没有拉过手，没有亲过嘴，更没有上过床，即使双方家长已经进行过数次如何举办结婚仪式的谈判和协商。得到了高考考试制度恢复的消息以后，两个人在各自的家为高考开始了备战。接到了通知书，两个人都是通过媒人，向对方转达了结束恋爱关系的意愿，并大方地告知对方：彩礼钱不再索要——虽然相距遥遥，但做法几近相同。他们这样做并不是说他们不在乎送给对方的几百块钱彩礼，而是他们不想带着尾巴上学。胆小的父母，生怕上大学以后此类事情会给他们带来麻烦。这样的例子举不胜举。因为在情爱方面陷得不深，所以他们很轻松地就从中拔了出来，出来了，也没带任何泥点。所以说，张大山和王成海，听说白素玲失踪，他们也像自己那样考虑白素玲，根本没有想到白素玲是谈了恋爱。

果园搜遍了。麦田里的麦子，刚刚起身，人走在田垄上，只到小腿，所以，即使四下昏暗，也是一望老远。菜园里，大多是刚拱出地面的菜苗，分不清哪是黄瓜哪是西红柿哪是豆角。有的菜畦里，还是白地，显然是种子刚刚种到地里。长得最高的是蒜苗，大约与不远处的麦子等高。与蒜苗相邻的是菠菜——张大山弯腰查看的结果——这些都不是可以遮挡视线的障碍物。也就是说，白素玲根本不在这里。

回吧。韩非子说。

这么大的农场，连个填塞肚子的东西都没有！徐一凡说。

就你知道吃。饿死鬼托生的？

我这是实话实说。不像有些人，口是心非，肚子咕咕叫，嘴里还说不饿。

两个人的嘴仗刚一开打，就被张大山给阻止了。别说了，人没找着，这是天大的事。班长，再去别处找找吧？

还是回学校吧。说不定，白素玲已经回学校了呢。韩非子心里其实不相信白素玲会丢。这么大个人，怎么会丢呢？坠入爱河的可能性最大。韩非子在部队里，遇到过这样的情况。他一个战友，老家村里一个姑娘喜欢他，他父母不愿意，嫌这个姑娘弟兄多，家里穷，将来可能拖累他。他对这个姑娘虽有好感，但也不是喜欢得死心塌地，因此持模棱两可的态度。然而，这个姑娘，意志坚定，不管不顾，一个人偷偷跑出来，一千多里地，仅坐了五百里的火车，剩下的路程，全是由脚步丈量着，一步一步走到了他们部队驻地! 爱情的力量有时候强大得令人难以置信。尤其是女人。韩非子安排同学出来寻找，相当大的成分是糊弄达坂城。徐一凡说想吃东西，他何尝不是呢? 父亲前几年去世，家里只有老妈支撑。如若不然，他也不会从部队复员。他是老大，下边有两个弟弟两个妹妹，而且都比他小得多。他肩上的担子，在班里不是最重，但最起码也数二数三。只是，他是班长，在同学们面前，他从不谈论自己的家庭状况。大半夜里把同学们叫起来，东奔西跑，要是能给点酬劳回报，该是合情又合理。搁现在，来个聚餐，吃个夜宵，再合适不过。可是，20世纪70年代末，这些绝对是不可想象的。

蒜苗快出蒜薹了。王成海说。

得几天呢，现在才什么节令，还不到惊蛰呢。

哎，伙计们，有东西吃了。蒜苗就菠菜，美味可口。韩非子兴高采烈地说。

就这样生吃? 底特律满腹狐疑。

能吃能吃。张大山说。小时候到生产队的菜园里偷吃过，菠菜的甜中和了蒜苗的辣，很好吃。

这不违反了三大纪律八项注意? 徐一凡还在犹豫。

那你现在就回去跟达坂城报告? 邓不舍话没说完，就拽起一棵蒜苗。

大家要分开，不要只在一个地方拽! 韩非子压低着声音，又尽量大声地吆喝。

几个人往嘴里塞了一阵子蒜苗、菠菜之后，才心满意足地跟着韩非子往回走。

杨柳青率领的第一组，比韩非子率领的第四组，早五分钟回到寝室。况有根一组回到寝室，吴互助什么也不说，倒头便睡，很快和程土改、宗在渊一样，打起鼾来。王大庆看看吴互助，看看自己的床铺，再看看况有根，欲言又止。况有根看出了他的犹豫，说，小王，你也去睡吧，我守着。况有根一开口，王大庆反而不好意思了，说，我陪你。不用。况有根说，快去睡吧。他推着王大庆坐到自己的下铺床上。王大庆出生的年月，从名字就可以看出。他出生没几个月，就赶上了三年困难时期。好在，虽然饿得跟非洲难民似的，但没有像他的叔伯弟弟那样饿死被扔到荒郊野外，而是存活了下来。虽然活下来了，但自小受到折磨的身体，怎么都发育不全，怎么都撵不上同龄人。即使现在，二十岁的他，看上去仍是十四五岁初中生的模样。按他的身高（床铺的安排，是董一凡协助达坂城，按体检表上每人个子高矮安排的），他本该睡上铺，但报到时，他来得早，第一个进寝室。一看他在上铺，立马把写着自己名字的字条，和下铺的底特律进行了调换（贴字条的糨糊还没有干）。董一凡进过男生寝室。当他看到王大庆睡在下铺时，连拍了几下自己的脑袋——老糊涂了，老糊涂了。王大庆表面上不敢有所表示，只在心里窃笑。

况有根坐在自己床头，点一根烟，吸着。听着寝室里程土改、宗在渊、吴互助等的鼾声，一丝愤懑从心底泛起：这些人呀! 程土改、宗在渊, 让你们在家守候, 你们却安然睡觉。吴互助, 你的心里根本就没有同学。又想到了仍然没有影踪的白素玲, 想到了仍在外面奔波的同学们, 那一丝愤懑很快被一丝愧疚所取代。不过, 愧疚归愧疚, 他并没有动弹, 只是一口一口地吸着烟。听到脚步声, 况有根从床上跳下, 趿拉着鞋, 迎到门口。看见杨柳青, 况有根立马有种被救赎的感觉。他上前, 拉住杨柳青的手, 亲热得仿佛暌违多年的朋友突然邂逅。

他们都回来了吗? 杨柳青问。

没有。我们也是刚刚到家。况有根知道 "他们" 指的是谁。

没看到韩非子, 也没看到庞社会、佟吉祥, 杨柳青的不自在, 上到了脸颊上, 只是天黑, 只是在灯光下, 没有人察觉。你们也没有收获? 他用了 "也" 字。

没有。班长让我们去的地方, 黑咕隆咚, 鬼哭狼嚎, 任谁也不会到那里去。况有根本有一肚子怨气, 要向杨柳青倾诉, 谁知话到嘴边, 却和吴互助一个口气。

你们抓紧时间休息吧。杨柳青对苏跃进、朱爱武说。有根, 咱俩等一会儿, 等着班长他们回来。

杨柳青的话虽然带有命令性质, 但苏跃进、朱爱武并没有立刻走向床铺。同学失踪, 音信皆无, 谁还有心情睡觉? 躺在床上的程土改, 不知啥时候醒了, 坐起身, 说, 你们杨哥说得对, 抓紧时间休息一会儿, 明天还得上课呢。(他是在为他睡大觉遮掩。况有根想)。至于白素玲嘛, 我敢打赌, 绝对没事。你们放心大胆地睡。程土改说完, 宗在渊也起身附和着说了一些话。吴互助不知是真睡着了还是假睡着了, 这一会儿鼾声大作。大家被吴互助的鼾声给逗乐了。老吴有大将风度。程土改调侃道。对对对，都睡，都睡，有什么事，我叫你们。杨柳青催促道。苏跃进、朱爱武都上了床，杨柳青拉着况有根，坐到了自己的下铺床边。他们俩一根烟没有抽完，就听到了杂沓的脚步声。他们俩匆忙起身，做好迎接准备。

一听脚步声，就知道是你们。你们也没见到白素玲？杨柳青仍然加了"也"字进去。

快围住被子暖和暖和。俺两组寻找的河堤，荒草湖泊，人迹罕至，连个鬼影都没有。况有根跟在韩非子身后，说。

看到韩非子的第四组空手而归，并且也不是最后一组，杨柳青心里的不自在已冰释将尽。庞社会他们那一组，有消息吗？韩非子问。

不知道。我们也是刚刚回来。

韩非子看一眼手腕上的表，说，你们上床睡觉，抓紧时间休息会儿，一会儿起床钟都该响了。我去找一下吕大妈，看有没有消息。

我也去。杨柳青说。白素玲找不到，我怎么能睡得着。

况有根也要说话，韩非子用手制止了。你们都别去了，明天还要上课呢。

班长回来了吗？门外传来吕大妈的声音。

回来了，回来了。韩非子紧走两步，拉开寝室门。进得门来的吕大妈，声音颤颤地说：白素玲回来了！

回来了？怎么回来的？没什么事吧？韩非子一句接一句。

白素玲回来了？！刚刚钻进被窝的众人仰起身，异口同声。

有没有受伤？况有根问。

快说说怎么回事？杨柳青急不可耐。

白素玲回来了，就那样回来了，没伤没害毫发无损。你们问怎么回事，我们也想知道。问她，她不说。问急了，她还不耐烦，说我们大惊小怪。

不管怎么说，回来就好。回来了，就没事了。伙计们，睡觉。韩非子绕着中间空地旋转一圈，朗声说道。一扭头，好像才知道吕大妈的存在似的，说，哟，吕大妈，赶紧走吧，不早了，这不，二十分钟不到，就该起床了。

达坂城让我来叫你。

达坂城已经知道白素玲回来了？哦，是得先告诉达坂城。达坂城肯定也是一夜未睡。

白素玲一回来，我就去告诉了陆老师。陆老师让我把白素玲叫到她办公室。白素玲现在在她办公室。

那还叫我干什么？我得睡觉了，困死我了。

陆老师叫你立马去，并说，今早不上操了，让大家好好休息。

大家听到了吧？用被子蒙住头，睡！吕大妈，你先走，我随后到。

我等着你。

哎呀，吕大妈呀，你能不能让我喘口气？

你吃蒜了？这么难闻。

谁吃蒜了？没有的事。韩非子说。

白素玲坐在达坂城办公室里，无论达坂城问什么，都雕塑一般，一声不吭。

青年教师办公楼是一栋掩映在法国梧桐树下的三层红色

小楼,红砖红瓦,绿色窗棂点缀其中。人字形房顶中腰,兀自竖立着尖尖的烟囱。房檐尽处铺展着小小平台——既有中国元素,又融合了俄罗斯建筑风格。它是新中国成立初期中苏友好象征的遗留物。在洛城工业新区,这样的建筑比比皆是。如果在白天,从远处看,那是别有一番风味的。

达坂城的办公室在一楼最西边。里外两间,外间作为办公室、客厅,里间当卧室。韩非子进来时,白素玲正坐在外间办公桌对面,接受着达坂城的审问。达坂城已经问到第四遍:你到底去了哪里?

白素玲咕嘟着嘴,没有作答的表示。

你知不知道全班同学都在到处找你?你知不知道吕品端为找你摔了一跤把膝盖都磕破了?……

整栋楼仿佛装了声控开关,达坂城的声音几乎震亮了各个房间的电灯,至少有一半的窗户内传出轻微声响。

我没事,没事。吕大妈前脚门槛里,后脚门槛外,接上了话。

白素玲和韩非子同岁,待人接物也算成熟,应该知道在比自己还小的老师面前,话该怎么说、事该怎么办。不应该惹达坂城发这么大火。可这一会儿的白素玲,分明是个倔强的不谙事体的中学生,脖子里一根犟筋,支撑着扭转不灵的头,盯着看不透的窗帘,一言不答,一动不动。

见韩非子、吕大妈进来,达坂城好像看到了救星。韩非子,你看看白素玲这态度,她今天是非要把我气死不可!

陆老师,你坐你坐,喝口水,或者,你去里屋休息。这儿,交给我。素玲回来了,啥事都没有了。

说得轻巧! 怎么能啥事都没有了? 不请假, 私自外出! 到底去了哪里? 干了什么? 到现在一字不漏! 达坂城气息难平, 一屁股坐在办公桌前的凳子上, 拿起一本书, 呼呼地扇着风。

吕大妈, 你扶陆老师到里屋休息?

吕品端伸手揽住达坂城, 要把她往里屋拥。达坂城头不动, 身子也不动, 似乎要和白素玲来个比赛, 看谁犟过谁。

看到这情形, 韩非子站起, 走近白素玲, 悄悄说, 咱到外面去, 如何?

白素玲毫不犹豫站起身, 迈着很响的步子, 掀帘走出门外。韩非子对达坂城和吕大妈说, 你们俩稍事休息, 安心等待, 我去问问清楚。不管怎么说, 人回来了, 并且毫发无损, 这才是最令人欣慰的事情。你们放心吧, 一切有我呢。

韩非子走出门外, 紧赶几步, 跟上白素玲。转过办公楼楼角, 绕过花坛, 来到操场边。操场上已有三三两两跑步的人。他们一直向前, 穿过一片小树林, 来到最南边的未名湖畔。

到底咋回事? 跟老哥说说。站定, 韩非子先开口。

白素玲定定地看着眼前不大的湖面, 仍不说话, 一副拒人千里之外的姿态。

韩非子从口袋里掏出一支香烟, 噙在嘴里。又掏出火柴, 划了一下, 没着。再划, 还是没着。划了五次, 也没点着。清晨的风, 溜溜的, 尖尖的, 仍有几分冬天的泼皮。

信不过老哥? 不管什么事, 尽说无妨, 老哥替你保密。韩非子扔掉刚才的火柴, 摸出另一根。韩非子转身, 解开扣子, 荡开衣襟, 把火柴伸入其内。终于把烟点着。

班长, 不是我信不过你, 是, 是……白素玲开了口, 但仍目视前方。

谈恋爱了? 我猜对了。谈恋爱有什么不好开口的? 男大当婚女大当嫁, 咱们都是奔三十的人了, 要是不上大学, 早结婚了, 说不定孩子都会打酱油了。谈恋爱, 很正常。

话是那样说, 可是, 学校有纪律。

作为学校, 不能没有纪律。但是, 怎么说呢, 纪律是死的, 人是活的。事情出来了, 关键问题是看怎么处理。你刚才对达坂城的态度, 依我看, 很不好。

我知道不好, 可是, 我怎么说? 直接告诉她, 我谈恋爱了, 和男朋友做爱了? 达坂城太年轻, 说话咋咋呼呼, 碰见只蚂蚁, 都能说成是老虎。我要跟她一说, 她还不大惊小怪, 宣扬得人尽皆知? 白素玲转过身, 看着韩非子一明一暗的烟头。

你想过没有, 你不说, 死扛着, 那不更惹恼她? 不管怎么说, 她是老师。她兴师动众, 让人到处找你, 那是关心你、爱护你。现在人人都知道你失踪了, 可最后, 你悄没声地回来了, 什么也不说, 连个搪塞的理由都没有, 你叫她怎么给大家交代?

我该怎么说? 达坂城在班里多次强调, 不准谈恋爱。如果我跟她说, 我和男朋友在一起过了一夜, 她能不大动干戈、能善罢甘休? 而且, 她肯定还会向学校报告, 学校肯定会开除我。

有这种可能。

不是可能, 而是百分之百! 所以, 我没法说。班长, 我该怎么办呢?

让我想想。

班长, 你有对象吗?

没有。或者说, 现在没有。

你以前有，也谈过恋爱？

谈过。

想着你都谈过恋爱。你长得标致帅气，有担当，会办事，又当过兵，不会没有女孩爱上你。你刚才说，咱都这么大了，谈个恋爱理所应当，我非常同意。老家里几个闺密，都没有我大，可都已结婚并有了孩子。咱考上了学，听上去很风光，可是，恋爱的权利却被剥夺了。

这是学校纪律，咱有啥办法。

班长，你知道吗，才来学校那一阵子，我暗恋过你呢。

嗨哟，我没心没肺傻不拉唧，哪儿值得你爱。

后来，我退缩了。因为什么？因为你是大班长，因为你是女生心目中的英俊帅哥。你别谦虚了。好几个女同学整天围着你转，你难道看不出来？以你的聪明才干，不会看不出来，只是，你佯装不知罢了。我其实很自卑，自以为争不过她们，所以自动退出，移情别恋。

你说得我都不好意思了。我不是谦虚，我要有你说的三分之一，就满足了。不过，你爱上什么人，是你的权利。这有什么？很正常。

我知道你是可以信赖的，有话也想对你说。索性跟你坦白了吧：我爱上了一个艺术生，学画画的。

怎么认识的？

说来话长。我们是一个公社的，既是老乡，又是高中同学。不瞒你说，我们昨晚上在一起了。

在哪里？果园？

不，在他们系一个老师的住室。

　　　　　　　　　　　　　　　　厚土

啊？糊涂，真是糊涂。

我对你实话实说了，你是不是觉得我很傻？

傻倒不傻，就是有点儿糊涂。大道理，我不想多说了，你可能比我懂得还多。现在的问题是，我们怎么应对达坂城？

你说怎么跟达坂城说？

不给达坂城一个说法，说不过去。你不知道今晚——应该说是昨晚——动了多大阵势！全班男生都出动了，东西南北，河堤，农场，市区。到现在，去往市里的小组还没有回来呢。

这样啊！太对不住大家了。

没什么，同学嘛。只是，以后再出去，和吕大妈说一声，别让大家担心。

吕大妈那人，我敢跟她说？

你不会撒个谎编个瞎话？吕大妈是好心。

好心得有点儿过头。

咱们合计合计，看怎么说才能瞒过去。韩非子把早已灭了火的半截烟扔到地上，用脚踩了踩。

这边，韩非子、白素玲正密谋呢，那边，白素玲的对象——艺术生关华，推门走进达坂城办公室。他一米八左右的个头，卷曲蓬乱的头发，配以走到跟前才听得到的脚步声，把背对着门的达坂城和吕大妈吓了一跳。

你是谁？来这里干什么？

我是白素玲的男朋友我来向你们坦白交代昨晚上发生的事情一切责任在我与白素玲无关请你们不要难为白素玲……关华说话没有标点，机关枪似的连发语速，差一点让达坂城、吕大妈背过气去。达坂城和吕大妈怎么反应，似乎与他无关，他头微仰，双眼盯着墙上镶有多张相片的镜框，小学生背书一样，把他和白素玲高中怎么认识、当民师时怎么熟悉、考上师院以后怎么确定恋爱关系、他们的关系怎么越走越深入、怎么利用他们黄老师办公室幽会等，竹筒倒豆子，一股脑地说给了达坂城和吕品端。

什么？你们在一起了一天一夜！你们，你们……

这时候的达坂城，用"肺都要气炸了"来描述，一点儿都不为过。

三令五申，五申三令，你们竟然置若罔闻，当耳旁风！这不是明摆着向老师挑战，向学校纪律挑战？说得轻巧，你们俩谈恋爱与白素玲无关。怎么个无关法？一个人能谈恋爱？笑话！关华，我没叫错吧，你是艺术生，我管不了，但白素玲是我的学生，我一定要管！你走，现在就去跟你们老师交代清楚。如若不交代，等我去给你们老师说，那就晚了，你就被动了，就等着卷铺盖回老家吧！

我走可以，卷铺盖回老家也可以，但你不能难为白素玲，不能开除她！

你以为你是谁呀？张校长？开除不开除白素玲，不是你说了算！

扑通。关华跪下了，跪在了达坂城面前。

你起来！起来呀！达坂城用右手食指捣着关华的头，声嘶力竭地喊。

你答应了，我才起来。

达坂城刚才是肺都要气炸了，现在是整个人都要炸了。她嘴唇哆嗦着，手脚颤抖着，原地转了一圈儿，又一圈儿。把他拉起来！她命令吕大妈。似乎是，关华是一堆臭屎，她怕脏了自己的手。

吕大妈起身上前，拉住关华。关华石头一般，纹丝不动。

达坂城一甩手，掀开门帘，走进了里屋。

关华，你起来。你这样跪着，不仅不起好作用，反而会起坏作用。你没看到陆老师越来越生气？起来。对，起来。你先走，等陆老师气消了，我跟她说。你放心吧，我肯定说。你赶紧回去，跟你们老师坦白自首，争取宽大处理。

吕大妈一番轻言软语，说动了关华。关华从地上站起来，连膝盖上的土都没拍一下，就轻轻地走了——正如他轻轻地来。这么一大块头老爷们儿，别说站着，就是跪着，也够吓人的。劝走了关华，吕大妈舒一口气，仿佛解除了一心头大患般轻松。

叫一声陆老师，吕大妈走进了里屋。达坂城坐在床上，胸脯一起一伏，似有炙热的火山熔岩要向外喷泻。品端，你在这里等着，我立刻去向李主任报告。

陆老师，咱是不是等班长和白素玲回来，问清楚了再去报告？

还有什么不清楚的？谈恋爱，夜不归宿，两个人在一起，一男一女，能干出什么好事来？我必须得去向李主任报告。

陆老师，你消消气。我去找班长和白素玲。白素玲和关华忒气人了，一定得叫白素玲亲自向你承认错误、向你道歉。陆老师，你等着，我立马去把白素玲叫来。

屋里剩下达坂城。她从床上站起，从里屋到外屋，又从外屋到里屋。她分明看到，自己温暖舒适的床上，酣睡着五大三粗的关华。热。又到外屋，端起杯子，咕咚咕咚，几口凉水下肚。等吧。吕品端说了，要她等着。可是，凳子上似乎钉了钉子，她坐不住；房间里仿佛溽热季节燃了艾蒿熏蚊子，她待不住。两分钟不到，她就快步出门。她要去找系主任李清华。李清华是系一把手，向他汇报，理所应当。还用等什么？

　　李清华、关文杰、董一凡等，住在与青年教师办公楼相邻的教师住宅楼上。所谓住宅楼，在外表上和青年教师办公楼没有两样，只是每个单元，除了两个房间外，外带一个厨房和一个卫生间。没几步，就到了住宅楼。李清华在二楼东第二间。那时候，高跟鞋钉铁掌还未流行，穿着布鞋的达坂城，走出的却是高跟鞋钉铁掌的效果。来到李清华门前。当当当。恰在这时，起床钟响了，但楼上住的老师，大多只听到了达坂城的敲门声，而没有听到起床钟响。有人开了窗，有人开了门，头往外探探，又缩回。李主任的屋内没有任何响动。一想，知道来的时候不对。李主任有早起长跑的习惯。李清华老师和关文杰老师，都是一头沉，妻子儿女都在乡下。找不到李主任，关文杰那里也不用去。去了，也是空城一座。去找董一凡。董老师是学校里为数不多夫妻二人都在师院工作的老师之一。董一凡是大学老师，师母是图书馆管理员。董老师刚刚起床，正在洗漱。师母也已穿戴齐整，肩上挎着套了红绒套的长柄剑，准备奔赴"战场"。董老师、关老师和李老师，一年半前都是达坂城的老师。在他们面前，达坂城不拘束。平常，心情郁闷的时候，遇到麻烦的时候，她会来找他们，向他们倾诉一番。他们几个像达坂城的家长，耐心听她倾诉，听完了，开导、安慰、忠告，直到她心平气消。尤其是董一凡老师。董一凡最看得起她。据说，达坂城的留校，是老校长咨询了董一凡之后才拍板敲定的。和往常一样，达坂城一进门，和撞了个满怀的师母打了声招呼，就坐到了董一凡常坐的藤椅上。没有寒暄、没有称呼，甚至连一声董老师都没叫，就开始向董一凡讲述关华讲给她的一切。当然，白素玲是她讲述的重点。董一凡刮着胡子，满脸的白沫。达坂城越说越激动，只差没有哭出声来，一如在外边受了欺负的幼童，回家向父母告状申诉。她讲完，他也刮完。

这还了得？立即向学校教导处报告。董一凡似在迎合达坂城——家长们的惯用伎俩。

现在？

对，就现在。显然不是迎合。这事，不要说你这小小辅导员处理不了，就是李主任也不敢擅自处理。系里管业务管学生学习，教导处管纪律。学校三令五申，学生在校期间不准谈恋爱。她这是明目张胆地违抗。这是大事。小陆呀，董老师告诉你，你才刚走上讲台，以后的路还长，能负责的事情要负，不能负责的事情，一定不要负。"文化大革命"教会了我许多东西，我有很深刻的教训。你是我的学生，我不能再让你走我走过的弯路。现在是上操期间，教导处肯定有人。去吧，把这事交给学校，咋处理，听学校的。

既然董老师都这样说了，达坂城还用多考虑？况且，达坂城身上的火气正旺着呢。她迈着惯常的高频碎步，一口气走到了学校中央的行政中心，走进了教导处。

英语系学生白素玲昨晚上一夜未归，和男朋友共处一室的新闻不胫而走，很快传遍整个校园。无疑，这是个爆炸性新闻。

这个爆炸性新闻，像如今的雾霾一般弥漫全校的时候，英语班大多数同学却还蒙在鼓里。这也合乎常规：一对夫妻中的一位出轨，最晚知道真相的，一定是没有出轨的那一位。如果放在今天，普通人的绯闻，有什么嚼头？除非名人大腕儿。然而，20世纪70年代末，到哪儿去探寻"名人大腕儿"？所以，教导处的几位老师，听了达坂城的报告以后，以超常的热情，迅速把消息传播了出去。向上报告——正常的渠道；横向八卦——非正常的渠道。正常的渠道，非正常的渠道，同时开启。非正常渠道传播的速度远远超过正常渠道——无论过去，无论现在，男男女女对此过度敏感乐此不疲，不会错过任何机会。要不然，现如今那么庞大的狗仔队伍，凭什么吃喝？白素玲迅速成为"红人"。英语班也跟着成名。

周一早晨，学校教导处，团委和负责早操的体育系老师，总要在早操结束前，来个大集合，总结上周工作，安排下周事项。三个部门的负责人，有时轮流上台，有时单独上台，上台后总是这样开头，"同学们，早上好！今天，我只讲两点"，然后，"第一……第二……第三……"讲不到第七第八绝对刹不住车。这个周一，也不例外。只不过，几个负责人第七第八讲完之后，又来了个各班人数大抽查。因为寻找白素玲，达坂城不让英语班上早操，但忘了向教导处报告备案，负责抽查的老师点英语班的名时，没有人应答。连点三次，还是没有人应答。

杨哥，程哥，叫你们呢——，正常起床自由跑了一阵刚刚回到寝室门口的杨柳青、程土改、宗在渊等，听到邻班同学的呼叫，疾步跑过来，但为时已晚。

英语班无组织无纪律，全体缺操。按照学校规定，对英语

　　　　　　　　　　　　　　　　　　厚土

班做出全校通报批评处理。下去通知英语班班长，十二点以前，写出书面检查，交到教导处，云云。

处分决定被杨柳青、程土改、宗在渊带进寝室。正在刷牙的几个，端着牙缸从走廊上跑回来，用满含白沫的嘴，喊，凭啥呀？白沫随即喷溅得到处都是。正在酣睡的几个，龙卷风般从被窝里一跃而起：这不欺负人嘛！

很快，除了班长韩非子外，其余十七个男生齐聚在寝室内，嚷嚷着要去教导处讨个说法。

牛耀祖的声音最高。庞社会、佟吉祥、牛耀祖和李红军四个，刚从市区回来，还没钻进被窝就听到了被点名批评的处罚决定。李红军走路还是一瘸一拐。其他三个，走路的样子，也不比李红军好看到哪里。一夜的冷、饿、疲劳和缺乏睡眠，牛耀祖的情绪坏到极点。如若教导处的人就在跟前，他肯定会扑上去，挥动拳头，甚至咬几口也说不定。

不分青红皂白，就做出处罚决定，太武断了吧！宗在渊不紧不慢地说。宗在渊的大将风度是大家公认的。泰山崩于前，也能做到镇定自若。

咱们班自从入校以来，什么时候落后过？无论什么活动，不是第一，便是第二，第三的次数都很少。王成海说。

是呀，看看奖状，哪个班比咱班的多？一早上没有上操，也不问个青红皂白，就说我们无组织无纪律。胡说八道！邓不舍说。

乱扣帽子，乱打棍子，我们坚决不答应！李红军说。

咱们现在就去，一定要他们把话收回去，给我们平反昭雪、拨乱反正（当时使用频率较高的词）！王大庆说。

……群情亢奋。这样沸腾的水，若不降点温度，接下来就会溢出锅面，造成严重后果。

杨柳青站了出来。同学们（他不喜欢韩非子那样跟同学们称兄道弟），我们要学习学习再学习，团结团结再团结。眼下，最紧要的是去找陆老师，把情况报告给她，让她去跟教导处说明情况。不上操，是陆老师的决定，她肯定没有和教导处通气。如果通气了，就不会出现这样的情况。再说了，韩班长还没有回来，白素玲也不知怎么样了。所以，我们要冷静冷静再冷静，先去上自习，我去找陆老师、韩班长。

说来说去，都怨白素玲。要不是她失踪，我们就不会半夜三更出去找她，达坂城就不会不叫我们上早操。况有根小声说。

话题转到了白素玲身上。

白素玲都回来了，班长为啥还不回来？不会有什么事吧？

哪会有什么事。大家都到教室里上自习，我去找陆老师，向她回报。班长肯定也在陆老师那里。

杨柳青出门，刚拐过墙角，便看见韩非子从理化教学楼那边走过来。

非子（除了杨柳青，别人不这样叫），见到白素玲了？

到寝室说。一晚上的折腾，并没有折损韩非子的精神气。他迈着虎虎生风的脚步，跨进寝室，把外衣一脱，扔到床上，道，老哥老弟们，瞌睡不瞌睡？累不累？如果瞌睡，如果累，就睡他一早上。

还睡呢，咱们班已被点名批评了。

怎么回事？

大家七嘴八舌，把刚才被处罚的事情说给韩非子。

这个达坂城呀! 她说不上操, 我还以为她跟教导处说好了。我得去一趟教导处。

白素玲的事弄清楚了吗? 她为什么失踪? 去哪里了?

嗨呀, 那谁, 把门关上。韩非子坐到处在中央位置的自己的床上, 拉开了长话长说的架势。白素玲呀, 怎么说呢, 方向感太差。要说, 不光白素玲, 女人十有八九都没有方向感。譬如我妈。我妈一出村就迷。她要到镇上赶集, 非得有人陪伴不可, 要不, 回来都摸不着村了! 白素玲到火车站送人去了。回来, 想省几毛钱, 没有坐公交, 而且还想抄近道, 结果, 没走多远, 就迷路了, 一直朝东走, 走到了塘湾。要不是出了城, 还不知道自己走错了路呢。

最后咋回来了?

一看走的路不对, 只好扭头, 原路返回。因为是夜晚, 又没人可以问路。她又走回到火车站。已经凌晨两点多了。这会儿想坐公交, 哪还有啊。这一回, 不敢再走小路了。她顺大街往回走, 解放大道, 中州路, 洛龙大道。大路她能认得。庞老弟, 算算时间, 她也许就在你们前面, 和你们相距不过千米呢。

达坂城说她失踪了一天多, 白天她到哪了?

白天嘛, 她在市区呀。她去送的人是她的闺密, 闺密从老家来洛城玩儿, 她能不陪伴? 没什么事。达坂城年轻, 没经验, 如果是别的老师, 肯定不会这么兴师动众。把大家折腾一晚上, 我替白素玲对大家说一声: 对不起。好了, 好了, 想睡觉的睡觉, 想到教室上自习的上自习, "照过去方针办"。

班长, 班长回来了吗? 门外又传来吕大妈的声音。从昨晚到现在, 吕大妈已是"三进山城", 其脚步声、说话声已烙在男同学耳膜之上。

站在门旁的王大庆拉开门,把吕大妈让进来。吕大妈进到门里,先回身关上门,然后才压低声音,声带颤动着说:大事不好了!达坂城把白素玲的事情向学校报告了!

别说向学校,就是向党中央、国务院报告,又有何妨?走路不兴迷路呀?吴互助意味深长地说。

别的班都知道了,都在议论呢。

有什么好议论的?韩非子拉住吕大妈的胳膊,把她一把拽到门外。

白素玲的什么事情?

谈恋爱呗。

她怎么知道白素玲谈恋爱了?

白素玲的男朋友,叫关华,去给达坂城坦白交代了!别再遮遮掩掩,包不住了!

嘿,这个关华。我刚刚还给大家编故事呢。吕大妈,你都是大妈了,还不知道事情该怎么处理?你怎么不拦着呀?

拦了。我说等你和白素玲回来了,再决定。我找你们去了。谁知,她不等我把你们叫回来,就径直去了教导处。

这个达坂城呀,怎么这么沉不住气。我把白素玲安稳住,就去找你们。你和她都不在办公室,我就回来了,想着等一会儿再去,谁知道这可晚了。

白素玲的男朋友,也忒幼稚。他到达坂城办公室,不论分说,一口气把根根底底都抖了出来。他说话那个快呀,我一句话也插不进去。后来他还跪着求达坂城不要开除白素玲。

真是幼稚。达坂城能做得了主?韩非子捏住鼻子(这是他思索问题时的习惯动作)。这下，全乱套了。刚捏一会儿，他猛然抬头，说，吕大妈，你回寝室，看住白素玲，一步都不要离开。

吕大妈好像没听明白，张开嘴想问什么，但韩非子不容她说话，又道，你立马回去。说着，韩非子推着吕大妈，把她推离开。韩非子转身回寝室，拿起外衣，就要往外走。杨柳青挡在了前面，问：到底怎么回事？

没多大事。这样，杨哥，你们稍等，一会儿我回来，把一切告诉大家。现在，我得出去。

杨柳青站着不动，英雄人物似的。韩非子一猫腰，从杨柳青身旁绕了过去。出了门，他飞也似的朝女生寝室跑去。

吕大妈的话，韩非子的话，明白告诉大家，他们之间存在着巨大秘密。韩班长在有意隐瞒。不仅杨柳青，包括所有人，突然有了一种忙活了半天居然是局外人的颓然感觉。再加上，一晚上的奔波，辘辘的饥肠，刚才还亢奋的情绪，瞬间跳水般跌落。走，吃饭去。不知谁说了一句。吃饭就吃饭。迎合声甚响——这个时候，似乎就只剩下了一件事情：吃饭。才六点四十，不到吃饭时间。杨柳青说。管他呢。走！朱耀祖、王大庆、朱爱武、苏跃进等，迅速卸掉疲劳困乏，端起碗率先走出寝室。佟吉祥、张大山、王成海、吴互助等，脑子一热，也跟了上去。李红军一瘸一拐，程土改和宗在渊要上前搀扶，李红军不让，坚持自己走。庞社会快步上前，不容李红军反对，搀起他一只胳膊，一步一步向前走。程土改、宗在渊也释然，便跟在其后，保持着相同的步速。杨柳青和况有根很纠结：随大流，还是逆潮流而动？然而，空空的肚囊不好糊弄。还是去吧。不过，保持适当距离是必要的——事实证明，他们的决定是正确的。拐过楼角，绕过男生宿舍楼，沿理化楼东行，出北门，跨过南北林荫大道，便是餐厅正门。餐厅门前的路上，一个穿着打扮酷似农村老头的张校长，正呼啦呼啦挥舞着扫帚——这场面，几乎天天见到，但今天，他们忽视了。

哪一班的？到吃饭时间了吗？

我们昨晚上……

我们学校，没有特殊班级，哪一班也不行。如果都像你们这样，那还要作息时间干啥？还要电铃干啥？还要学校纪律干啥？学校不是生产队。到底哪一班的？不说是不是？好，等会儿，教导处会查清楚。你们中间有没有班干部？班干部站出来！

庞社会和底特律是班干部。他们俩你看我，我看你——有点儿电影里日本鬼子把村民集合起来，让村民说出谁是共产党八路军的恐怖意味。短暂的犹豫过后，底特律干咳了一声，仰仰头，准备挺身而出，谁知，老校长摁响了犹豫计时器——绝对不超过三秒。既然没有班干部，那么好吧，所有人都站到餐厅大门西边，一会儿让大家都看看，哪一班这么英雄。站好了，一字排开！

这个小老头，貌似敦厚，实则酷吏！有人小声咕哝。话虽这样说，但还是乖乖地站到了餐厅大门前。

走在最后的杨柳青、况有根见势不妙，连忙退回，隐身在理化楼后。

下课铃声响起，各班学生汹涌而来。

哈，这不是英语班的男生吗？

艺术班的娘家人，你们站在这里干什么？

…………

厚土

话是对着大家说的，是从人流中冒出来的。每句话真正的含义，没有人仔细咀嚼。反正，不是讥讽，便是嘲弄，虎落平阳了呗。谁也没有太当回事。

老校长从路这头扫到路那头，又从那头扫到这头。他又站在了英语班男生面前。几个老师刚好到餐厅买饭，在他们的指认下，老校长确认了站在餐厅门口的男生属于英语系七七级。你们等在这里，让李主任来领你们。当李清华老师来认领的时候，好几个人已东倒西歪差一点晕倒在地！李主任见状，既恼又怜，简短训斥了几句，就让他们解散了。他们受了大赦一般，急不可耐地走进餐厅，餐厅里的人已是稀稀拉拉。他们买了饭，拣一空地儿，也顾不得牢骚，顾不得骂娘，围成圈呼噜呼噜地吃起来。尽管吃饭的人已不多，但这一小圈子，还是吸引了先来的、后到的目光，他们无一例外地对着小圈子指指戳戳，叽叽喳喳，而后意味深长地哈哈一笑——这就有点儿不同寻常了！善于捕捉细微之处的程土改、宗在渊、吴互助心生疑窦。刚好一个老乡从旁经过，程土改猛然站起，拉住老乡到一边。打探的结果，让他既惊讶又释然——印证了他和宗在渊、吴互助原先的猜测。

我说嘛。程土改很智者地一笑。

至此，白素玲失踪的真相才传进了英语班男生的耳朵里。

体育班属于特殊班级。他们的课堂在操场，他们的训练一早一晚。所以，他们敲着碗叮叮咣咣走进餐厅时，餐厅多半已"人去楼空"。平常，他们和英语班是难得见面的，可今天早上，他们见面了。啊哈，娘家人今天也这么晚呀？一个挂面认识的老乡看见底特律，热情地走上前来，开了这么一句玩笑。谁知，他这一句玩笑，引来的却是一记铁拳！底特律爆发得太突然，突然得令在场的无论体育班还是英语班，几十个人没有一个人反应过来。底特律这个老乡，个头不比底特律低，块头不比底特律小，但这一拳却把他打翻在地，鼻孔出血。

打架了！打架了！站在卖饭窗口的厨师，倒比近在身旁的人反应快得多。几个厨师的吆喝，周围的人回过神来，纷纷向前。因为本能，英语班的人向前，站在了底特律一边，体育班的人向前，护住了倒地的同学，有人还拉开了反击的架势。打群架了！打群架了！厨师们又喊。干什么！恰逢一个老师经过，老师站在了两伙人之间。其他班的人也涌上来，和那个老师一起，阻止了事件进一步升级。

不对呀，这根本不是底特律的风格。之后好长一段日子，这件事三番五次五次三番地成为热门话题。每次议起，大家都不免感觉诧异。底特律个子高，块头大，喜欢体育，爱好音乐，说起话来腼腼腆腆，大姑娘一个，那天怎么毫无征兆地就动了手？虽说"娘家人"是骂人话，但这骂人话并不刺耳难听到他挥动拳头的程度呀。

到底因为什么？问底特律，他也说不清。说清说不清，一个大过处分，记在了底特律名下。

底特律那一拳打得的确不轻，他老乡头疼了好几天。虽然记了处分，但如果不是韩非子督促，底特律买了点心，到体育班面对面跟老乡承认错误，恐怕这事不会到头。

一天里，英语班接连受到三个处罚，在英语系的历史上，在师院六十多年的建校历史上，都是没有先例的。还有李红军崴脚，吕大妈膝盖流血，等等。英语班例行的"夜总会"上，"班耻"纪念日的提法由佟吉祥提出，迅即得到大家认可，随即被确定下来：1979年3月2日——洛城师范学院七七级英语班班耻纪念日。

韩非子把达坂城从被窝里拽了出来。

达坂城把白素玲的事情向教导处汇报以后，既有报复了白素玲的快感，又有一块烫手山芋被自己扔了出去的轻松。一轻松就想到了昨晚上欠缺的睡眠。一看课程表，上午没课，早饭嘛，省一顿又有何妨？先上床补一觉再说。你白素玲再怎么着，我现在也不管了。然而，她刚拱进被窝，韩非子就把门擂得山响。

这谁呀，撞鬼了似的！达坂城听出来是韩非子，披了外衣起身去开门，扭了门把手，回身就往里屋跑。

你怎么没有和我通气就去报告了？韩非子追达坂城于里屋。

你是学生，我是老师，我做什么事还得先向你报告，征得你的同意？达坂城踢掉了鞋子，坐在床上，争辩道。

我是学生不假，但你去之前，用脑子想过没有？想过后果没有？

我没跟你说，是等不着你。没跟你说，我跟董老师说了啊？董老师那么大年纪了，考虑事情能不周全？他支持我呀！

董老师办事，那叫考虑周全？嗨。韩非子走到外屋，一屁股坐到藤椅上，掏出烟来，点着，狠狠地吸着。董老师貌似老夫子，实则老滑头。这是韩非子心里对董老师就事论事的评价。达坂城找的是董老师，不是别人。如果是别人，肯定不会让她这么做。怎么办呢？找李清华老师去。李清华是系主任，应该能把事情挽救回来。他甩掉烟头，推开椅子，疾步而出。身后达坂城的追叫，椅子倒地的叮咣，韩非子一概没有听到。

李清华刚从餐厅买饭回来。教导处张主任叫他去认领七七级英语班男生，并把白素玲昨晚失踪和男朋友谈恋爱的事情，给他讲了个大概。大学生谈恋爱，他不吃惊。他是过来人。当年三年大学，他谈了两年恋爱。毕业前夕，他追的女孩家庭突然出现变故——父亲是林彪线上的人——副市长被罢免，并被发配新疆。这样有特大污点家庭的女孩，怎敢再有牵连？他忍痛和女孩一刀两断。他谈恋爱的事情，班主任、系主任一清二楚，虽然那时候只唱"江水英"，只写"高大全"，样板戏里只有男一号，没有女一号，但他们仍坚持"民不告官不究"之原则，睁一只眼闭一只眼，替他瞒着。这种事，谁会吃饱了撑的没事找事？他吃惊的是，陆咏絮居然把事情直接报告给了教导处。按常理，达坂城应该先给他，或者给关文杰汇报，如有必要，由他和关文杰研究统一意见后再报告给教导处。陆咏絮怎么这么不会办事？也有可能是陆咏絮来找他，他碰巧不在。可这种事，又不是外敌入侵十万火急的大事，干吗不能等一等，非要分秒必争地报上去？也不对。陆咏絮虽然年轻，但不可能年轻到这种程度。哦。他想到了其他方面。这个其他方面，是他最为头疼也是他最为厌恶的事情。眼前的情况是，事情已经发生了，发生在他所管辖的英语系，而且也上报到了教导处。依照惯例，这事已经不归他管了，他要做的是静等学校处理。学校做出决定了，他接受，然后传达给系所有老师所有学生即可。可是，如果学校做出了决定，真的把白素玲开除，能给学校带来什么？能起到杀一儆百的作用？白素玲是谈恋爱，不是杀人放火。因为该事件的处理，就能影响从而改变年轻人的生理需求，从而杜绝此类事件的再次发生？

　　　　　　　　　　　　　　　　　　　　　　厚土

李清华深深怀疑。规章制度制定的初衷,是通过规章制度的震慑,起到防患于未然的作用,而不是真的使用它们。"文革"刚结束,白素玲们,十分难得地获得了走出家门来上大学的机会。说他们不珍惜,可以;但男大当婚女大当嫁,到了年岁(他们远远超了年岁)的年轻人恋爱结婚,是生理需求、生活需求,不能因为上大学,就把他们的恋爱权利剥夺。二者不是水火,非得非此即彼?能不能找个折中办法,既维护了校纪、惩罚了白素玲,又不让她失去上学机会?嗨嗨,反正,事情一捅到教导处就难办多了。因为想得入了神,韩非子的敲门,把李清华吓了一跳。

谁?进来。

还没吃饭呢,那我等一会儿再来。探头进来的韩非子,又把头缩回去。

进来,我叫你进来。李清华提高了声音。他马上想到,刚才认领英语班的时候,没有看到韩非子。

韩非子讪讪地进来。进来了,也就不再客气,随便坐到了李清华对面的凳子上。

吃了吗?哄谁呢。给,给你买的。就知道你要来,就知道你还没吃饭。

李老师诸葛孔明呀!我没吃饭不假,但不能夺了你的口中食。

哟哟,这一会儿装Gentleman(绅士)来了,又不是没夺过。

既然说到这里,那我就恢复本来面目吧。韩非子拿起架在筷子上的蒸馍,大口嚼起来。

菜,吃菜。李清华指着放在汤碗旁边的盛菜小碗。他拿起另一个馒头,把筷子递给韩非子。一大一小两个碗。大碗里,盛的是小米粥；小碗里，是菠菜炖豆腐——当年学生眼中的山珍海味。

你也吃，我一个蒸馍就够了。

够不够也就这样了。把两个蒸馍都吃掉，想得美。李清华找出备用小勺，就着菠菜炖豆腐吃起来。两个人的嘴吧唧吧唧，十分合拍。

刚才，英语班男生被校长处罚，你在哪儿？浑水摸鱼趁乱溜之大吉了？

李老师，你可是隔门缝瞧人了。

是吗？把宗在渊的卷子写上韩非子的名字，谁干的？还好意思改名韩非子。

这都是哪朝哪代的事了。嗨，我让你绕进去了。我来是给你说白素玲的事情的，白素玲的事情你听说了吗？

当然。

陆老师把事情捅到教导处了，你知道吗？

我刚听说。

听说了还无动于衷？还不赶快活动活动，任由学校开除白素玲？

到了这一步，只好这样了。李清华喝一大口小米粥，呼噜声绵绵不绝。

没想到你这么铁石心肠。

我不铁石心肠，能怎么办？

你去跟学校说情呀。

你以为我是谁呀，李先念，还是叶剑英？到华国锋跟前，一说两响。

最起码你是老师，你是系主任呀。

系主任算个屁。哎，我问你，去找关文杰老师了吗？关老师是咱系的党支部书记。我不是推托，在你韩非子面前，我哪敢。我是说，去见见关老师，把事情跟他说说，听听他的意见。

两个人正说着呢，达坂城推门进来。达坂城头发乱着，脸呈土灰色，衣服满是褶皱。李老师，达坂城带着哭腔说，我犯错了，犯了大错。

韩非子连忙起身，把座让给达坂城。达坂城眼都不斜一下，似乎韩非子根本不存在。

我不该直接向教导处报告。你说，下一步咋办？若依照规定，学校非开除白素玲不可。白素玲被开除了，她还不把我恨死！

小陆，你去教导处之前，见过关书记吗？

没有。我来找你，你不在。你肯定出去跑步了。那个时候，也是关老师出去锻炼的时候。我只好去找董老师，董老师支持我把事情报告给教导处。我也没动脑子，就直接去了。

这样啊。李清华手里的小勺轻轻敲击着瓷碗。你现在去找关老师，把事情向他汇报汇报。我这边赶紧想办法。

达坂城应了一声，站起来，慢慢走出去。韩非子说他也去，就跟着走了。

上午第一节是泛读课。董一凡老师夹着一沓子页子走进教室，往讲台上一站，发现三个空位。怎么缺这么多人？班长呢？班长不在。况有根，你是纪律委员。你说，他们三个咋回事？

他们有事，班主任把他们叫走的，说是有重要活动。杨柳青在一旁给况有根使眼色。其实是多余。已经三次受罚，况有根不可能不长见识。董一凡老师较起真来，谁都怕的。

什么重要活动，比学习还重要？邓小平在许多场合都强调，要重视知识，不知道吗？

越是怕，狼来吓。况有根出一身冷汗。说什么重要活动呀！但既然说了，就必须硬着头皮说下去。脑子一转，就想到了前几天他去学生会开会布置的事情：迎接赴越自卫反击战凯旋的英雄。那天只是说赴越参战的部队有可能近日班师，但具体哪一天再另行通知，要各班做好迎接准备。于是，他说，学校紧急通知开会，安排布置欢迎赴越参战英雄凯旋事项。

哦。那，那就不等了。Let's begin our class（让我们开始上课）。董一凡知道，况有根说的是件大事，于是，他吩咐：来，宗在渊，把页子发给大家。陆咏絮跟他说的白素玲恋爱失踪的事情，早跑到了云霄之外。董一凡说，这两节课的任务是，把这一张页子上面的文章翻译成汉语。咱照小学老师的做法，谁先翻译完谁下课。

新鲜！以前的课从没有这样上过。董老师在进行教学改革吗？页子发到每个人手中，翻开一看，满满一大张。标题是：Relationship of China and America to be normalized？（中国和美国的关系走向正常化？）这什么呀？好几个人用眼神传递着惊讶。

要你们的字典干啥？边查词典边翻译。将来要当英语老师，不会查词典怎么行？会查词典，还得有速度，查得快。时间有限，前两节完不成任务者，第三节站到走廊上接着干，语法课不得上。我和关老师……同学们已开始翻译，坐在讲台上的董老师手脚闲着嘴却没闲。

这个老头子,歪点子还真多,想着法子整我们。牛耀祖小声对同桌王大庆说。王大庆没说话,只顾对着文章上的句子,翻着词典,标注着意思。

后来知道,这篇文章是从《中国日报》上翻印下来的。对于刚学完许国璋大学英语第二册的学生来说,无疑,这是一块难啃的骨头。别的不说,光那满篇的生词,就已让人头大了好几圈。更不要说那些冗长而复杂的句法结构了。翻呀,查呀,教室里一派繁忙杂乱景象。因为繁忙,大家暂且忘记了白素玲,忘记了一早上的三个处分。

白素玲回到寝室。她的心情谈不上愉快,但与跟班长吐露真相以前相比,轻松多了。

应该说,白素玲很传统,并不是一个随便女孩。和关华好上并发生关系,应该算自然而然的结果吧。

她和关华认识于高中,熟悉于民师阶段,相恋于师院。高中两年,他们虽然是同班同学,但并不熟悉,因为同学们恪守"男女授受不亲"之戒律,互不搭理。两年里,他们俩似乎只说过两次话,一次是询问作业,一次是传递老师的口信,用字不超过十个。考上师院前,两人都是民师,一个在柏村小学,一个在关镇小学,相距三四里地。年终,公社统考,两个人经常在一起批改试卷;一学期几次教研会议,常常坐在一起,这才渐渐熟悉起来。考上师院以后,两个人开学一起来,放假一起走,因为全公社西半区考上洛城师院的,就他们两个。来到了异乡,感到孤独寂寞的时候,就想到了老乡和同学,特别是周末。于是,周末的见面,渐渐成了习惯,成了共同遵守的规章,偶尔有事没有见面,两个人都会感觉少了点什么，心烦意乱坐卧不安。爱情这东西，一如撒在地里的种子，遇到合适的土壤条件，就会发芽，成长。它不会因为长在田畦里就疯长，也不会因为长在农民刻意拢起的地垄上就不生长。显然，他们的爱情种子已经发芽，并拱出地面。拱出地面的小苗，不管不顾，使劲往上生长着。春节回家，两个人分别去了对方的家，拜见了双方父母——正式确定了恋爱关系。得到了父母的认可，似乎是吃了定心丸，两个人见面的次数频繁起来，由一周一次到两次、三次、四次、甚至五次、六次。但是，为掩人耳目，两个人在校园里，绝不见面。偶尔碰到了，也是路人两个，互不搭理。至于见面的地点，特务一般，第一次见面分手，确定下一次见面地点和时间。所以，他们已达到相濡以沫的程度了，周围其他同学，都还闻所未闻蒙在鼓里。

那个时候，与前几年相比，虽然已有所开放，电影里男女主人公爱意的表达，已不仅仅是头顶头、手拉手，而是向西方学习，拥抱接吻的画面，已不时可见（《望乡》里更为赤裸的两性接触另当别论）。公园里，大街上，偶尔可见手拉手的男女——实际生活中，男女肢体上感情的亲密表达，成为一种潮流。这种潮流来势汹汹，谁都不可能不受影响，只不过，有的是顺应潮流主动加入，有的是被裹挟顺流而下。他们两个属于后者。

他们俩在一起，接触由远而近、由疏而密，关华是主动的，白素玲是被动的。或者说，关华是强敌入侵，白素玲是被动防守。因为关华"太过强大"，白素玲是抗拒，让步，再抗拒，再让步，直至完全投降。开始时，他们俩见面，白素玲坚持授受不亲，拉手也不行。这算什么谈恋爱？关华抱怨。抱怨不到十次，白素玲让了步，想拉就拉吧——第一道防线被攻破。第二道，拥抱。

　　　　　　　　　　　　　　　　　　　　　　厚土

寂静的果园, 漆黑的夜。啊, 鬼! 关华突然大叫。白素玲猛转身扑进关华怀里——这可是你自愿的。关华把白素玲抱住, 越抱越紧。第三道防线, 接吻。拉手, 拥抱, 随你了, 反正也"伤风败俗"不到哪儿去。但接吻, 不可。接吻, 嗨呀, 白素玲想都不敢想, 特那个了! ——这是最后一道防线, 所以, 白素玲严防死守。然而, 再坚固的防线, 也怕进攻者锲而不舍。既然手都拉了, 也拥抱了, 亲一下又有何妨? 关华不厌其烦, 坚韧不拔。说是防线坚固, 其实是表面的, 就如法国的马其诺防线。这道防线是怎么被攻破的? 现在谁还记得清。反正, 不知怎么的, 关华就把他的舌头伸进了她的嘴里。啊! 短暂的迟疑被巨大的快感所取代。白素玲哪还顾得抵抗, 很快由被动享受变为主动出击。白素玲终于明白, 男女接吻, 原来这么美妙。至此, 三道防线彻底垮塌——发生肉体关系已是水到渠成。青年男女, 一旦尝了禁果, 禁果的美味就势如破竹所向披靡。刚好, 黄老师给他们送来了枕头。黄老师家在市区, 师院办公室名副其实, 只办公, 不住宿, 尽管里面有床有铺盖, 遇到极特别的情况, 才当一回宿舍。半月前, 黄老师要到开封师院学习, 一走一个月。办公室里的花花草草怎么办? 把钥匙留给他信赖的学生。于是, 他想到了关华。关华欣然接受。这样, 他们晚上幽会, 由不固定而固定, 由野外至室内。

这个周末, 他们玩儿得最尽兴。周六晚上, 白素玲没上晚自习就到了黄老师办公室, 关华已等候多时, 自然是一番亲热一番缠绵。礼拜天, 醒来已是上午九点。这一天怎么过? 到市区玩吧? 行。说着话, 白素玲看到了黄老师放在书柜最高处的煤油炉。嗨, 煤油炉! 白素玲发现新大陆般兴奋。不仅有煤油炉, 还有锅碗瓢盆呢。关华从床下拉出一个大纸箱。掀开, 里面案板、菜刀、锅碗瓢盆一应俱全。关华，咱们"自炊"吧？灶具的发现，让白素玲心旌荡漾：她要和关华过"家家"。关华早就知道，黄老师办公室里有炊具。只不过，他对此没有白素玲敏感。白素玲的话让关华欣喜万分。好，我这就上街置办东西。你说买什么吧。白素玲说，买点肉，买点面，买点萝卜，中午咱包饺子吃。买多少肉，多少面，多少萝卜？在家里，关华是姊妹五个中最小的，什么都轮不到他干，所以，他只会吃不会做。你要问他饺子是怎么由面和萝卜变成的？他会说是把面和萝卜撒在地里长出来的！也就是说，关华只吃过猪肉，没见过猪跑。女孩子白素玲，在家是长女，炒菜做饭，缝补浆洗，很小就学会了。当民师那几年，她差不多已经把妈妈顶起的半边天给撑了起来。半斤肉，二斤面，三个萝卜。再带几棵葱，再捎点儿姜。白素玲说道。好嘞！关华兴致勃勃出了门。

艺术系在学校的最东边，独立的一个大院子，由后门出入，和其他系几乎没有任何交集。教师办公楼、教学楼、学生宿舍楼分处三个独立小院。艺术系十多个老师，在校全都是"单身"，要么老婆孩子住在市区，要么老婆孩子住在乡下老家，携家带口的没有。又因为是星期天，整栋小楼，除了关华和白素玲外，别无他人。所以，关华买了东西回来，白素玲"大动干戈"，谁也没有惊动。

突然而至的二人世界，怎能不尽情享受？白素玲当大厨，关华打下手。一阵忙碌过后，世上最好吃的大餐——饺子做成了。家的感觉，家的味道。关华陶醉得不知今夕何夕。扔下碗，两个人抱着滚到了床上，又是一番亲热一番缠绵。缠绵过后，关华想应该做点什么，才不枉费这美好的时光。做点什么呢？有了。他拉过一个凳子，摆在窗户明亮处，把白素玲按坐其上。来，我为你画像——他要让此刻的白素玲变为女神！白素玲很乐意。她拿一本小说，翻看着，摆着姿势，让关华为其画画。画呀画。华灯初上了，画还没有完成。不能草率，要做到尽善尽美。关华说。但不能不吃饭吧？来个课间休息。白素玲起身，把中午剩下的面团拽成扯面，和中午剩下的饺子一起下到锅里。啊，又是一顿无与伦比的美餐！吃完以后，接着干。一直到深夜十一点一刻，画作完成了。一个梳着小辫，两只大眼睛灵动有光，鼻梁高翘，下巴尖尖的姑娘深情地看着观画之人。啊，这是我吗？关华深情地答道：当然。你是世界上最美的姑娘，我的女神！

画画完了，但话说不完。不知不觉间，时间到了零点。我该回去了。白素玲说。关华不同意：这么晚了，你回去，还不把全宿舍楼的人都惊醒？就在这儿睡吧。白素玲拒绝：不行。昨天是星期六，没人注意，今儿晚上，恐怕不行。关华说道：怎么不行了？昨天晚上，楼上没人；今天晚上，你看看，还是没人。放心吧你。美妙的二人世界，是一块吸力超强的磁石，关华和白素玲都难以挣脱。白素玲"我该走了"的话不知重复了多少遍，直到墙上的钟表时针指向5才算是最后一次。

其实，时针指向5，并不是关键因素。关键因素是"吕大妈、达坂城"六个字。天色一暗，白素玲就想到过吕大妈、达坂城的"关心"。不过，只是一想，晃一下就过去了。这一会儿，"吕大妈、达坂城"六个字，在脑子里变得越来越大，几乎撑破整个脑袋。吕大妈知道我没有回寝室，肯定会去找达坂城。达坂城知道我没有回寝室，肯定会派人寻找。找寻不到，肯定会向系里报告。系里再向学校报告——全校鸡犬不宁如临大敌。白素玲慌了神。

　　世界上的事往往就是这样：在做一件事情的时候，事前，行为人总是一叶障目，只想他（她）的作为积极的一面，而消极的一面总被忽略。事后脑子才清醒，才会想到它所带来的负面后果——大多数犯罪都是如此。当想到事情的负面后果时，当事者会后悔，会造出许多虚拟语气的句子，但已无济于事。白素玲急慌慌回到寝室，看到坐卧不安的吕大妈，看见所有眼圈黑着，哈欠一个接一个，坐在寝室的同学们，她明白她所担心的不幸就是事实。你可回来了！大家惊呼。姐姐妹妹们，你们怎么了？等你呗。你去哪了？我们到处找你。男同学都到校外找你去了！哎呀，对不起，真是对不起。我去找老乡玩儿了，一玩儿就忘了时间，害得大家如此担心。你老乡，语文系田小青？我们去找她三次了。田小青说，好几天都没见你面了。我不是和田小青在一起，是另一个老乡。另一个老乡？那个大个子艺术生？他是男生呀！吕大妈穷追不舍。不是他，是……情急之下，白素玲怎么都想不出一个能搪塞过去的人名。吕大妈手一伸，拉住她，走，咱去见达坂城，达坂城在办公室里等着呢。白素玲没辙了。她不得不去。来到达坂城办公室，看到在办公室里走来走去母狮一般的达坂城，白素玲才感到事情的确不妙。以什么策略应对呢？她脑子飞快转动着。因为没有"预案"，一时想不出话来自圆其说。达坂城不是吕大妈。如果编不出一个能自圆其说的理由，达坂城绝不会让她轻松过关。以不变应万变？对，以不变应万变。在没有编出无懈可击的理由之前，来一个徐庶进曹营——一言不发（其实，这是白素玲小时候做错事时应对父母的一贯策略）。和男朋友鬼混（他们肯定会用"鬼混"一词）一夜，是个屎盆子，扣在头上，拿什么都揭不掉。即使揭掉了，还是一身臭气，走到哪儿臭到哪儿。

刚撑了一会儿，韩班长来了。韩班长是个可以信赖的人。她突发奇想：让韩班长成为她的同谋？她为这个想法而兴奋不已。对，就这么办。机会随即就来了——班长让她出去。她把班长引领到了未名湖边。使她高兴的是，班长答应了，并且和她一起把谎言编织得圆圆满满无懈可击。她放心大胆地回到寝室。寝室里很安静，除了吕大妈的床铺空着，室友们都在床上睡觉。肯定不上操了。她也爬上她的上铺，准备睡个回笼觉，对刚过去的夜晚做个补偿。再说，和关华连着来了几次，年轻力壮如她，也要休整休整了。她刚闭上眼，吕大妈就带来了令她无地自容的消息。

李清华吃完饭，早早来到系办公室。思来想去，他觉得他得去见一见教导处张主任。在教导处做出决定以前，一切皆有可能；反之，说什么都晚了。大学生这个年龄段，谈恋爱很正常，尤其是七七级这些老大学生。如果他们不谈恋爱，反倒不正常了。内心深处，他是不赞同学校做出学生不准谈恋爱这个规定的。白素玲来自高县农村，普通女孩一个，穿着朴素，省吃俭用，学习刻苦，除了内向点儿喜欢独来独往外，没有什么不良表现。七七级英语班三十个学生，李清华都很熟悉，不仅能叫出名来，而且还能说出每个人的详细信息，因为这三十个人，是他从一百多个第一志愿中一个一个精挑细选出来的。哪个同学来师院前，干过什么，在哪里上的初中高中，来自哪一个县哪个公社，甚至哪个村庄，他都能说得出来。李清华对这一届学生有着特殊的感情，他不想他们中任何一个，出现任何意外状况，更不要说被学校开除了。看看关文杰还没来，他找到关文杰办公室，想和关文杰通一下气，然后到教导处，恳请教导处全面考虑，酌情从轻处理白素玲。到了关文杰办公室，关文杰已经从达坂城嘴里了解了白素玲事情的来龙去脉。李清华说明来意。关文杰从办公椅上站起，指着门左边墙上张贴的课程表，说，我第三节有课，课还没备呢。你一个人去得了，你代表我，代表咱全英语系，你的意见就是我的意见，就是全英语系的意见。那好，你备课，我去见张主任。李清华知道，这种事，关文杰是不会出面的。关文杰比李清华小两岁，毕业于上海外国语学院。他们几乎同时进的师院，对于师院外语系来说，他们是开拓者，属元老级别（董一凡被称为鼻祖）。虽然他们进校已是"文革"后期，但由于历史原因，他们不得不选边站队（"文革"前期，和全国一样，师院出现了造反派和保皇派。后期，派别名称虽然已经模糊，但界限并不模糊，两派犹存，有时公开——很少很少——有时隐蔽，已是常态，之间的斗争一天也没停止过）。很不幸的是，他们没有站到同一个战壕里——骨子里的相轻，潜在的竞争对手不可能站到一个队伍里，况且在那样的大背景之下。因为所处派系不同，无论何时何地，说话做事，脑子里有一根弦时刻紧绷着。

我再明确一下我的意见：希望学校以人为本，网开一面，从轻处理白素玲。你确认同意我的意见? 李清华盯着关文杰的眼睛。他认为他必须要这样做。关文杰点了点头。

李清华赶到教导处，教导处张主任正好在。教导处是管理学生的机构，与各系之间是平级。虽是这样，但许多事情，离开了各系一把手，离开了老师，教导处的工作就不能顺利开展。所以，张主任与各系主任之间，见了面打打情骂骂俏，开一些无关痛痒的玩笑，至少在表面上，都保持着良好的关系。李清华与张主任，自然也不例外。不过，今天的李清华，走进教导处，连"昨黑儿膝盖跪肿了没有"都省掉了，直接询问起张主任对白素玲怎么处理了，做没做出决定？得知决定还未做出，李清华简明扼要地谈了他来的目的，恳请张主任，研究处理白素玲时，考虑英语系的意见。他一而再、再而三地强调，他来不是只代表他自己，而是代表英语系。听李清华说话，张主任始终面带微笑。张主任在任上已将近十年。"文革"前期，他属保皇派。这几年，他属哪个派别，大多数人说不清楚了。好像他既属这个派，又属那个派，或者说，无论哪一派，都觉得他和自己一派走得更近一些——没有左右逢源八面玲珑的本领，是做不到这一点的。在张主任面前，李清华的心理活动，就像现在随处可见的液晶屏幕上的文字广告。听君一席话，深感君的舐犊深情呀。我会把你的——不，英语系的意见传达给校领导，让他们在拍板定案时给予充分考虑。张主任这样答道。

张主任的保证，李清华并不放心。出了教导处，他又到了行政楼二楼主管纪律的副校长办公室。副校长是他"同一条战壕里的战友"。在副校长面前，什么话他都能说，都敢说。他把白素玲事件的始末向副校长作了陈述，又申明了他对白素玲事件的处理意见。副校长很理解，承诺一定在校委会研究的时候，把他的意见转达给所有校委会成员。

走出副校长办公室，李清华长出了一口气。

然而，第二天，餐厅门前的大黑板上，出现了两张大白纸，纸上用毛笔正楷书写着两则布告。一、开除英语系学生白素玲；

二、艺术系学生关华，留校察看一年（原因都是违反校纪，之所以处罚不同，是因为关华有坦白自首情节）。

　　得知处理结果，李清华很窝火。他把原因归结到老滑头张主任身上：嘿，你这个老油条！他也怪副校长空有其名不办实事。他决定再去一趟行政楼。这一次，不找别人，就找那个农民打扮的老头——张校长。但他的意图被董一凡猜到了。董一凡把他拦在了教师办公楼的走廊上，劝道：胳膊能扭过大腿？同情归同情，可学校已经做出了决定呀。我们现在所能做的——也是必须要做的——是，做好白素玲的工作，把白素玲安安全全送回老家。

　　白素玲除上了几次厕所外，一整天都躺在床上，用被子蒙着头，拒绝搭理任何人。早饭没吃；午饭没吃；晚饭呢，也不吃。早上的两个馒头，午饭的一大碗卤面，晚上的小米粥，都是别的同学替她买回，现在供品一样摆在靠窗的课桌上。

　　下午，班长来了。叫了几声白素玲，她不应，和吕大妈耳语一阵后，班长离开了。

　　达坂城来了。问过吕大妈以后，站在床前，斥道：白素玲，你到底要怎么样？谈恋爱，夜不归宿，难道还有理了？老师不应该把事情搞清楚吗？就算我直接向教导处汇报，做法欠妥，但你在我面前一言不发就对吗？你眼里还有没有我这个辅导员班主任？如果说，我有错，我现在就向你道歉。对不起！

　　素玲，你看，陆老师都向你道歉了，你就起来吃点东西吧。咱当学生的，哪能这么难为老师呢？

　　我已向你表示道歉了，如果你还认为我是老师，那就起来把饭吃掉。

白素玲不买达坂城的账。

李老师也来过，他是在韩非子的陪同下进来的。他说：白素玲，我是李清华老师，论年龄，我比你大十岁。在我的印象里，你成熟有主见。我想说的是，人生中，哪能一帆风顺，哪个人能不犯错误，犯了错，就要勇敢面对。无论给予什么处分，生活还要继续。人这一生里，什么最重要？身体。常言道，人是铁饭是钢。不吃饭怎么能行呢？身体是革命的本钱，有了身体，才有一切。我的话，你要好好考虑。我走了。

素玲，李老师说的，都是肺腑之言，希望你能听进去。班长加上一句。

白素玲的身子在被子里扭动了一下，算作回应。

晚自习铃声响过，吕大妈把其他人都赶出寝室，剩下自己一人留守。她不想让大家为此耽误功课。再说了，大家都在，白素玲也没有台阶下。

大家刚离开，达坂城走了进来。

询问了吕大妈白素玲的情况以后，达坂城走到床前，变了腔调，说：我这次来，不是以老师的身份，是以妹妹的身份。我比你小，叫你姐姐，可以吧。姐姐，妹妹求你，起来吃点东西！你比我大，应该比我知道得更多。天大的事情，都会过去的。我已经恳求李老师、关老师、董老师，要他们向学校求情，对你减轻处罚。看在我比你小的分上，我说话不到位的地方，不恰当的地方，错误的地方，都请你原谅。希望，明早起来，咱们一起面对将要到来的一切！

白素玲仿佛沉在十八层梦乡最深处，表面上看不出一丝涟漪。

送走达坂城，吕大妈走到白素玲床前，郑重说道：素玲，你的架子就那么大！李老师来，说不动你；达坂城，不，陆老师，低三下四给你道歉，还说不动你。你是玉皇大帝呢还是如来佛？就是一座冰山，也该融化一点了吧。你再这样，我也不管你了！

白素玲鲨鱼般从被子下边折起，水面一样的被子，涌起，又落下，带起的风把悬挂在天花板中央的灯泡荡得左右摇晃。

把馒头拿来，我吃。看来，吕大妈巧施心计起了作用。

两个馒头塞进嘴里，白素玲头一仰，轰然倒下——有几分鲨鱼入水的气势。

表面的冷漠拒人千里，绝不是白素玲内心想法的真实表露。被子下边漆黑一片，但班长、吕大妈、李老师、陆老师，还有其他每一个同学的形象，都清晰地映现在眼前。同学和老师的一片真情，她看在眼里，听在耳朵里，记在心里——正是这个真情，才使得强大的寻短见念头有了对立面。老师和同学的影像出现在眼前的时候，寻短见的念头就会暂时离开，躲到看不见的地方。除此之外，还有另一个影像——爹爹已成拱形的脊梁，妈妈橘皮一样的脸。身为农民的爹爹妈妈，年龄刚过五十，但看上去跟城里七十岁的老人差不了多少。他们老了，要靠子女来养活。她是老大，能自私地一走了之？——这也是赶走"短见"的强有力武器。

然而，"短见"刚被驱赶走，一个画面接踵而至：一个头发披散垂挂在胸前、脖子里吊着一双破鞋的女人，跪在用木板搭起的台子上，接受着全村男女老少不屑的、鄙夷的、戏弄的、淫邪的、恶毒的……眼光的窥视与削剥。慷慨激昂的罪行揭露过后，是一连串震天动地的口号；口号声过后，是谩骂是唾沫是一只只从四面八方飞来的烂鞋……啊！她赶紧闭上眼。然而，不行，那个画面仍顽固地在眼前晃来晃去。不仅晃荡，而且画面魔幻般由大而小，由面而点，由秃而尖，最后变一楔子，揳进脑中。一天里，她被这个楔子折腾得头晕目眩，心慌眼黑。那个女人是她家的邻居，按辈分算，她该叫那个女人婶婶。婶婶的男人参加了抗美援朝，因为受伤，成了残疾——失去了生育能力。想小孩想疯了的婶婶打起了队长的主意。一次玉米地里的偷情，被人抓了现行，结果就出现了那样的场面。另一个画面，总跟在这个画面之后——她背着背包，走在村里的街上，街道两边站满了男男女女。他们手里拿着破鞋，拿着臭鸡蛋，端着猪屎牛粪，等着她走近。她只要从他们面前走过，那些东西便暴雨冰雹一样，倾泻到头上。这些画面，每每出现，她都使劲地捂住眼睛，甚至，恨不得拿把利刃，把眼睛剜掉。

白素玲被开除的处分决定，是在周二早操后的例行集会上被宣读的。

处分决定来得既在意料之中，又在意料之外。不管是意料之中，还是意料之外，它都如一枚炸弹，爆响在七七级英语班每个男生的头顶。

谈个恋爱碍着谁了？非得开除？

学校纪律怎么了？学校纪律也是人定的。

问问张老头有媳妇没有？他的老婆咋来的？拐来的，还是骗来的？

肯定是买来的。

买卖人口犯法。对张老头，那就不是开除，而是法办，投进监狱！

吃不着肉，就说肉腥！

…………

从操场到寝室，一路群情激奋。

包围在这样的气氛之中，杨柳青总有一种危机感，总觉得这是"谋反"，如不干涉，会遗患无穷。所以他高声道：同学们，咱先去上自习。国有国法，家有家规。既然违反了学校纪律，就该接受惩罚。至于重与不重，过头不过头，咱说了不算。合理的事情呢，不见得就合情。大家少安毋躁，等韩班长回来了，我们商量商量，通过正当渠道，向学校反映。我们能来上大学，机会难得，千载难逢，所以，我们一定要珍惜……

首先响应杨柳青话的是张大山和王成海。他俩互相看一眼，分别拿了书本，就要离开寝室。他们俩是录音室里的"Early birds"（早起的鸟儿）。他们俩来自两个相邻的偏远县，浓重的地方口音相差无几。没有走出家门的时候，周围都是这声音，感觉没有什么。当他们走出了家门，来到了"要讲普通话"的师院，无论来自五湖四海哪个角落的同学，都在自觉不自觉地向好听顺耳的普通话靠拢。他们也不例外。可是，不知是他们的口音太重，还是他们俩舌头里下了钢筋，普通话总也学不像，一张嘴说话，别人都笑，他们自己也觉得不好意思。英语字母C和V，无论他们怎么努力，还是发不准。因此，他们两个私下决定，要首先攻克发音这一关。为了练发音，他们主动申请保管录音室钥匙。因为掌管着钥匙，所以他们成了最早到达录音室、最晚离开录音室的人。昨天已经缺了一早上，今天一定得补上。

他们之后是牛耀祖。他喊李红军：走，到教室去。牛耀祖不大爱管"闲事"。什么是闲事？他自己下的定义是：与自己无关的，都算闲事。这个定义太宽泛，实际操作起来很难把握。于是牛耀祖告诫自己：不必太过拘泥，是不是闲事，解释权在自己。因为白素玲，自己已经白白牺牲一个晚上，何必再为此费心劳神。

李红军没有理会牛耀祖。李红军对待学习，其努力程度不亚于张大山和王成海。但他眼里揉不进沙子。学校禁止学生谈恋爱，作为制度，写在墙上，钉在框里，就行了。实际操作上，真要据此开除学生，就有点儿过头了！他不离开，想再听听同学们的议论，自己也有话要说。如果依着杨柳青，大家都散了，白素玲被开除不就成既成事实了？那么，前天晚上他们兴师动众去找白素玲，他还伤了脚，不是没任何意义了？他拦住底特律，问：班长去哪了？刚才他不是也上操了吗？底特律说不知道。李红军说，底特律，况有根（他没有提杨柳青，也没有提庞社会），你们都是班干部，班长不在，你们得出头呀，这事不能就这样了。开除学生是大事。宪法怎么规定的？年满十八周岁的中华人民共和国公民，可以登记结婚。白素玲多大？二十六岁了。年满十八周岁的人可以结婚，二十六岁不能谈恋爱？白素玲不是中华人民共和国公民？这是哪门子逻辑！白素玲是咱同学，正当的权益受到侵害，咱们大伙儿不出手相助，谁来相助？

这话在理。叫我说呀，帮助白素玲，也是帮助我们自己。咱都打开天窗说亮话：谁不恋爱结婚？据我所知，有些人不仅正谈着恋爱过着男女生活，而且还登了记结了婚办了喜事呢！还有些人孩子都会打酱油了！我所说的绝对是事实，敢和人对质。吴互助接住话头说。

他们两个的话得到程土改、宗在渊、佟吉祥等的热烈响应。他们鼓起掌来。以现在的眼光来看，李红军的法律意识，甚是超前。

这个时候，韩非子风风火火回到寝室。他的确上早操了，但是还没结束，就被吕大妈叫走了。

老哥老弟们，自习上不成了，我们还得再去寻找白素玲！昨天晚上后半夜，或者说，今天凌晨，白素玲趁着大家熟睡，偷偷溜了出去。现在在哪儿，谁也不知道。大家上操的时候，吕大妈和我，一起去了艺术系，去找白素玲的男朋友关华。关华在，但白素玲不在。问关华，他也不知道白素玲去了哪里。

她会不会想不开？王大庆怯怯地问。他之所以这样问，是因为高中时，他曾目睹过一个高他一级的女生，因为谈恋爱，被学校处罚而跳井身亡的事例。

担心的就是这一点。老哥老弟们，啥话都不要说不要讲了，找回白素玲才是眼下最为紧要的事情！艺术系男生现在已经出发了，帮助我们寻找白素玲。我们分析了一下，认为洛河上下游是寻找重点。因此，我们和艺术班进行了分工：咱们班负责下游，艺术班负责上游。咱们班这样分组：前天晚上的一组、二组合并为第一组，三组、四组合并为第二组。第一组顺南岸往下游寻找，第二组顺北岸寻找。杨哥，你负责第一组，我负责第二组。你觉得怎么样？

中，就这样。

这个白素玲真是不安生。成天光去找她，我们还上课不上课了！不知谁咕哝了一句。

闲话少说，出发！

白素玲从洛河桥上跳下、被人救起、现正躺在医院的消息，传遍了全校。守在学校里的程土改、宗在渊，兵分两路，以最快的速度跑出学校，寻找正在外寻找白素玲的同学们。两组人马先后被找到。他们都以最快的速度赶到医院。先期到达的女生告诉他们，医生正在抢救，白素玲仍处在危险之中！当时的医院，连现在的乡镇卫生院都不如，小，连个前厅也没有，只是一栋三层小楼，十多间病房。急诊室在一楼。女生、男生，李老师、关老师、达坂城，还有教导处、团委领导等，把走廊上挤得满满的。为了不影响医生抢救，教导处让学生都回学校。女生怎么动员都不听，非要待在医院，等着白素玲脱离危险，不让待在医院里，就待在医院大门外面。男生没办法，只好按照李老师的指令，在韩非子带领下回到学校。

开了锁，走进寝室。韩非子看表，中午十二点二十六分。看着一个个萎靡不振的样子，韩非子道：咱们先去吃饭，吃完饭再去医院。

现在谁还有心吃饭呀！邓不舍说。

是呀，怎么能吃得下！徐一凡说。

大家跑了一上午，不吃饭怎么行？我相信，白素玲一定吉人天相，很快就会脱离危险。走，吃饭去。

韩非子的话没有人响应。大家往床铺上一坐，唉声叹气，东倒西歪，仿若被抽了筋的龙王三太子。

不去吃饭？那好，咱就坐在这儿等。来，抽一支。韩非子站在中央，一个个散起烟来。散了一圈，也没散出几支。没有食欲，也没有烟欲。韩非子把烟扔在两张床中间的课桌上，也侧歪到了床上。

白素玲怎么跳下桥的？怎么被人救起的？我们一无所知呀！程土改说。

这不是关键。关键问题是白素玲赶快脱离危险！

白素玲真傻，干吗要跳河呢？

搁谁也过不去，特别是女生。在我们家乡，一个大闺女，没有结婚，被发现和男人住在一起，那是最最丢人的事情。张大山说。

这是一方面。另一方面——我觉得更重要——是被开除！在俺家乡，在外工作的人，犯了错，被开除回家，那是臭狗屎一堆，谁也不会搭理的！吴互助说。

老哥老弟们，我提个问题，大家想一下。李红军站到寝室中央，说，等几天白素玲身体康复了（白素玲肯定能脱离危险，恢复健康），是背着书包回家呢还是回学校？如果想回学校，学校叫她回吗？

既然被开除了，康复的日子就是背着书包回家的日子。况有根回答道。

回家的路上，她再寻短见呢？学校还负不负责任？

你被开除了，不是学校学生了，再怎么着，和学校还有啥关系？

那么，学校不等于是间接杀人犯了？吴互助接住了话。

这有点儿不沾边吧？况有根说着话，头扭了一圈，期望着得到支持。

李老弟的问题提得很及时，大家好好想一想。我记得，上午李老弟说过一番话，不知大家记不记得？程士改说。

什么话？

就是大法与小法的问题。大法是国家法律，小法是学校规章制度。一个单位制定规章、制定纪律，首先要和大法一致，如有抵牾，当然要以大法为准。你说是这么个意思吗，小李？

宗在渊站起来。我也记得，就是这意思。红军老弟，你能不能把你的话再重复重复？

我上午说的，其实就一句：学校的规章制度必须得服从国家法律。

也就是说：白素玲做的事，虽然违反了学校纪律，但没有违犯国家法律。佟吉祥接住话头。

常言道，国有国法，家有家规。学校既然是个单位，就有权力制定一些规章制度。张大山声音弱弱地说。

学校是个单位不假，但不是独立王国，属于中华人民共和国的一部分。既然是中华人民共和国的一部分，那么，你所制定的一切规章制度首先要符合国家大法，最起码不能违法。吴互助最易激动。

那么说，学校开除白素玲就是冤假错案，就需要平反昭雪啰？庞社会罕见地接上了话，加入到讨论中。

对头。牛耀祖来了一句四川腔。

怎么平反昭雪呢？杨柳青开了口。

方法很多。采用哪一个方法，那就看大家的了。韩班长！睡着了？

没有。大家的话我听着呢。

听着，就说句话表个态。

我明白程老哥、吴老哥、李老弟的意思。也就是说，学校做出的决定是违犯国法的。违犯国法的东西，我们不仅不能遵守，而且要和它做斗争。是这个意思吗？韩非子从床上站起来，说。

大家说呢？如果不抵制学校这个决定，白素玲康复了，也得回家。说不定，她还会再一次从洛河桥上跳下。程土改拦住吴互助，面色庄重地说。

对，应该站起来抵制这个决定！宗在渊站起来，说。

怎么个抵制法？况有根质问道。

吴互助站起：到学校行政中心直接求见张校长，要求废除或者修改学生在校不能谈恋爱这一混蛋规定。说完，吴互助咚一声坐下，脸红着，脖子里的筋蚯蚓似的来回爬动。

什么，什么？要起义吗？杨柳青把众人扫视一遍，脸上呈惊恐状。

不是起义，是请愿。比起当年五四运动来，要温和得多。

没有其他办法了吗？比如，先反映到系里，然后要系里再向上反映，一级一级……杨柳青说。

你这样反映，我们的要求还没走到张校长办公室，白素玲恐怕已经又跳洛河了！

我看这样，咱们举手表决。同意到行政中心请愿的人，请举手。佟吉祥提议，并率先举起手。

程土改、宗在渊、吴互助举起了手，李红军、底特律、牛耀祖举起了手，王大庆、苏跃进、朱爱武举起了手，庞社会、邓不舍、徐一凡举起了手，王成海、张大山举起了手。

韩班长，你呢，下软蛋了？

我韩非子向来不做缩头乌龟。他把手举起来，而且举得很高。

看着周围一只一只慢慢举起的手，杨柳青坚定地坐着，一副绝不盲从的架势。但当林立的手丛将他完全包围时，他犹豫了。终于，他的手也一寸一寸地举到了耳朵根。况有根的眼球一直盯在杨柳青身上。当他看到杨柳青有举手的意思时，他提前一步举起了手。

好，一致通过。我，韩非子，身为班长，一定走在最前边。为白素玲，为关华，为我们每一个人，争取权利!

下午的预备钟响过，校园里出现了一支由十八人组成、以两路纵队为队形的队伍，意气风发地走出七七级英语班男生寝室，走上学校东西主干道，从校园最西边向校园中心的行政中心挺进。

上体育课吗? 不像。因为只有男生，没有女生。再说了，操场在宿舍楼、教学楼南边，他们走的是北边。

那么，他们要干啥? 是不是游行串联? 也不对。队伍的前头没有旗帜，队伍中间也没有无论是白或者红的标语，更没有震天动地的口号。

七七级英语班到底要干什么? 跟着看看去。

队伍行进到行政中心，站到了校长办公室门前。底特律站到队外，喊: 立正，稍息。请韩班长讲话。

站在队伍最前头的韩非子，跨出队列，庄重地行了个军礼，道: 大家稍等，我去见校长。然后，来了个标准的军人转身动作，跨上了校长办公室门前的台阶。

底特律也跨上台阶，说: 我也去。

"班耻"纪念日

李红军从队列中走出，说：我也去。

吴互助、王大庆、牛耀祖、朱爱武……走出队列，欲跨上台阶。

韩非子呵斥道：都给我站住，我是班长，代表七七级英语班全体同学。你们，所有人，都等在这儿。

一个人怎么行？平时，我们听你的，这一会儿，什么屌班长，屁都不是。走！李红军跨上台阶。

李红军说得对！几乎所有人齐声应道。

站在最后的杨柳青走到前边，说：大家静一静，听我说句话。我们离毕业还远着呢，韩非子仍是班长，我仍是团支书，谁也没有权力剥夺。这不是去打狼，人越多越好，这是去反映问题，人多了，闹哄哄的，反而适得其反。听我一句话，大家都站着别动，由我和班长去面见校长。有什么情况，我们及时跟大家汇报。大家看，行吗？

杨柳青把大家镇住了。所有的疑惑都变成了信任。

喊口令。韩非子对底特律说。

立正！稍息！

队伍恢复原样。大家目送着韩非子和杨柳青敲开校长办公室的门，走了进去。

赶来围观的人越来越多。他们终于明白：七七级英语班是要学校撤销开除白素玲的处分决定及修改学生在校不准谈恋爱的纪律条文。

坚决拥护！完全支持！七七级大学生，不可能不支持，因为他们绝大多数都是大龄青年（搁现在，该叫剩男剩女）。

二十分钟零九秒，李清华到来。他看一眼站着的男生，推门走进校长办公室。

二十三分二十秒,七七级英语班十个女生来到,站到了男生身后。

二十五分五十八秒,达坂城来到。她要上台阶进校长办公室,被众人拦住。达坂城站在了女生中间。

三十六分零八秒过去,李老师、韩非子、杨柳青从校长办公室走出。

整队,回寝室。李清华说。

韩非子站到队前。底特律站在队列外,喊:立正! 稍息! 立正! 向右转! 齐步走!

回到寝室,韩非子让杨柳青把求见校长的全过程,讲给其他十六个男生和跟在后面的十名女生(白素玲已经脱离危险,吕大妈留在医院照看)。欠缺部分,他作了补充。校长执拗,但能听进去意见;要树权威,但又不蛮不讲理;外表强势,但内里怯懦……这是韩非子三十年后同学聚会时对一身农民打扮的校长做出的评述。不管怎么说,学校最后让了步,把开除白素玲的处罚决定撤回,改作留校察看一年处分。由此,白素玲保住了学籍,并顺利地完成了学业。二十年过后,白素玲成为国家级优秀教师,受到了党和国家领导人的接见。也是在三十年同学聚会上,白素玲连敬大家三杯。她说,如若不是老师和同学们的大力呼吁和鼎力相助,她的人生道路,绝对不是她所走过的轨迹。那会是怎样的轨迹呢? 佟吉祥问。问天,天知道。白素玲拽起身边的关华,挨个给大家敬酒。敬完,吕大妈站起,说:男同学太不仗义,去向校长请愿这么大的事,竟然瞒着女同学,天理不容!佟吉祥站起,说:不是男同学不讲义气,而是,遇到危险,男人理应冲锋在前。一阵觥筹交错之后，杨柳青站起，清咳两声，大声说道：起初，我和况有根、王成海，还有谁，记不清了，反对去向学校请愿。说我胆小，对；说我谨慎，也对。我是怕枪打出头鸟，怕咱们班吃亏。我的想法是，学校有规定，决定也做出了，还能改变？学校的纪律，跟国家的法律一样，哪能随便挑战？还有，关文杰老师，董一凡老师，都不支持我们，说我们受"文革"的流毒太深，动不动就游行示威。是韩非子韩班长，让我改变了立场。韩非子的敢于担当，坚定了我的信心，是他带领我们走出了坚定的一步。其次是程老哥和李红军老弟。你们以国家大法为一切行为准则的法律意识，超前了几十年。吴互助老弟坚持正义据理力争，是你们把我彻底改变了。那一次事件再一次验证了一句话：人心齐泰山移。是真理，就要坚持。为我起初的犹豫，自罚一杯！不，不。西装革履、大背头油光发亮、典型的官员范儿的庞社会，端着酒杯挤过来，站到杨柳青身旁，大声说：酒，不能让杨支书一个人喝。我陪一杯。吱——，两个人一饮而尽。庞社会拦住还要说话的杨柳青，说：团支书讲完了，该班长讲话了。不对，班长讲话前，应该请达坂城，不，陆老师，也不对，韩夫人讲话。

韩夫人，有点不太礼貌吧？应该叫韩嫂子陆老师。请韩嫂子陆老师讲话。

韩嫂子陆老师呢？班长呢？

图书在版编目(CIP)数据

厚土/陈永祥著. —郑州:河南文艺出版社,2018.10
(2019.9 重印)

ISBN 978-7-5559-0754-1

Ⅰ.①厚… Ⅱ.①陈… Ⅲ.①中篇小说-小说集-中国-当代 Ⅳ.①I247.5

中国版本图书馆 CIP 数据核字(2018)第 238264 号

出版发行　河南文艺出版社
本社地址　郑州市郑东新区祥盛街 27 号 C 座 5 楼
邮政编码　450018
承印单位　三河市兴国印务有限公司
经销单位　新华书店
纸张规格　890 毫米×1240 毫米　1/32
印　　张　7.75
字　　数　172 000
版　　次　2018 年 10 月第 1 版
印　　次　2019 年 9 月第 2 次印刷
定　　价　38.00 元